Celular

Celular

COSACNAIFY

13 histórias à maneira antiga

Tradução e posfácio Marcelo Backes

INGO SCHULZE

Para Natalia

Então um dia se seguiu ao outro
sem que as questões fundamentais
da vida tivessem sido solucionadas.

FRIEDERIKE MAYRÖCKER

Celular

Eles vieram na noite de 20 para 21 de julho, entre meia-noite e meia-noite e meia. Muitos não eram, cinco, talvez seis caras. Eu apenas ouvi as vozes e a barulheira. É bem provável que eles sequer tenham percebido a luz acesa no bangalô. O quarto tem uma saída para os fundos e as cortinas estavam fechadas. A primeira noite de calor depois de muito tempo e o começo da nossa última semana de férias. Eu ainda estava lendo Stifter, *A pasta do meu bisavô*.

Constanze havia sido chamada por telegrama e teria que estar no jornal em Berlim na terça-feira de manhã, às oito. Ao que tudo indica, a secretária dela tinha deixado escapar o endereço de onde estávamos. Ameaçavam suspender a série sobre os lugares preferidos de Fontane, porque os artigos prometidos não chegaram a tempo. Que fazer, essa é a desvantagem de não viajar para longe. Nós dois – eu trabalho na editoria de esportes, Constanze no caderno de cultura – viajamos praticamente o ano inteiro, e não temos vontade de ficar zanzando por aeroportos também nas férias. Alugamos este bangalô pela primeira vez no último verão, vinte marcos por dia, cinco por cinco metros de área, em Prieros, a sudeste de Berlim, a exatos quarenta e seis quilômetros da porta da nossa casa, um terreno de esquina, pinheiros por toda parte, ideal no calor.

Era esquisito ficar sozinho ali. Não que eu tivesse medo, mas ouvia cada galho que caía, cada pássaro que saltitava sobre o telhado, cada ruído.

O estrondo foi como o de um tiro quando eles derrubaram as ripas da cerca a chutes. E que algazarra! Eu desliguei a luz, vesti as calças, fui para a frente do bangalô; a persiana externa fica sempre aberta, mesmo à noite. E ainda assim não vi nada. De repente, ouvi um barulho surdo. Alguma coisa pesada caíra ao chão. Eles berravam. Primeiro eu quis acender a luz externa para mostrar que havia gente ali, e para que esses idiotas não pensassem que ninguém os percebia. Os estrondos se repetiram ainda algumas vezes, depois os caras seguiram adiante.

Eu sentia o suor até nas minhas pernas. Lavei o rosto. Da cama, abri a janela. Lá fora havia refrescado. Quase não se ouvia mais os caras.

Às sete horas em ponto, meu celular tocou. Tocar, na verdade, não é a expressão correta, pois o ruído se assemelhava mais a um tililitit, tililitit que ficava cada vez mais alto, e que era querido e familiar para mim, porque anunciava Constanze. Só ela sabia meu número.

Enquanto Constanze contava como estava insuportavelmente quente em Berlim, e perguntava por que eu não a impedira de viajar àquela cidade intratável, fui com o celular para o lado de fora, para uma manhã tranqüila e ensolarada, e examinei o estrago. Três pedaços da cerca jaziam no caminho. Um poste de concreto havia sido quebrado pouco acima do chão. Do toco saíam duas hastes em espiral. Junto ao portão, os vândalos haviam torcido o tubo em que era colocado o jornal, deixando sua abertura virada para cima. Bem embaixo dele, achei o telhado e a parede dos fundos da casa de passarinhos. Contei sete ripas derrubadas a chutes e quatro arrancadas. Constanze disse que só agora toda a baixaria do telegrama ficava clara para ela. Eu não deveria mesmo ter deixado ela viajar.

Para não sobrecarregar Constanze – pouco importa do que se trate, ela logo é tomada pela sensação de que isto ou aquilo é um mau sinal –, eu não disse nada sobre a visita noturna. Além do mais, teria sido difícil interrompê-la. Sobraria até para os que tinham ocupado o bangalô antes de nós, já que eles haviam desligado o disjuntor sem lembrar da geladeira quase cheia. De repente, Constanze gritou que precisava ir embora, que sentia minha falta, mandou um beijo e desligou.

Eu me enfiei na cama de novo. Naturalmente não deveria encarar aquele vandalismo como algo pessoal, e a explicação também era relativamente simples. Os quase dois mil metros quadrados de terra que pertenciam ao bangalô estão sendo arrendados. Em 2001, ou no mais tardar 2004, estará tudo terminado, e então nossos conhecidos terão de sair daqui, já que o tempo de transição terá chegado ao fim. Por isso eles já não investem mais nada há anos. Em alguns lugares, onde a madeira está podre demais para colocar pregos, é o arame que mantém a cerca em pé.

No outono passado, Constanze havia escrito um artigo sobre a polícia de Nova York, sobre a sua nova filosofia. Me lembrei do exemplo do carro que fica durante semanas à beira da estrada sem ser usado. O lixo se acumula em volta dele, sob os limpadores do pára-brisa há um monte de folhetos amarelados de propaganda. Certa manhã falta uma roda, dois dias mais tarde as placas desaparecem, logo se foram as rodas restantes. Um vidro é quebrado, e já não há como parar. Botam fogo no carro. Conclusão: é preciso cortar o mal pela raiz e evitar que a sujeira apareça.

Pelo menos Constanze havia sido poupada daquele incidente. Juntos, nós provavelmente teríamos cometido uma imprudência, ou Constanze ficaria deprimida durante dias porque teríamos ficado com medo, porque teríamos nos escondido. Agora, porém, eu precisava fazer alguma coisa, senão hoje ou amanhã quebrariam nossos vidros.

Me levantei para tirar os pedaços da cerca do caminho. Quando ergui o primeiro, ele se despedaçou. Com os pregos expostos, as ripas me lembravam as armas do arsenal de Thomas Müntzer. Primeiro amontoei todas elas. Depois comecei a carregá-las para o galpão. Deixar as ripas no chão, ao alcance de qualquer um, era demasiado perigoso. Talvez eu estivesse exagerando. Fato era, porém, que agora nem mesmo uma barreira simbólica protegia o bangalô.

Diante dessa situação, achei bom ter um celular. Eu havia trazido a Prieros o envelope, guardado por Constanze, no qual estavam todos os papéis do aparelho, e por fim aprendera como se ativa a caixa postal – queria fazer uma surpresa para Constanze.

O "olá!" de uma voz masculina me assustou. De altura mediana, usando chinelos de borracha e pulôver, ele estava parado no portão, e perguntou quais os danos que os vândalos haviam causado à nossa casa.

Na sua cerca faltavam duas ripas. “Uma cerca de caçador”,[1] ele disse. “Sabe a força necessária pra derrubar uma cerca dessas?” Mas o pior era o amassado na capota de seu Fiat Punto. Ele disse ter ficado muito tempo procurando algo para jogar neles, mas nada encontrara. O penteado de ouriço parecia um capuz de pele sobre a testa dele.

“Isso sempre acontece nas férias”, disse ele. “E é essa juventude. Sempre nas férias.”

Caminhei com ele em volta da casa. Ele levou a inspeção a sério, chegou a ficar de cócoras mais de uma vez, como se procurasse rastros. Ainda encontrou pedaços da casa de passarinhos, colocou o tubo do jornal de volta a sua posição horizontal e me ajudou com os restos da cerca. Ele já havia comunicado tudo à polícia durante a noite passada e, ao que parece, não desistira até que lhe prometeram mandar alguém.

“Você precisa saber de uma coisa”, disse ele. “Pra eles isso daqui é mixaria. Do jeito que falta pessoal, e como falta pessoal.”

Ele manifestou interesse por aquilo que contei acerca da polícia de Nova York, e prometi lhe mandar o artigo de Constanze.

“Me dá o número do seu celular?”, ele perguntou de repente.

“O número do meu celular? Eu nem sei qual é.”

Sua testa franzida fez os cabelos espetados descer tanto, que os que estavam mais à frente apontaram para mim.

“Preciso olhar”, eu disse, e perguntei o que ele estava planejando para o caso de os caras voltarem.

1 *Jägerzaun*, no original. Cerca muito resistente, feita de toras cruzadas em “x”. [N.T.]

"Primeiro temos que combinar entre nós", disse ele.

"Mal não vai fazer", eu disse.

No bangalô, me sentei sobre a cama com o envelope nas mãos. Todos os meus colegas tinham celular. Eu não entendia por que eles faziam uma coisa dessas consigo mesmos. Jamais quis ter um celular, até que Constanze teve a idéia do celular *one-way*. Fazer ligações, sim. Recebê-las, não, exceto as dela, naturalmente.

Quando copiei o número percebi que ele terminava em 007.

"Aliás, meu nome é Neumann", disse ele, e me estendeu um tíquete de caixa, no qual havia rabiscado seu número. No mesmo instante, o telefone tocou. Me cumprimentando às pressas, ele se afastou.

Pelo visto, tudo tinha dado errado na redação. Constanze teria de ficar pelo menos mais dois dias em Berlim. Ela disse que, devido às deportações, havia rixas internas, até no caderno de cultura. Eu não tinha a menor idéia a que deportações ela estava se referindo. Nós não ouvíamos rádio, porque ele estava sem o botão de ondas curtas.

Constanze continuava furiosa e observou que os senhores seus colegas simplesmente ainda não haviam conseguido superar a derrota contra os croatas na Copa do Mundo, e por isso estavam bancando os tais.

Eu lhe contei o que acontecera na última noite. Ela falou apenas: "Então vem pra cá".

"Sim", eu respondi, "amanhã." Eu não queria parecer covarde. Além do mais, o calor era bem mais suportável por ali.

Deixei tudo em ordem. Caso a polícia de fato aparecesse, eu não queria que pensassem que pelo jeito pouco importava se algo havia sido arrombado ou não. Eu também diria que nossos locatários haviam apenas arrendado a área, pois se tratava do terreno de um ocidental. Para terminar, varri o terraço.

À tarde, ainda conversei com outros vizinhos. Nós combinamos que deixaríamos todas as lâmpadas acesas à noite. Posicionamos nossos carros de tal modo que os faróis apontassem para a cerca e pudéssemos ofuscar os olhos dos caras de repente, e talvez até fotografá-los. Agíamos seguindo o lema: multidão, barulhão, iluminação.[2] Entre nós, os moradores dos bangalôs, havia se formado uma espécie de solidariedade do Velho Oeste. A polícia não deu as caras, e ninguém mais disse uma única palavra sobre o assunto.

Por uma espécie de gratidão, disquei o número de Neumann. A idéia de estar ligado a alguém por satélite, ou seja, através do cosmo, já havia me embriagado antes. O fato de sermos vizinhos, distantes um do outro menos de trezentos metros, apenas tornava a coisa mais fantástica. Em vez de Neumann, uma mulher disse: "Este é o telefone de", seguiu-se uma pausa, e então ouvi, a uma distância galáctica, as palavras, "Harald Neumann". Senti meus pêlos se arrepiarem até a nuca. É natural que até amigos íntimos muitas vezes pareçam perturbados ou abatidos ao falar em suas secretárias eletrônicas. A voz de Neumann, porém, não apenas soou deprimida, mas como se ele sentisse vergonha até mesmo de ter um nome.

Pouco mais tarde, caiu um breve temporal. Eu vi Neumann saindo da floresta com um cesto cheio de cogumelos. Já de longe,

2 *Leute, Lärm, Licht*, no original. "Pessoas, barulho, luz", numa tradução *ipsis verbis*. [N.T.]

gritou: "Parecem nabos!". Ele por certo queria dizer que com um tempo assim se podia apanhar cogumelos como se estivéssemos colhendo nabos, ou que eles eram tão grandes quanto nabos. E me convidou para comer com ele.

Comparado à nossa biboca, o bangalô dele era um palacete, com televisão e som estéreo, poltronas de couro e dois bancos de bar. Neumann serviu vinho tinto e pão branco para acompanhar os cogumelos. Depois jogamos xadrez e fumamos um maço inteiro de Club. Entre o Neumann à minha frente e aquele que disse seu nome na secretária eletrônica parecia não existir a menor ligação. Ainda assim receei perguntar por sua família ou seu trabalho.

Perto do anoitecer, as nuvens se coloriram de rosa sobre o lago. Eu deixei a grande lanterna de mão e o número de Neumann a meu alcance.

Depois das dez, os raios passaram a cintilar tão regularmente quanto a luz de alerta de uma ambulância. Uma chuvarada se seguiu. Mais tarde, tive certeza de que naquela noite não viria ninguém.

Na manhã seguinte, juntei as coisas, limpei tudo mais uma vez e me despedi dos vizinhos. Não cheguei a encontrar Neumann. Provavelmente ele tivesse ido mais uma vez à floresta. Não acredito que as pessoas teriam a impressão de que sou um covarde. Elas viam muito bem que Constanze não estava mais ali. Difícil, contudo, foi o telefonema a nossos locatários. Eu deveria dar um jeito na cerca, ainda havia estacas novas no galpão, eles disseram. Mas só com a geladeira eu já gastara uma manhã inteira, e isso bastava.

No fim de setembro, o celular tocou no meio da noite. Num primeiro momento, pensei que fosse o bip anunciando que a bateria tinha acabado. Mas o tililitit ficava mais alto a cada vez que soava. No escuro, tateei meu criado-mudo à procura. Com a ponta do indicador, busquei as teclas; eu precisava da intermediária, na segunda fila, de cima para baixo. O toque estava insuportavelmente alto.

"Os caras estão aqui de novo. E põe barulheira nisso!" E, depois de uma breve pausa: "Alô! Aqui é Neumann! Estão fazendo a maior barulheira de novo! Está ouvindo?".

"Mas nem estou mais aí!", disse eu, por fim.

"Estão fazendo a maior barulheira!"

Do lado de Constanze, a luz se acendeu. Ela estava sentada à borda da cama e sacudia a cabeça. Com a mão livre, eu tampei o fone. "Um vizinho de Prieros." Senti como o suor brotava em mim. Eu jamais havia mencionado a troca de números, até porque jamais voltaríamos a Prieros.

"Você está sozinho aí?"

"Ora, mas alguém precisa montar guarda!", gritou Neumann.

"Está sozinho?"

"Estão quebrando minha cerca, os caras-de-pau!"

"Já chamou a polícia?"

Neumann deu uma gargalhada e precisou tossir. "Essa é muito boa..." Soou como se ele estivesse bebendo. Eu jamais havia lhe mandado o artigo de Constanze sobre Nova York.

"O que você está querendo?", eu perguntei.

"Ouça só a barulheira!"

Eu apertei o fone no ouvido, mas em vão.

"Agora eles estão perto da caixa do correio", ele gritou, e pareceu tomar mais um gole. "Ali eles vão ter que fazer um bocado de força. Nem em dois esses paspalhos conseguem arrancá-la. Mas agora chega, basta..."

"Fique onde está!", eu gritei.

Constanze estava parada à porta e fez um sinal para mostrar que eu estava endoidando. Já no corredor, ela falou algo que não entendi.

"Alô?", gritou Neumann.

"Sim", eu respondi. Ou será que ele estava falando com os caras da cerca? "Fique dentro de casa!", eu gritei. "Não vá bancar o herói!"

"Eles foram embora", disse ele, e riu. "Não vejo mais ninguém, se foram, estão se cagando de medo!" Ouvi com nitidez como Neumann bebeu e em seguida pôs a garrafa de lado. "Babacas", disse ofegante.

"Você não pode se meter nisso sozinho..."

"Mas e você, como está?", ele me interrompeu, num tom quase sereno.

"Fique dentro de casa", eu disse. "Não saia sozinho daí, talvez no final de semana, mas não num dia útil!"

"E quando você vai aparecer por aqui outra vez? Nós ainda temos uma partida em aberto. Ou prefere jogar xadrez à distância? Me dá seu endereço? Coloquei cogumelos pra secar, um saco cheio."

"Meu caro Neumann", eu disse e não soube como continuar.

"A lata de lixo", ele berrou de repente. "Minha lata de lixo!"

"Deixe a lata pra lá", eu disse. "Ela não tem a menor importância!" Chamei "Alô?" e "Alô, Neumann?" um punhado de vezes. Depois só ouvi mais um tu-tu-tu e no display apareceu: ligação encerrada.

Constanze voltou ao quarto, deitou em seu lado da cama, com o rosto voltado para a parede, e puxou a coberta sobre os ombros. Tentei esclarecer aquilo tudo a ela; que a princípio eu havia hesitado, mas por fim até ficara contente em poder pedir a ajuda de um vizinho em caso de necessidade. Constanze não se mexeu. Eu disse que estava preocupado com Neumann.

"Quem sabe se ele não liga de novo", ela respondeu. "Isso por certo vai se repetir a partir de agora. Mas você não dá seu número a ninguém, não é mesmo?"

Acho que estamos tão desiludidos um com o outro em momentos como esse, que acabamos nos odiando.

Fui até meu escritório para buscar o carregador da bateria.

"E se ele passar o seu número para alguém?" Constanze se virou e se apoiou, levantando o corpo.

"E por que ele faria isso?"

"Imagina só o que pode acontecer!"

"Constanze", disse eu. "Isso é bobagem."

"Só quero que você imagine o que pode acontecer!" Ela voltou a puxar para cima a alça de sua camisola, que havia escorregado de seu ombro esquerdo. Mas a alça caiu de novo.

"Imagine as pessoas que poderiam ligar pra nós", ela disse, "sempre esses vizinhos!"

"Nosso número está na lista telefônica, um número como qualquer outro. Qualquer um pode ligar pra nós."

"Não é isso que estou querendo dizer. Se por acaso uma casa pega fogo ou é bombardeada e alguém corre pra fora com nada a não ser seu celular, porque o tem no bolso por acaso. Então você vai poder falar com ele."

Eu enfiei o cabo do carregador na tomada ao lado da cama.

"Isso pode muito bem acontecer", disse Constanze. E voltou a usar seu tom de governanta. "Alguém te liga do Kosovo ou da República Tcheca ou daquele lugar em que teve o tsunami. Ou um desses que estão morrendo congelados em cima do Monte Everest. Então você vai poder falar com ele até o fim, até o fim derradeiro."

Ela continuou falando, apoiada nos cotovelos, com o ombro esquerdo nu, de olhos fixos numa das pontas do travesseiro, que estava virada para cima. "Imagina com quem você vai ter que se meter nesses casos! Ninguém mais vai precisar ficar sozinho."

Seria absurdo ligar para o serviço de informações, porque seria absurdo ligar para Neumann. Não sei o que teria sido mais desagradável, conseguir falar com ele ou ter de ouvir mais uma vez como ele dizia seu nome na secretária eletrônica.

No display apareceu o sinal que indicava o carregamento: os contornos de uma pequena bateria, sobre a qual uma barra inclinada passeava em três diferentes fases. Foi a última coisa que vi antes de apagar a luz. No escuro, Constanze disse: "Eu acho que quero o divórcio".

Eu ouvia sua respiração e seus movimentos e esperei pelo tililitit.

A porta de ferro da banca de jornal já fizera seu alarde, quando nossas mãos se tocaram por acaso. Foi necessária mais uma eternidade até que ousássemos nos aproximar. Quando isso aconteceu, porém, nos atracamos como há tempos não fazíamos, como se a insônia nos tivesse deixado loucos.

Em algum momento o tililitit soou. Vinha de bem longe, como o sinal de uma nave espacial chamando, baixo e indistinto; só aos poucos é que ele ficou mais próximo, mais alto, cada vez mais alto, para ao fim superar qualquer outra coisa, de tal modo que me pareceu que Constanze e eu nos movíamos sem fazer o menor ruído. Só aquele tililitit podia ser ouvido; até de repente parar, deixar tudo em paz e silenciar, assim como nós.

Bolero em Berlim

"Um cara tão pegajoso!" E ela mais uma vez apertou o copo contra a face. "E você simplesmente cai na dele. Fica o tempo todo impassível. E com um cara desses... Eu simplesmente não entendo!"

Robert esticou os dedos. Ele não tinha certeza se também sentia a verruga quando ela não roçava o dedo médio. Primeiro ela dava a sensação de uma casquinha, agora já era mais como um farelo de pão.

"No máximo quatro semanas", ele disse, e levantou os olhos brevemente. Ela continuava escorada ao parapeito da janela com seu roupão de banho azul-escuro, o braço direito abaixo dos seios, o cotovelo esquerdo apoiado sobre a mão. "Se eles respeitarem o acordo, mais duas, só mais duas semanas."

"Que coisa mais desagradável." Ela bebericou o conhaque. A listra vermelha sobre sua face empalideceu aos poucos. "Eu não entendo como é que você foi capaz de fazer uma coisa dessas, eu simplesmente não entendo."

O resto do conhaque oscilava no copo para lá e para cá como as ondas naquele cubo que ele sempre pegava quando entregava o cartão do seguro com chip no dentista: um pequeno barco a vela se mantinha sobre as gigantescas ondas azuis, nadava sempre na crista, sempre com as velas ao vento, mesmo quando ele virava o cubo de cabeça para baixo. Seus dedos se entrelaçaram. "Nós agüentamos noventa e seis semanas. E agora são só mais duas..."

"Noventa e seis semanas de merda!" Ela cerrou os olhos e abriu a boca. O copo estava vazio. "E tudo à toa..."

"Não foram noventa e seis semanas *de merda*, Doro, não foram..."

"Não apenas de merda, mas até... Qual é o nome que *você* daria para o encontro dominical de um monte de vagabundos no saguão da sua casa, que nem se viram de costas quando estão mijando? Ou ver suas roupas se emporcalhando dentro do armário, porque as paredes são perfuradas, primeiro uma, depois a outra? E nem um pingo de luz natural, sempre esse toldo de merda na frente da janela, e ainda por cima tenho que ficar feliz quando é apenas o toldo, e não tem um cara de merda desses sentado na frente da janela apontando seu dedo de merda pra mim."

"O quê?"

"Ah, Robert, em que mundo você vive!"

"Quer dizer que alguém? Você seria capaz de reconhecê-lo?"

"Não fala bobagem..."

"É sério." Ele se levantou. Mas o jeito como ela o olhava – ele não queria ficar parado diante dela sem poder tocá-la. A luz amarelo-escura do aparelho de CD o surpreendeu.

"Talvez você esteja falando sério, mas não sabe do que está falando. Normalmente você tem mais imaginação." Ela rolou o copo vazio entre as palmas das mãos enquanto se aproximava dele.

"Doro", disse ele.

Ela encheu o copo mais uma vez.

"Essa porcaria..." Ele havia contado todos, e não esqueceu aquele que ela estava enchendo. O último copo, cheio até a borda, valeu por dois.

Ela se ajoelhou, as mãos apoiadas à mesinha de centro, e sorveu o conhaque. Uma mecha do cabelo caiu sobre a borda do copo. "Até que não é tão ruim assim, a porcaria que seu amigo trouxe, o seu ca-ma-ra-da." Ao levantar, ela se segurou no sofá. Ele não queria censurá-la. Queria que também aqueles minutos se encaixassem na vida deles como todos os outros até então. Eles deveriam poder se lembrar de todas as horas sem se arrepender do que quer que fosse.

"Ca-ma-ra-da", ela repetiu, e tentou beber enquanto andava.

Se é que Robert podia fazer uma censura àquele homem, então seria a de que ele havia trazido aquele troço pra dentro de casa. Ele e ela não bebiam nada muito forte. Doro tinha até amigos que não tomavam álcool. Era preciso pensar em uma coisa dessas, ora.

"O seu ca-ma-ra-da."

"Mais duas semanas", disse Robert, e olhou para suas mãos e para os dedos dos pés nus. Será que ele os reconheceria em meio a muitos? As mãos sim. Desde que passara a tirar regularmente as cutículas, elas haviam se tornado familiares para ele. "Isso tudo ficou muito claro, desde o começo."

"Desde o começo!" Ela caminhava para lá e para cá. E então disse, calma: "Pra cada semana os fulanos construtores do prédio vão ter de pagar um extra, já que prometeram um apartamento vazio, sim, vazio, e não ocupado. Nada mais justo, portanto, um extra, e pra cada semana...".

"Eu sei disso, ora..."

"Eles subiram bem rapidinho, bem rapidinho mesmo. E você ainda diz que nós falamos disso. Vocês não vão entender mesmo nunca!"

"Mas quem são 'vocês', nesse caso?"

"Vocês ora, vocês todos aqui..."

"Senta aí."

"Eu pensei que você fosse inteligente, que estava deixando eles espernearem pra no fim..." Ela cerrou o punho brevemente. O suor brilhava sobre sua testa, também sobre o lábio superior. "Nós nunca mais vamos receber uma oferta dessas, nunca!"

"Quando tudo isso chegar ao fim..." Ele olhou para ela, queria continuar falando. Quando eles pudessem voltar a ver a torre de TV da cama, a luz piscante, a estrela, e durante o dia as pegas pousando sobre a antena e na chaminé em frente, e de manhã as sombras que se debruçavam sobre a parede do prédio até que as sacadas passavam a lançar apenas bandeirolas curtas e escuras, flâmulas, como se o vento viesse do Friedrichshain. Robert viu a hera com seus tentáculos de lula, as bicicletas no pátio...

Ela riu.

"Eu não vou ficar nessa dois anos, e depois ainda dizer muito obrigada! Até que o resultado ficou simpático, escadarias bonitas, pintura finíssima!"

"Não fale tão alto!"

"Você é mesmo um babaca! De onde pensa que ele tira um valor assim... cento e oitenta mil, exatamente vinte mil a mais!

Você poderia ter pedido duzentos. Sim, um dois...” Ela desenhou os números no ar com a mão livre, “e mais cinco zeros. Em algum momento ele mostrou a você, deu algum sinal de que o apartamento pertence a ele?”

A luz do aparelho de CD perturbava Robert, como se mais alguém estivesse à espreita atrás do sofá. A cada semana, ele tirava um dos discos do pacote azul de música clássica que Dorothea havia lhe dado de presente – dez CDs por oitenta e oito marcos – e o colocava para tocar. Ele conhecia o nome da maior parte dos compositores, só os títulos, os regentes e as orquestras ele tinha de decorar, como fazia no passado com as palavras em russo. Não conseguiu lembrar qual havia sido o CD que ouvira por último.

“Você pelo menos poderia ter perguntado, antes de abrir mão assim tão generosamente; como se eu nem sequer existisse, como se eu fosse ar, pura e simplesmente ar...” Ela deu meia-volta, foi até o corredor, o copo entre as pontas dos dedos, e o colocou sobre a mesa do telefone bruscamente. Com alguns passos, ele estava atrás dela.

“Eu ainda não vou fugir de você!”, ela gritou, sem se virar. “Seu grosso, seu grosso estúpido!”

“Doro”, ele sussurrou, “as crianças.”

“Estou apertada!” E ela fechou a porta do banheiro atrás de si. Os braços dele desabaram.

Na sala, ele sentou no sofá, onde um vinco em semicírculo marcava o lugar do qual acabara de se levantar.

Quando ela voltasse a aparecer na soleira da porta, ele tinha de saber como a noite continuaria, como eles chegariam à cama e depois adormeceriam. Primeiro era chegar até a cama, aí o pior já teria passado.

Ele seguiu o conselho do livro que lia nas pausas do trabalho: viver em "cabines à prova do tempo".[1] Tinha apenas de conseguir superar, junto com Dorothea, aquela noite, aquela madrugada.

Ele acreditava na manhã seguinte, naquela meia hora na cozinha, quando ele já tivesse vestido as crianças, Dorothea entrava, e ele botava o leite no café dela. Quando saía de casa com as crianças, a louça já estava na máquina.

Durante dois anos e meio ele fizera obras no apartamento, primeiro a calefação do andar e a parte elétrica, depois lixar o assoalho, ambiente por ambiente, consertar as janelas. A cada bucha, a cada arruela, a cada moldura de porta repintada ele se sentira mais seguro. A maior segurança, contudo, quem lhe dava eram os rapazes. Quando Dorothea convidava sua turma da universidade e mostrava o apartamento a todo mundo, e ele, então, com os dois rapazes sobre os braços, aparecia na sala para o beijo de boa-noite e Dorothea dizia: "Olhem só, meus três homens!". Ah, ninguém se sentia tão bem quanto ele, pelo menos ninguém que ele conhecia.

De repente, começava de novo aquela melodia. Vinha da bolsa dela. Robert sabia como se chamava aquela música de orquestra, ele sabia o nome e o sobrenome do compositor, ele

1 Conceito alemão de livros de auto-ajuda empresarial, segundo o qual o indivíduo deve viver o aqui e o agora, concentrado apenas no seu trabalho. [N.T.]

sabia até mesmo qual o nome que agora piscava no display do celular dela. Ele jogou a bolsa no sofá, pegou um travesseiro e o apertou com as duas mãos sobre ela, até que a peça de orquestra morresse sufocada.

Robert havia aprendido carpintaria, e durante quase dez anos se mudara de um canteiro de obras para outro. Por três anos ele instalara aparelhos de calefação, e por um ano e meio providenciara a entrega, o carregamento e a montagem de móveis de escritório. Agora ele já trabalhava fazia dois anos e meio no serviço de bufê Magnum. Jamais fora demitido. As firmas sempre acabaram indo à falência. Um sujeito como ele jamais era despedido, nisso ele era capaz de apostar tudo que tinha. Sempre há o que fazer. Pois então. E Dorothea? Ele achava que não teria a menor chance com ela, e por isso conseguira se comportar de modo totalmente natural. Com trinta e um anos, ela engravidara pela primeira vez. Ele não havia pensado que alguém fosse capaz de estudar assim por tanto tempo. E quando Dorothea arranjava trabalho por algumas semanas, era sem receber pagamento. Ela ficava tão contente com as respostas positivas que recebia, que ele sempre acreditava que ela arranjara algo definitivo. Mas ela nem sequer precisava trabalhar. Ele cuidava muito bem de sua família, ele sabia o que era bom para ela. Ele não precisava de conselhos, muito menos desses fulanos da construtora.

Esses fulanos da construtora haviam convidado todo mundo para a assembléia de inquilinos, e ficaram olhando para Dorothea fixamente, depois acabaram perdendo por completo as estribeiras quando ouviram o dialeto dela. Uma alemã do sul, uma compatriota da Alemanha Ocidental, por isso eles não pareciam esperar, não num apartamento como aquele. Ele, porém, comprara a briga.

Só uma vez o contrato de aluguel havia saído do lugar – por trinta minutos. Foi do que ele precisou para ir até a copiadora da Winsstrasse, onde recebia desconto usando o cartão de Dorothea. O original era a garantia que eles tinham nas mãos, e não podia ser perdido, nem mesmo mostrar uma simples dobra depois de tantas idas e vindas.

Ele ouviu a descarga sendo puxada e não sabia nem mesmo se devia levantar ou ficar sentado. Dorothea agora estava preparada, havia bolado frases inteiras para dizer. Ele saberia apenas repetir que em duas semanas... quando o toldo caísse e os andaimes... depois de noventa e oito semanas ver o céu de novo, um feriado, dia da vitória... Pela primeira vez ele não se alegrou com isso.

Ao longo de meio ano, não acontecera nada. E então o cartaz por causa dos andaimes: perigo acentuado de desmoronamento! Ele havia comprado spray de pimenta e colocado uma lata em cada ambiente. E em seguida o toldo. Ninguém jamais havia mencionado um toldo. Durante dez meses eles haviam cozinhado atrás dele, sem que um pedreiro sequer aparecesse. "Nós estamos sendo grelhados", dissera a Dorothea. E ele dizia a todos: "Se ninguém se mudar, eles não poderão fazer nada".

Quando tudo começou, os fulanos da construtora tocavam a campainha uma vez por semana, e por fim estavam parados todos os dias diante da porta. Ele não queria mudanças. Não precisava fazer experiências malsucedidas para saber o que era bom. Ali ele estava em seu lugar, e dali não sairia mais. E tinha direito de ficar.

"Será que não seria bom se déssemos uma olhada em outro apartamento? Só dar uma olhada, sabe." Ele se limitara a perguntar a Dorothea: "O que é que não te agrada no nosso apartamento? Do que você sente falta? O que foi que eu esqueci? O que você gostaria que fosse diferente? Pois então..."

Os fulanos da construtora entravam na casa do mesmo jeito que o pó, nem os panos molhados ajudavam. Ele não queria que o termostato fosse transferido da cozinha para o banheiro, não queria o calor da calefação central e preferia esquentar a casa com carvão, pois no carvão ele podia confiar – mesmo em caso de falta de energia ou de guerra. Ele havia até alugado um segundo porão e juntado briquetes de reserva. E velas, tantas, que eles podiam abrir um negócio com elas.

Esses caras só sabiam mesmo jogar dinheiro na cara da gente e, quando isso não ajudava, jogar mais e mais dinheiro, cada vez mais dinheiro. Ele tinha controle sobre si mesmo. Foram eles que se comportaram mal, eles que perderam a paciência e o acusaram de tudo quanto é coisa. Para ele, pouco importava de onde eles vinham e se o engenheiro-chefe era de Neukölln ou de Hellersdorf. Ele sabia apenas que o dinheiro acabaria destruindo sua família, e que eles não deviam ceder e sair do apartamento. Eles tinham de passar por uma prova. E ele ajudaria Dorothea a permanecer forte.

Aquele homem havia entendido tudo e enfiado seu cartão de visita debaixo da porta. Tinha no máximo trinta e poucos anos, ainda que seus cabelos fossem tão poucos que nem se podia ver a risca divisória de perto. Seu couro cabeludo brilhava. "Quem agüenta tanto tempo assim, não se muda mais, non é verdade?

Eles ton blefando. E o meu caso eles acabam protelando, sempre protelando." Robert gostava do dialeto do Oberlausitz falado pelo homem, havia arrancado essa explicação da parte dele.

"Eu comprei o apartamento de vocês, nesse conjunto, mas eu o comprei vazio. Esses daí", ele se referia aos fulanos da construtora, "dizem que é apenas uma queston de dinheiro, non é mesmo, pra saber quando o senhor vai se mudar. Mas eu não acredito mais nisso. Eu quero, pois é, quero que eles me dêem o dinheiro de volta, devolução, o senhor entende? Esperei dois anos. Mas eles ficam protelando, sempre protelando."

Enfim alguém havia entendido as coisas. Eles jamais se mudariam, nem mesmo por cento e oitenta mil. Por que Robert não deveria assinar algo assim, dizendo que jamais se mudariam? Agora os fulanos da construtora receberiam a coisa por escrito, em caráter oficial, como se diz, e do dono do apartamento.

Quando Dorothea chegara em casa, a visita dele já estava prestes a ir embora.

"Algum dia você já pensou", e Robert levou um susto, "quanto tempo precisarias trabalhar pra conseguir um dinheiro desses? Seis anos, sete anos." Ela não olhava para ele, nem mesmo ao falar, e mantinha o roupão de banho fechado, segurando-o pela gola como se estivesse com frio. "Duzentos mil, um dois e cinco zeros, sobre isso nós nunca conversamos, nunca mesmo."

Ele sentiu o tremor de seus olhos, mas não respondeu nada. Sabia muito bem, ele, o grosso, sabia de tudo muito bem.

"Eu achava que vocês enfim tinham entendido como funciona a coisa", disse ela, "mas vocês não têm a menor idéia de nada."

Ele levantou os olhos. Dorothea recostava o ombro à parede.

"Sabe de uma coisa..." A cabeça dela se movimentava como se seguisse uma melodia. Robert a vira bêbada uma única vez, antes ainda do nascimento das crianças. Ela chorara o tempo inteiro no caminho de casa, tentando acertá-lo com seus chutes. Ele tivera de arrastá-la como um cachorro teimoso. Eles não haviam encontrado ninguém. Se ele a tivesse deixado para trás, ela talvez tivesse morrido congelada. E disso ela não devia se esquecer. Ela chegara muitas vezes tarde em casa, às vezes até bem tarde. Mas pela manhã, na cozinha, tudo voltava a ficar bem.

"Sabe de uma coisa..." Ela soltou o roupão de banho, empurrou o corpo ao longo da parede até a porta, e cambaleou para fora.

Ele a seguiu até o corredor. A porta do banheiro bateu, a luz se acendeu, a tampa do vaso estalou contra o cano da água. Ouviu-se o barulho do vômito, e logo depois ela puxou a descarga.

Era como a entrada em cena numa comédia de televisão, quando as pessoas aparecem por um instante, dizem alguma coisa, e logo voltam a desaparecer, e os outros se olham desnorteados enquanto o riso de um gravador é acionado.

Agora ele a ouvia de novo. A porta não estava trancada.

Ele não ficou perturbado com o berro de Dorothea, nem com a mão que queria afastá-lo e expulsá-lo dali acenando. Ela tinha de saber que com ele não se fazia uma coisa dessas. Ele a empurrou um pouco para o lado, agarrou-a com a mão esquerda e apertou-a contra seus quadris. Ela se curvou sobre o vaso mais uma vez, sentiu ânsias de vômito, tossiu, cuspiu. Com a direita, ele segurava a testa dela. O roupão de banho estava aberto, o cinto pendente tocava os dedos dos pés dele. Um fio de saliva chegava até o vaso. Muco de um amarelo quase marrom boiava ali dentro.

Ele falou com ela, calma e regularmente, enquanto ela dedilhava o fio de saliva como se fosse uma corda de violão. Ele levantou a testa dela um pouco e puxou a descarga. "Não fica preocupada", disse ele. "Calma, Doro, fica calma."

Aos poucos, o mundo voltou aos eixos. Se tivesse de ser, ele agüentaria até o dia seguinte pela manhã, sem dúvida. Enquanto sentia a testa dela em sua mão, não podia acontecer nada de ruim.

No fundo, tudo havia acontecido como tinha de acontecer. Sua decisão era definitiva. Ele fizera tudo certo. Se sentia como o navio sobre as ondas azuis, as velas sempre ao vento. E mesmo aquele troço de alto teor alcoólico, aquele presente impensado, mesmo este tinha sua função. Como é que eles conseguiriam chegar ao dia seguinte de outro modo, sem conhaque, sem a testa de Dorothea em sua mão? Robert ficara agradecido a ele, aquele sujeito de crânio brilhante, verdadeiramente agradecido.

Agora Robert sabia como faria Dorothea passar por aquela noite, aquela madrugada, pouco importava o que ela falasse.

Quando tudo aquilo ali tivesse passado, ele não podia esquecer de desligar o aparelho de CD. Aí ele olharia para saber qual tinha sido o CD que ouvira por último, e também voltaria a se lembrar do nome do compositor. O despertador já estava programado. Ele deixou Dorothea falar.

Com a esquerda, afastou os cabelos das costas dela. E ela devia sentir aquilo como uma carícia. Sozinha, não conseguia mais se sustentar sobre as pernas. Sua testa estava úmida e quente. Ou será que era a mão dele? Ele se adiantou um pouco mais, a fim de poder apoiar os cotovelos nas costelas. Ele agüentaria, sim, agüentaria. Queria apenas mudar de lado, colocar a testa dela na outra mão. “Você tem que botar tudo pra fora”, ele a interrompeu, “tudo mesmo.” Por que ela não calava a boca de uma vez por todas?

Então não fez mais do que girar o punho esquerdo, um gesto que ele conhecia de Dorothea, quando ela prendia seu cabelo no alto da cabeça. Por um instante, sentiu todo o peso do corpo dela. Seu braço esquerdo caiu como se estivesse anestesiado.

Robert ficou surpreso com sua própria rapidez ao agarrá-la, como se fosse treinado nisso. Entre os dedos, ele voltou a sentir aquele farelo de pão, mas os cabelos dela envolviam a mão esquerda de um modo maravilhosamente suave. E ele puxava a cabeça de Dorothea cada vez mais para trás. O rosto dela agora estava diretamente embaixo dele. Eles se olharam, se observaram, até que ele compreendeu que agora era tarde demais, que agora não podia mais simplesmente largá-la. E assim ele viu, quando ela fechou os olhos por um momento, que não havia outra saída a não ser beijar a boca aberta de Dorothea.

Milva, quando ela ainda era bem jovem

Até hoje não sei o que devo pensar sobre isso. Foi uma catástrofe? Ou uma besteira? Ou simplesmente algo pouco comum? O pior foram os minutos depois, a meia hora no carro com Harry e Reiner. Harry dirigia rápido, ainda que a poeira levantada pelo Passat da ruiva fosse como neblina sobre a estrada em meio ao campo. "Essa brincadeira vai custar caro", murmurava Harry sem parar, "essa brincadeira vai custar caro." O limpador do pára-brisa foi acionado e a água espirrou para o alto. Reiner, o cigarro no canto da boca, na mão esquerda o maço amassado, se segurava na alça em cima da porta. Uma pedra bateu na parte de baixo do carro. Eu senti o gosto da poeira na língua.

Antes de pegarmos nossas mulheres em Perúgia, nós tínhamos de decidir o que contaríamos a elas. E nem sequer entendíamos qual o papel da ruiva na história. Ela era a amante, a namorada daquele cara ou uma prostituta? Ou a esposa com presença de espírito, talvez a filha, ou ainda, como Reiner afirmou de repente, uma assassina, que vira seus planos estragados – ou talvez favorecidos – por nossa causa?

Sem frear, Harry dobrou na estrada para Città della Pieve. Será que deveríamos tentar atravessar a fronteira ainda hoje, ou seria suficiente viajar até outra região? Ou seria um completo exagero tomar algum tipo de precaução?

Harry e Reiner discutiam. Eu os interrompi apenas uma vez e disse que achava absurda a idéia de esconder a Caravan ou mesmo de jogá-la despenhadeiro abaixo – no vale à nossa esquerda, a auto-estrada levava a Roma, passando por Orvieto. Harry disse que não era para eu me meter. "Você não tem por que se preocupar com isso, você não, você saiu numa boa, bancou o nobre e ficou de fora." E nisso olhou brevemente para o retrovisor.

Eu apenas tinha medo que Doreen, minha mulher, cedo ou tarde ficasse sabendo de algo, pouco importava qual a história que contássemos a elas.

Até aquele dia, eu mentira para Doreen mais por conforto, e não por ter algo a esconder. Mas mentir era a pior coisa para ela. Por isso eu queria que disséssemos a verdade, que simplesmente contássemos como foi que tudo aconteceu.

"Então vamos, conta como foi!", gritou Harry. "Explica pra elas, quero ver só!"

Eu estava sentado atrás de Harry e Reiner, e imaginei minha saída, as milhares de operações e correrias. Ainda que nos últimos anos no fundo tudo tivesse ficado mais simples, os preparativos necessários para manter a ordem me custavam cada vez mais esforços. Foi nisso que eu pensei, e que era fatal ter pensamentos como aquele assim de cara.

Reiner e Sabine, Harry e Cynthia – no passado nós sempre acampávamos juntos no mar Báltico, depois no Balaton e, quando tudo ficou caro demais por lá, no Alto Tatra. Nos últimos anos, nós todos havíamos mudado mais de uma vez, Harry e Cynthia haviam até morado dois anos na Holanda. Nós todos não trabalhávamos mais em nossas antigas profissões. Nos aniversários, telefonávamos uns para os outros.

Não sei mais quem de nós teve a idéia de ir à Itália, mais especificamente para a Úmbria. Os preços estavam lá embaixo dois anos depois do terremoto de 97, e nas fotos as casas de férias prometiam o paraíso.

Nos últimos anos, eu havia compreendido que tinha de me preocupar com meus amigos, caso algum dia não quisesse ficar sozinho por aí. Além disso, eu e Doreen jamais tínhamos feito uma viagem só os dois; até no ano anterior, Ulrike, nossa filha, sempre viajara junto.

Em abril eu peguei um mapa da Itália, procurei a Úmbria e olhei para ver a que distância ficavam Aviano e Piacenza. Hoje em dia esses lugares não dizem mais muita coisa à gente, mas na primavera de 99 se ouvia falar deles nos noticiários diariamente, porque os aviões da OTAN partiam de lá em direção ao Kosovo e à Sérvia. Não que eu tivesse medo, na época os atentados praticamente nem existiam. Mesmo assim me parecia descabido ir voluntariamente às proximidades de lugares como aqueles.

Quando partimos, em 10 de maio, eu me sentia como se estivesse indo a um encontro de ex-colegas de escola. Me acalmava o fato de irmos em três carros. Além disso, parecia que nós continuávamos nos entendendo muito bem. Isso é coisa que logo se percebe.

Passamos a primeira semana nas proximidades de Gubbio. Dormíamos muito, o café-da-manhã era abundante, íamos passear de quando em vez, tomávamos sol durante horas no gramado que se estendia atrás da casa, e chegamos a fazer uma excursão a Assis.

Às vezes, víamos a CNN, mas evitávamos comentar os noticiários. Reiner dizia que conceitos como *airbase*, *airstrikes* e *serbs* já lhe pareciam mais familiares e corretos do que as designações alemãs, que soavam apenas como traduções. Comigo a situação era parecida. Quando eu lia a palavra catástrofe em algum lugar, ela logo se transformava em *catastrophe* para mim, pouco importava se o tema em questão era uma enchente na Baviera, a contaminação do Danúbio ou os albaneses.

Depois de quatro dias, Doreen disse no carro que, no fundo, tinha vontade de tirar férias de verdade. Eu perguntei o que ela queria dizer com isso. Será que eu deveria arrumar as malas e anunciar, caros amigos, pra nós basta? "E por que não?", ela disse, e deu de ombros.

No dia 15 de maio, fomos ver os "Loucos" em Gubbio. Três partidos correm com velas de madeira de cinqüenta quilos e figuras de santos sobre os ombros pelas ruelas da cidadezinha. Uma diversão e tanto. O clima de festa havia tomado conta de nós. À noite, Reiner, Harry e eu ficamos sentados na cozinha e matamos duas garrafas de Campari mais a cerveja que havia sobrado. Reiner derramara cerveja no decote de Sabine quando ela quis levá-lo para a cama, coisa que de fato havia sido meio estúpida.

Cynthia exigiu, como reparação, um dia de compras para as mulheres em Perúgia, enquanto nós, os homens, deveríamos organizar a nova hospedagem em Città della Pieve. Doreen falou em traição – ela de fato usou essa palavra – na minha cara, como se eu tivesse feito sei lá o quê.

Nós carregamos tudo na Caravan de Cynthia e Harry, e passamos pelo lago Trasimeno e por Chiusi, com suas tumbas etruscas, não encontramos logo a bifurcação depois de Città della Pieve – a gente se engana com facilidade em relação às distâncias –, atravessamos um bosque de carvalhos, vimos uma bela ruína que parecia servir de pedreira, e de repente estávamos parados em meio a um campo aberto. Diante de nós, no alto da montanha, nossa casa de campo refulgia ao sol, envolvida pelas encostas verdes da floresta.

"Elas vão ficar derretidinhas", disse Harry.

Mais ou menos na metade do caminho – as trilhas sob os pneus ficavam cada vez mais profundas –, ele deu um berro e pisou no freio. "Uma cobra", gritou.

No fundo, deveríamos ter ficado desconfiados ao ver uma mulher sair da piscina junto à casa. Ela levantou uma toalha verde, sacudiu-a com uma das mãos e começou a secar os cabelos.

Paramos no estacionamento espaçoso, ao lado de um Passat quase zerado com placa de Berlim. Disseram que o locador era alemão, e teria um haras nas proximidades da casa.

Nós batemos à porta, demos a volta na casa e na piscina – a água estava gelada –, nos deitamos um depois do outro sobre as espreguiçadeiras de plástico branco à borda e desfrutamos a paisagem à nossa volta. "Um luxo e tanto", disse Reiner, e com dois dedos exibiu a parte superior de um biquíni, que por certo encontrara sobre a grama. Batemos à porta mais uma vez, nada se mexeu dentro da casa.

Harry tirou do bolso uma folha dobrada. A foto em tom azul colada sobre ela mostrava nitidamente aquela casa, com a piscina em frente. Eu tentava decifrar as letras manuscritas no verso, quando Reiner me deu um tapão.

Um homem mais velho olhava para nós pela janela do primeiro andar. Ele estava bronzeado, tinha um queixo saliente e cabelos brancos penteados para trás.

Gritei para ele dizendo que éramos as pessoas que haviam alugado a casa para aquela semana. "Chegamos cedo demais?"

Primeiro pensei que ele não entendia alemão, e fiz nova tentativa em inglês. Mas então ele me interrompeu. "Seus merdinhas", ele gritou, "desapareçam, se mandem já daqui!" Ele se afastou do parapeito da janela e desapareceu no quarto.

"Mas e essa, agora?", disse Reiner.

"Ele assinou aqui", disse Harry, e me mostrou o bilhete. "Foi ele que assinou, pessoalmente."

"Senhor Schröder", exclamou Reiner, "*Signor* Schröder!" Eu bati diversas vezes na porta, e por fim martelei nela com toda a força dos meus punhos.

Harry recuou um pouco, tomou impulso e chutou a fechadura. A porta saltou da tranca e alguns instantes mais tarde o *Signor* Schröder apareceu marchando soleira afora.

"Se mandem daqui", ele gritou. "Se mandem daqui!" Nós nos desviamos de seus braços. Por um momento temi que ele pudesse jogar os cachorros em cima de nós.

Schröder cheirava a perfume, tinha olhos de um azul que chamava a atenção e era mais baixo do que esperávamos. Puxara a bermuda quase até embaixo de seu peito de homem velho, que, assim como os ombros, braços e pernas, estava coberto por pelinhos longos e brancos.

Nós três ficamos calmos. Queríamos conversar com ele. Éramos três homens em torno dos quarenta e não iríamos deixar que um desbocado decrépito de Berlim acabasse com as nossas férias. Queríamos chegar a um acordo com ele. Afinal de contas, cada um de nós tinha pago cem marcos adiantados. Mas Schröder apenas gritava: "Se mandem daqui", e esgrimava com os braços como se fôssemos moscas.

Harry lhe mostrou o contrato. Schröder o agarrou, Harry o puxou de volta, e nisso o papel acabou rasgando. Schröder amassou o pedaço que ficou em suas mãos, deixou-o cair e depois nos deu as costas.

Harry segurou Schröder pelo braço. Por um instante, eles ficaram assim. Em seguida Schröder deu meia-volta e lascou um tapão no ouvido de Harry. Harry cambaleou, caiu sobre o cascalho, e logo voltou a ficar de pé, precipitando-se sobre Schröder, quer dizer, Schröder já recuava alguns passos vacilando, porque Reiner lhe dera um empurrão no peito. Harry o derrubou no chão.

Meus amigos se curvaram sobre ele. Eu via apenas as suas costas. Tinha a impressão de que eles estavam falando com Schröder em voz baixa, que o ameaçavam. Logo depois, já parecia que eles estavam tentando enfiar algo em um saco.

Não consegui entender os gritos da mulher. Além disso não havia uma única palavra alemã no que ela disse. Eu continuava com os olhos fixos em Reiner e Harry. Eles eram meus amigos, e eles tinham razão. Schröder merecia uma lição, no mínimo.

E então a gente pensa que conhece as coisas, mas na vida real um tiro desses soa bem mais alto e seco do que se imagina.

A ruiva apontava para mim. Eu esperei que o famoso filme logo começasse e eu visse minha vida passar acelerada diante de meus olhos. Cheguei a conseguir pensar que era pouco lógico começar por mim.

Harry e Reiner largaram Schröder, recuaram, saindo de perto da porta onde estava parada a ruiva. Ela levava uma bolsa amarela a tiracolo e vestia um terninho preto. Sua pistola agora estava apontada para Harry, depois para Reiner e em seguida de novo para Harry. Muito mais do que isso não sei dizer.

O velho jazia entre eles como se fosse uma grande sacola esportiva. Eu achei que a ruiva cuidaria de Schröder, ou que talvez até colocasse a pistola nas mãos dele, pois, de repente, como se fosse um jogador de futebol que aponta para uma lesão, ele estendera o braço para a frente e agarrara o ar diversas vezes.

A ruiva sussurrou algo no ouvido dele, sem nos perder de vista. Não sei de onde ela tirou a toalha verde que jogou para ele em seguida. A toalha caiu sobre seus joelhos. Depois ela correu ao longo da parede da casa até o estacionamento, em direção ao Passat novinho. Ela devia conhecer bem o carro, pois no instante seguinte saiu em disparada pela estrada do campo.

Eu contemplei o velho. Ele respirava com dificuldade, e a todo momento parecia querer tossir, mas visivelmente não tinha forças nem para isso. Ele tentou olhar para mim, mas sempre voltava a cerrar os olhos, como se estivesse sentindo dores fortes. Ainda que ele provavelmente tivesse sofrido apenas alguns ferimentos e escoriações, os cabelos de seu peito estavam melados de sangue. Pela porta aberta da casa, pude ver ladrilhos grandes e brancos e um exaustor gigantesco.

Em Perúgia, nós ainda não tínhamos chegado a um acordo. Mas me senti bem por ter mais uma vez pessoas ao meu redor. Caso eu tivesse de me esconder algum dia, eu preferiria desaparecer numa cidade do que na floresta ou nas montanhas.

Sugeri que procurássemos um hotel para passar a noite, e no dia seguinte perguntássemos na central de informações turísticas por um novo lugar para ficar. Reiner e Harry concordaram.

Harry disse que, antes de tudo, nós não devíamos nem cogitar a possibilidade de começar a pensar besteira, e Reiner colocou um braço em volta dos meus ombros. "Pra variar um pouco", disse ele, "vamos fazer algo de bom pra nós."

As mulheres apareceram correndo, grandes sacolas de papel batiam contra as batatas de suas pernas e seus joelhos. As bolsas, elas as haviam pendurado em volta do pescoço. O rosto e os braços de Doreen estavam manchados de vermelho. Cynthia chorava. Isso naturalmente foi bem oportuno para nós.

Mendigas com bebês no colo correram atrás delas. "Nós não demos a menor atenção a elas, ignoramos a existência delas!", gritou Sabine. Não foi possível se desvencilhar das mendigas, elas se tornaram cada vez mais insolentes, e por fim haviam segurado Cynthia e Sabine pelo braço. "Eu me meti no meio", disse Doreen, "mas elas se agarraram às duas, se agarraram de verdade." E Cynthia disse que elas não paravam de olhar para seu relógio novo, um presente de seus pais.

Então Reiner contou a nossas mulheres a história de um criminoso de Berlim e de uma puta italiana, e disse que pelo menos tínhamos conseguido recuperar o dinheiro e não deixaríamos aqueles tipos estragar as nossas férias. Segundo ele, eu dera uma sugestão maravilhosa.

"É a melhor idéia das férias inteiras", disse Sabine.

Harry se encarregou de procurar o hotel, enquanto nós bebíamos água e Campari com suco de laranja no terraço, ao lado do ponto em que combináramos de nos encontrar.

"Não é terrível", disse Sabine, "a gente ter que ficar o tempo todo com medo das mulheres aparecerem de novo?"

Nosso hotel se chamava Fortuna, era quatro estrelas, e diante da porta de vidro da entrada havia um tapete vermelho com listras douradas na borda e um brasão no meio.

A noite foi muito bonita. As mulheres nos mostraram as coisas que haviam comprado, e eu tive a impressão de que Doreen estava arrependida de ter me acusado de traição. Ela bebeu, no mínimo, tanto quanto eu.

Harry sussurrou para mim que eu não devia amolecer, e que não havia motivo para eu me fazer qualquer tipo de censura. O panaca havia sido culpado de tudo, e a indenização que recebera antecipadamente era mais do que suficiente. "Foi ele que começou", disse Harry. "Foi ele que quis assim."

Mas eu sempre voltava a pensar na ruiva. Só consigo descrevê-la com dificuldades. Era parecida com Milva, quando ela ainda era bem jovem.

No bufê do café-da-manhã, Reiner sorriu para mim. A conta do hotel, disse ele, já havia sido paga.

Nós encontramos uma boa hospedagem em Passignano, junto ao lago Trasimeno. Aquele era um solo bem importante. Ali,

Aníbal havia derrotado os romanos no ano 217 antes de Cristo, mas, a não ser por uma trilha e algumas valas de cremação expostas, não se podia ver mais nada daquilo.

O lago Trasimeno não é muito grande, e é bem raso, sobretudo. Isso me acalmou, pois a notícia de que os aviões soltavam as bombas que não haviam jogado sobre a Iugoslávia no mar Adriático, perto de Veneza, não parecia ser uma piada.

Fora a excursão a Orvieto, nós ficamos o tempo todo em Passignano. Eu não tinha vontade nenhuma de ser reconhecido pela ruiva em algum restaurante. Talvez já estivessem à nossa procura.

Mas não aconteceu nada. Nem na fronteira, onde aliás não vimos ninguém, nem depois, em casa. Semanas mais tarde eu recebi uma correspondência da polícia – por excesso de velocidade – e de repente Doreen quis saber o que de fato acontecera quando encontramos o berlinense. Eu havia esperado pela pergunta.

Minha resposta deve ter sido convincente, pois Doreen se deu por satisfeita sem fazer mais perguntas. Até hoje. Eu acho que ela esqueceu de tudo. Com Reiner e Harry também parece estar tudo em ordem. Nós voltamos a telefonar uns para os outros quando algum de nós faz aniversário. E sempre sinto vontade de falar com eles de novo sobre o que fizeram com o tal Schröder. Mas isso é difícil por telefone.

Sei que algo mudou desde aquele dia, só não sei o que foi. Antes de Reiner e Harry, eu já perdera outros amigos, não pode ser isso, portanto. E talvez nós voltemos a nos reconciliar algum dia. Me parece, muito antes, que eu ultrapassei um limiar, como se meu cérebro agora mudasse automaticamente para a recordação, ou pelo menos testasse fazê-lo para ver como a coisa funciona, para algum momento no futuro, quando tiver chegado a idade certa.

Continuo pensando muito na ruiva. Pois do jeito que as coisas estão, ela por certo é e continuará sendo a única pessoa que algum dia pensou seriamente se me mataria ou não com um tiro. Se uma mulher que eu não conheço decide que não devo morrer, por acaso não está no universo das possibilidades que ela também poderia ter decidido que me mandaria em cana, talvez até pela vida inteira? Eu teria entrado em seu Passat como refém e jamais voltaria a aparecer. Sei que isso soa estranho. Mas tais idéias me ocupam cada vez mais, e preciso cada vez de mais esforço para voltar ao cotidiano.

Às vezes, contudo, eu também me entrego a recordações bem simples, por exemplo a nossa chegada nas proximidades de Gubbio. Eu posso nos ver, como tiramos as coisas do carro ao anoitecer, Harry abrindo a garrafa. Atrás da casa, nós passeamos um pouco pela campina e olhamos por sobre as colinas até as montanhas gigantescas cobertas de neve dos Apeninos, cada um de nós com um copo na mão. Ninguém diz nada, nem mesmo quando formamos um círculo como que por acaso, para brindarmos. Nesse momento, eu sempre me arrepio todo, e, mais do que qualquer outra coisa, gostaria de cantar uma musiquinha.

Calcutá

para Günter Grass

Foi na terça-feira, há três semanas. Ainda que tivessem anunciado chuva, o tempo permaneceu claro e ensolarado. Depois de ensaiar por duas horas, almocei bem cedo e fui cortar a grama. Aquela semana era a vez do jardim, na semana seguinte eu pretendia me encarregar da garagem e dos pneus de inverno, cuidar do carro de um modo geral, depois limpar as calhas do telhado e em seguida voltar ao jardim; e, por fim, como última tarefa no lado de fora antes da neve, cuidar dos túmulos. Quando a gente só se preocupa com essas coisas na semana do Domingo dos Mortos,[1] todas as vagas de estacionamento no cemitério já estão ocupadas.

No momento em que a percebi, ela estava na soleira de sua porta e olhava para mim. Quando digo *ela*, estou me referindo à mulher dos Becker. Dos nossos vizinhos, nós falávamos apenas no plural, os Becker, ela, ele e os três filhos, Sandra, Nancy e Kevin.

A mulher dos Becker não reagiu ao meu chamado. Eu repeti meu "olá" e acenei. Ela continuou olhando em minha direção e

1 *Totensonntag*, no original. Na Igreja evangélica alemã é um dia consagrado aos falecidos nos últimos doze meses e é celebrado no último domingo do ano eclesial cristão. [N.T.]

não se moveu do lugar. No domingo, ou seja, dois dias antes, ela nos trouxera a ratoeira e recebera de presente um pote de geléia de marmelo.

Eu não tinha a menor idéia do que foi que a deixou tão furiosa contra nós nas últimas quarenta e oito horas. Retirei o cesto da máquina de cortar grama, que já estava cheio até a metade. Em vez de esvaziá-lo no saco plástico azul – para fazê-lo eu teria de virar as costas para ela –, caminhei até a parte de trás da garagem, em direção ao contêiner de lixo orgânico. Sempre volto a me admirar com que rapidez a grama e as maçãs pequenas e duras se transformam em uma espécie de papa ali dentro. É pena que nós não encontremos utilidade para ela. O que precisamos é de serragem, para que a erva daninha não acabe tomando conta de tudo, e serragem boa custa caro.

Eu voltei a encaixar o cesto de grama na máquina. Quando me levantei, olhei automaticamente na direção dela, acenei de novo, e gritei: "É a última vez!" – me referia a cortar a grama – e tentei sorrir. Ela estava parada ali como uma estátua de cera.

Continuei trabalhando e consegui avançar mais rápido ali do que embaixo das árvores, porque não havia maçãs sobre a grama e a folhagem fora apenas amontoada pelo vento.

Talvez eu ainda devesse dizer algo sobre o rato, sobre o rato e sobre os mosquitos. No sábado, Martina havia me acordado. "Está ouvindo isso? Não vai me dizer que não está ouvindo?" Ela soava um pouco histérica. "É um rato! Vai dizer que você não está ouvindo?" O rato devia ter entrado pela janela. Já havia geado alguns dias pela manhã.

Martina afirmou que os ratos não tinham problema nenhum em subir pelo reboco, muito menos quando estava coberto pelas parreiras.

Nós sequer havíamos pensado em uma ratoeira, como se o objeto fosse algo antiquado, anacrônico. Martina planejava atrair o gato dos Findeisen, e eu deveria afastar armário por armário da parede. Só por volta do meio-dia, quando ela comentara o assunto com a mulher dos Becker enquanto estendia a roupa no varal, é que se falou em uma ratoeira.

Os dois caixotes verdes embutidos um no outro pareciam mais um telescópio feito em casa. No interior, havia uma gangorra que, assim que o rato corresse sobre ela, faria a portinhola fechar atrás de si. A mulher dos Becker tinha nos recomendado usar bolo. Com um pouco de bolo nós pegaríamos todos os ratos. E, como já foi dito, isso acontecera dois dias antes e eu achava que era inocente.

Então eu simplesmente não agüentei mais. Deixei o cortador de grama parado no meio do gramado e fui até ela.

“Comprei o bolo”, disse eu. “A senhora quer um pedaço?” Eu queria acrescentar que com a geléia de Martina até bolos velhos se tornam gostosos. Mas ela me interrompeu.

“Você pode torcer por nós”, repetiu ela, mais alto. A cada passo, as pernas da calça de couro preta dela esfregavam uma na outra, fazendo um ruído entre o guinchar e o ranger. “Se você quiser fazer alguma coisa, torça por nós.”

Enquanto falava, a mulher dos Becker se apoiava à estaca que prendia o fio de estender roupa e me fixava com um olhar quase selvagem.

Eu estava parado entre a cerca e o pé de marmelo, ouvia o que ela dizia, e não tinha a menor idéia de como conseguiria sair daquela situação.

Kevin estava em coma. Tudo acontecera diante do teatro, em meio aos canteiros de obras.

Ela contou toda a história em detalhes. Eu diria até que ela se empolgou com a narrativa; apertava as costelas, a bacia com ambas as mãos, batia sobre as coxas e logo depois pressionava os dois punhos contra as têmporas, tentava virar a cabeça, mas a mantinha firme, como se estivesse presa a uma morsa. Seu pulôver havia levantado até a altura do umbigo.

A mulher dos Becker começou a chorar. Eu já estava quase pulando a cerca para segurar sua mão, quando o telefone tocou dentro da casa deles.

Ela deixou a porta encostada. Por isso eu esperei. Depois de alguns minutos, empurrei a máquina de cortar grama para a cerca, peguei a extensão e continuei meu trabalho diante da porta da casa, que não perdi de vista em momento algum. Eu pensei que a mulher dos Becker por certo estava contando agora o mesmo que contara um pouco antes, e me perguntei se ela também gesticulava ao telefone, mas tocando seu corpo apenas com uma das mãos.

Em vez de me curvar demoradamente, logo fiquei de cócoras, abri o saco plástico e esvaziei o cesto de grama de uma só vez dentro dele. Eu trabalhava como se estivesse sendo vigiado.

Para ser honesto, eu estava aliviado em saber que não era um mal-entendido entre nós o responsável pelo comportamento estranho dela – se não houvesse mesmo jeito, antes brigar com os colegas do que com vizinhos. Em casa, tudo precisa andar na linha.

Para um clima bom, já basta trocar algumas palavras além do cumprimento cotidiano. No verão, isso não é nenhum problema. Mas, quando não há mais o que fazer no jardim, a gente se perde de vista, ainda que não existam mais de dez metros entre uma porta de casa e outra.

No último inverno, eu tocara uma vez a campainha na casa dos Becker e uma vez na casa dos Findeisen, sob o pretexto de precisar de algumas cebolas e de um limão. Isso naturalmente só dá certo no final de semana. Na segunda-feira, eu devolvi mais do que o dobro. Eles deveriam saber que podiam confiar em nós. Além disso, mal passa uma semana sem que eu traga algum pacote dos correios para alguém da nossa rua. Eu também faria outros serviços sem nenhum problema, bastaria que eles pedissem.

Eu mantive, pois, a porta da casa dela à vista, mas acabei perdendo o momento em que ela foi trancada. Será que a mulher dos Becker havia percebido que eu já terminara fazia tempo de cortar a grama em volta do pé de marmelo? Será que eu parecia estar me comportando de um jeito ridículo?

Na faixa de grama entre a casa e a rua, encontrei então as garrafas de birita. Sempre havia uma por ali, mas agora eram três: duas garrafas de Goldene Aue e uma garrafa de Kleiner Feigling. Uma quarta, sem etiqueta, estava emborcada sobre a quina de pedra estreita que circundava o canteiro de ervas. Ao que tudo indica, os vagabundos a caminho do asilo haviam feito uma pausa na rua diante de nossas casas. A merda de cachorro também era prova disso. Por sorte a máquina de cortar grama passou por cima dela sem problemas.

Eu sempre achei que havia um acordo silencioso entre nós e os vagabundos para que eles tampassem as garrafas e não as jogassem no asfalto ou contra a parede da casa. Normalmente, eu jogava as garrafas dos vagabundos no lixo geral, ainda que nós sempre tivéssemos o cuidado de depositar vidro e tampas em lugares separados. Mas jogar quatro garrafas na lata de lixo sem mais nem menos, eu simplesmente não consigo. Por outro lado, eu tinha nojo de tirar as tampas – que precisam ser colocadas no saco amarelo do lixo para as embalagens – e lavar as garrafas para depois colocá-las no lixo do vidro. Eu encostei as quatro garrafas na lata de lixo. Talvez Martina tivesse alguma idéia melhor.

Naquela tarde, ora a relva cheirava a azedinha, ora a peixe e logo em seguida outra vez como na primavera. Eu chegava a sentir o gosto de pepinos cortados na boca.

Por volta das cinco, eu vi o homem dos Becker chegar e desaparecer dentro de casa. Ele trabalha numa loja de computação. No passado, ele vendera impressoras da marca Planeta no mundo inteiro, pois pertencia ao quadro dos que tinham autorização para viajar ao lado ocidental. Martina sempre se refere a ele para mim como um exemplo, porque ele se preocupa com tudo, porque ele pretensamente não se considera importante demais para nada.

Ele era uma daquelas pessoas que podem comer o que querem sem engordar, e ainda se gabam disso. Veste quase sempre jeans azul-claros, e num dos passadores do cinto chacoalha um grosso molho de chaves que anuncia seu ir-e-vir como o sino de uma vaca.

Dez minutos mais tarde, os Becker saíram de carro com as duas meninas.

Ainda que já estivesse quase escuro, e eu já tivesse feito mais do que o suficiente, continuei trabalhando. Prefiro entrar em casa junto com Martina, ou depois dela, quando está preparando o jantar. Nos últimos dias, ela tem chegado muitas vezes tarde, naquela terça-feira foi com uma hora de atraso. Esperei até que ela estivesse sentada na cozinha para só então contar tudo.

Eu guardara todos os detalhes, os ossos do maxilar, as clavículas e as costelas quebradas, a bacia, as pernas, a queda de pressão na cabeça, e o fato de Nancy, que havia presenciado tudo, estar recebendo acompanhamento psicológico.

Martina, com a cabeça entre as mãos, parecia estar tampando as orelhas. Ela se senta muitas vezes desse jeito quando está cansada. Acho que ficamos ambos aliviados quando Felix apareceu na porta.

Em maio, ele havia se mudado para uma república não muito longe do mercado, uma verdadeira biboca caindo aos pedaços. Os cinqüenta marcos de aluguel é ele mesmo quem paga. Não sei de onde ele tira o dinheiro, se ainda está na escola.

Martina contou a ele sobre os Becker. Eu tive esperanças de que ela esquecesse algum detalhe para eu poder complementar. Ela me perguntou o que acontecera com o motorista. Eu dei de ombros.

"Por pouco", foi toda a reação de Felix depois do relato de Martina. Ela queria saber o que ele queria dizer com isso. Felix estava de boca cheia e sinalizou dando um golpe com a quina da mão. "Por pouco não pegou um de nós, foi bem perto de nós."

Eu esperei que Martina dissesse alguma coisa. Mas também a ela não ocorreu nada adequado.

Desde que ele se mudara, Felix e eu voltamos a nos entender melhor. Nós dois achamos o novo penteado de Martina esquisito. De longe, parece que ela está usando uma boina basca.

Felix ainda comia quando Martina deu um salto, assustada. Ela correu escada abaixo diante de nós. "Nada, de novo", ela disse e olhou pra mim.

Foi a primeira vez que eu percebi como me desagradava ter a ratoeira dentro de casa. Eu inclusive tenho certeza que já naquele momento se instalou em mim a idéia de que aquelas duas caixas de metal acopladas atraíam azar. Nós colocamos a ratoeira mais perto da janela e esfarelamos mais um pouco de bolo.

Fez sol a semana inteira. Ensaiei, como sempre, das nove às onze. Eu acho que não toco mal, ainda que ninguém tenha me ouvido nos últimos tempos. Sobretudo na técnica de segurar o arco, eu avancei um bocado. Técnica de segurar o arco e peças de estudo. Para isso eu jamais havia tido tempo de verdade. Para compensar, Bach e Mozart. Depois disso, eu me concentro nos trabalhos domésticos.

Quando não tenho vontade nenhuma de ensaiar, ouço música. Eu não desejo ganhar outra coisa de presente além de CDs. O acervo da biblioteca municipal não é animador. No momento, voltei a ouvir nossos discos de vinil. Só a sensação de deslocar o braço da borda do toca-discos, assentar devagar a agulha e ver como a safira toca a ranhura! Beethoven inteiro com Masur, Schumann com Sawallisch. Desde que tinha quinze, dezesseis anos, eu os ouço. Eu poderia regê-los. Eu poderia regê-los sem problema nenhum. Sempre trabalhei como engenheiro de obras, na maioria das vezes como diretor de projeto. Mas no fundo sou um músico.

A mulher dos Becker estava de licença médica. Eu a via quando ela abria a porta para as crianças. A porta não está voltada para a rua como na nossa casa, mas sim ao lado, em frente à janela do nosso banheiro.

Assim que o marido dela aparecia em casa, eles saíam de carro, Sandra e Nancy na maior parte das vezes iam junto. Depois de duas ou três horas, eles voltavam.

Na sexta-feira a mulher dos Becker acabava de voltar das compras quando eu quis olhar a caixa de correspondência. Ela emagrecera. E ficava bem assim. Acenei para ela com um gesto de cabeça, mas depois dei meia-volta, como se tivesse a chave errada nas mãos.

"Estamos torcendo", era esta a frase que eu havia deixado pronta para qualquer eventualidade. Algo novo sobre o rato mal poderia interessá-la. E também não havia nada de novo, ainda que Martina, quando voltava do trabalho, fosse correndo para cima antes de qualquer coisa. "Nada, de novo", ela dizia então.

Coloquei um pedaço de presunto no meio dos farelos de bolo. Normalmente nossos olhos precisam de poucos dias para integrar corpos estranhos numa imagem familiar. Mas diante daquela coisa eu sentia cada vez mais nojo. Só de imaginar que teria de segurar nas mãos as duas caixas com o rato correndo para lá e para cá dentro dela. Ou será que ele se fingiria de morto? Quando a coisa acontecesse, eu queria chamar as filhas dos Becker. Isso as distrairia um pouco. E elas já poderiam levar a ratoeira.

Era sempre Martina quem ouvia o rato. Sem ela, eu nem sequer teria notado a existência de um rato. Eu, pelo contrário, sofria com os mosquitos à noite. Sempre pensei que os mosquitos morriam no outono. Este ano parece que eles querem passar o inverno conosco. Primeiro acreditei que eles picavam só a mim – um até entrou em uma de minhas narinas. De manhã, porém, Martina mostrava mais picadas do que eu, não havia motivos para eu me queixar, portanto.

Quando eu arrumara nosso sótão no ano anterior, mais ou menos a essa época, tropas de aranha haviam entrado pela claraboia. Mas mosquitos em novembro são coisa bem diferente, não?

Nesta última semana de outubro, além disso, eu havia limpado a calha do telhado e podado as parreiras selvagens. O fato de eu me encarregar também da economia doméstica, desde as compras até a limpeza, é natural. Eu gosto de fazê-lo.

Se Martina ficasse em casa, todo mundo acharia normal. Na minha frente, porém, qualquer um fala das muitas coisas que tem a fazer. Quando eu digo, nesses casos, que também tenho muito a fazer, eles me olham como bobos e dão um sorriso amarelo.

Nesses casos é natural que a gente se sinta inferior. Eu jamais fico mais tempo na frente da TV do que Martina. Quando ela levanta, pela manhã, eu vou para a cozinha e preparo o café. Enquanto Felix ainda morava aqui, era eu que o acordava e o arrancava da cama.

Acho que Martina se diverte com o fato de quase não fazer mais trabalhos domésticos, e sempre ter alguém em casa, que a recebe e deixa a mesa pronta. Tudo também tem seu lado bom. E enquanto conseguirmos nos virar com o dinheiro que recebemos... no passado era bem normal que alguém ficasse em casa.

Veja só, quando a usina de Lippendorf foi concluída, eu me candidatei para todas as seções, inclusive para o trabalho de relações públicas. Quem pode entender melhor do assunto do que alguém que ajudou em sua construção? Eu sei direitinho como o troço funciona. E o senhor pensa que me deram uma chance? Nem sequer me convidaram. Era um monte de panelinhas, velhas e novas. Ou você faz parte de uma, ou de outra. Do contrário, azar o seu. Por fim, o departamento de mão-de-obra teve a idéia de me mandar a um jornal de anúncios. Eu iria limpar maçanetas. "Eu construí uma usina de energia", foi o que eu disse, e fui mandado embora. Quando eu me entrego a uma coisa assim uma única vez, tudo se acaba, é o fim da linha. Não vou precisar explicar isso, vou?

No começo da segunda semana com o rato, eu acabava de vir do jardim para dentro de casa, queria tomar banho, ouvi nosso carro subindo a entrada e logo depois os passos de Martina. Assim como a gente automaticamente segue cantarolando uma melodia familiar, esperei o ruído de sua chave na porta de casa. Entrei na banheira, mas logo voltei a desligar a água, quando nada aconteceu. Interrompi o banho, chamando por Martina. Por fim, corri de cabelos molhados para o jardim. Martina e a mulher dos Becker estavam paradas junto à cerca. Martina tinha feito compras. Assim pude me safar com a desculpa de que queria carregar as sacolas, que logo levei para dentro de casa. Desempacotei tudo, preparei chá, arrumei a mesa e olhei os encartes do jornal.

"É mesmo de se ter pena deles", disse Martina, depois de tomar um copo de suco de maçã. Me incomodei com a naturalidade com que ela aceitava que eu mais uma vez preparara tudo e esperara por ela.

Desde então, elas ficavam paradas conversando todos os dias. A mulher dos Becker saía até quando já estava escuro, só para falar com Martina.

Nós sempre estávamos, portanto, muito bem informados. Martina dizia o quanto Andrea, a mulher dos Becker, sentia falta da presença de Kevin em todos os cantos e lugares. "Um adulto", disse Martina, "já teria morrido faz tempo. Quando se trata de crianças, a gente pode ter esperanças, mesmo quando a medicina não tem mais o que fazer."

Eu pensei que mesmo num caso desses uma espécie de hábito acaba aparecendo. Vai-se ao hospital, segura-se a mão de seu filho por algumas horas, imagina-se que ele esteja apenas dormindo, fala-se com os médicos, pede-se explicações acerca do que terá de ser feito na próxima operação, e chora-se um pouquinho antes de ir embora. Na porta da garagem deles, eu ouvia quando estavam voltando. Ao que parece, era preciso dar um chute contra ela para que abrisse ou fechasse. Uma após a outra, três lâmpadas com sensores de movimento se acendem, e os quatro integrantes da família Becker passam em fila indiana, entrando em casa como se fosse sobre um palco.

Até ontem, de qualquer modo, nada acontecera, no que diz respeito ao rato. Constantemente, eu ouvia de Martina seu "nada, de novo". Eu queria pelo menos puxar os armários um pouco para a frente. Uma das paredes traseiras estava de fato roída. "Ora, você está vendo!", gritou Martina. "Aí está o que você procurava!"

Que culpa tinha eu pelo rato? O senhor pode me dizer?

Eu fui ao jardim, e me pus a arrancar a erva daninha. Quando tudo está úmido e nada mais cresce, é o momento em que se consegue arrancá-la com mais facilidade entre as lajes da entrada.

De repente, alguém disse: "Ora, mas você já está quase pronto", ou algo assim. Eu não ouvira o homem dos Becker, ainda que seu molho de chaves como sempre estivesse pendurado no passador do cinto.

O homem dos Becker havia colocado suas mãos sobre a cerca, e para mim estava claro que a coisa agora ficaria preta, e que eu simplesmente não poderia continuar de cócoras onde estava.

"E então?", eu perguntei. "Como vai?"

"Você já esteve em Calcutá alguma vez?"

Pensei que ele havia se enganado e quisesse se referir ao restaurante indiano que acabava de ser reinaugurado no terreno da velha caserna russa. Por sorte, eu disse apenas "não".

"É uma cidade", ele falou em voz alta, "que você precisa conhecer! Não se entende nada do mundo quando não se vivenciou Calcutá."

Ele começou a contar e não parava mais. Tudo aquilo me parecia estranho, mesmo assim escutei. Ou melhor, primeiro pensei ainda em Martina, em Martina e em mim, mas depois simplesmente ouvi o que o homem dos Becker dizia.

"Você vai viajar pra lá de novo?", eu perguntei, enquanto ele assoava o nariz.

"Espere um pouco", disse ele, voltou-se para o outro lado e entrou em casa. Retornou com uma corrente bem grossa; corais e, entre eles, bolas de prata.

"Pegue-a. Lá uma coisa como esta é ridícula de barata."

Levantei minhas mãos sujas, exibindo-as. Ele interpretou mal o gesto e pendurou a corrente sobre meu antebraço direito.

Ela era de fato pesada. Contemplei-a, enquanto ele continuava falando. Depois de dez minutos, mais ou menos, ele voltou a tirar a corrente do meu braço e colocou-a em volta de seu pulso. Já estava escuro quando ele me estendeu a mão em despedida.

À noite, ainda telefonei para minha mãe. Às vezes, eu gostaria mesmo de perguntar a ela por que não havia me mandado à escola especial de música no passado. Você conhece algum músico que foi demitido? Eu não conheço nenhum.

Ultimamente, minha mãe sempre me pergunta se estou dormindo bem. Isso se tornou um critério de bem-estar. Eu sempre digo que até dormiria bem se não fossem os malditos mosquitos.

"Mas isso é estranho", ela gritou, "eu também acho picadas em mim toda manhã, picadas de mosquito." Eu achei aquilo sinistro, bem hitchcockiano. Se no final do milênio os bichinhos de repente começavam a se comportar como doidos, isso por certo tinha algum significado. Por outro lado, as coisas se movimentariam, pelo menos haveria um punhado de novos empregos, matadores de pragas treinados às pressas.

Na noite passada, eu abri a janela um pouco mais para que, com o frio, os mosquitos não se sentissem tão confortáveis.

Provavelmente eu tenha sido despertado pela porta da garagem dos Becker. Ouvi o carro sendo ligado e saindo. Reconheci as vozes dos Becker. Ele tentava convencer sua mulher de algo. Depois as meninas chegaram sapateando. Ele as mandou de volta para a cama. Da mulher, eu ouvi apenas uma espécie de cacarejar breve e o ruído que sua calça de couro fazia ao caminhar. As portas do carro fecharam quase ao mesmo tempo. Eu não me mexi do lugar em que estava. As meninas ainda ficaram um instante lá fora. Eu entendi apenas palavras isoladas.

Fiquei surpreso com o fato de deixarem a porta da garagem aberta. Talvez eles acreditassem que estariam de volta logo. Preciso dizer que isso me pareceu irresponsável – deixar assim aberta a porta de uma garagem com bicicletas, pneus de carro e todo o tipo de equipamento.

Eu ouvi um carro vindo da cidade aqui, outro ali, e um trem de carga se colocando em movimento. Nós moramos neste lugar por tempo suficiente para conhecer todos os ruídos. Noites silenciosas como essas só existem em novembro.

Em volta da janela, eu reconheci aos poucos os cabinhos, dos quais as folhas de parreira haviam caído. Eles pareciam com as antenas de lesmas gigantes, ou com o "V" de vitória, ou ainda com pés de animais artesanais feitos de palitos de fósforo. Quando ficou mais claro, e o carro dos Findeisen se foi, os cabinhos pareciam ter se tornado avermelhados. Com a parte mais grossa de suas pontas, eles pareciam cotonetes. Por um momento, acreditei até estar sentindo o cheiro de álcool, e pensei nas garrafas dos vagabundos. Eu não tinha a menor idéia do que Martina havia feito com elas.

Ela dormiu até o despertador tocar, olhou pra mim brevemente, e se sentou à borda da cama. Antes de levantar, ela esticou os braços sobre a cabeça. Antes, nesse momento eu às vezes a puxava de volta para a cama.

Senti que ela nem sequer precisava me perguntar alguma coisa, que mesmo uma única palavra ou uma coisa mínima qualquer seria suficiente – e eu perderia o controle. Aos poucos, começo a me tornar experiente no que diz respeito a essa sensação. Praticamente já nem sinto mais medo dela. Ela toma conta de mim com uma regularidade que já é quase tranqüilizante. Naturalmente eu cedo a ela apenas quando estou sozinho. Nos outros, e sobretudo naqueles que acreditam me conhecer, isso causaria estranheza. No fundo, não é nada além de renovar o ar dos aquecedores. E isso também tem de ser feito de vez em quando.

É óbvio que eu sabia que precisava levantar. Se Martina saísse do banheiro e nada estivesse pronto, ela teria de sair de casa sem tomar café, pois lhe sobraria pouco tempo. Aí também não adiantaria mais se eu tirasse o carro da garagem e esperasse diante do portão do jardim.

Então acreditei ouvir o carro dos Becker. Levantei a cabeça do travesseiro e escutei. Nisso fui olhar a ratoeira. Ela continuava armada.

E então ouvi a porta do banheiro, e o jeito como Martina descia as escadas, passo a passo, degrau a degrau, e por fim seus saltos nos azulejos da cozinha e o ranger da porta da geladeira, que na verdade parecia um relincho.

De repente, ficou claro para mim que o rato – pressupondo que ainda estivesse vivo – o tempo inteiro ouvia os mesmos ruídos e sons que eu ouvia, no máximo um pouco mais abafados devido às paredes do armário. E que ele por certo sabia diferenciar se alguém descia as escadas ou as subia e que ele, o rato, quando os passos se aproximavam, sentia medo, e talvez até mesmo alegria ou pelo menos alívio, quando eles se afastavam, ainda que isso não mudasse nem um pouco sua situação. E eu compreendi que eu não tinha nada a fazer a não ser fechar a ratoeira, levá-la para o jardim e dizer a Martina, à noite, que o rato saíra de dentro dela como uma flecha. Eu lamentei não ter tido a idéia antes, ainda que justamente agora fosse um momento adequado para entregar a ratoeira, para enfim me livrar dela, agora que o riso dos Becker já podia ser ouvido. Eu precisaria apenas ir até a janela, e então veria os Becker, como eles subiam a entradinha, todos os cinco, sempre acenando para nós. Mesmo que eles ainda estivessem bem longe, eu reconheceria o gigantesco bolo, um presente dos convidados, em suas mãos. Ainda me lembro que iria querer comparar as três crianças correndo à frente com suas roupas coloridas a borboletas em um prado florido. "Como borboletas, como borboletas!", eu iria querer gritar para eles.

Das crianças eu ainda me lembro, delas e dos passos que se aproximavam cada vez mais. Você alguma vez já esteve em Calcutá?

Mr. Neitherkorn e o destino

“Eu queria cortar os cabelos”, comecei dizendo. “Mas a cabeleireira ou estava na manicure ou eles não tinham horário livre ou eu acabava num salão de beleza exclusivo para mulheres.” Mr. Neitherkorn levantou os olhos de sua xícara como se quisesse dizer alguma coisa, mas apenas pegou um cubo de açúcar da lata, que primeiro embebeu no café para depois enfiá-lo na boca e começar a chupar. “De repente”, eu segui contando, “estava tudo lotado de cabeleireiros atrás duma vitrine. Seus clientes, exclusivamente de cor, estavam sentados sobre cadeiras pomposas e já gastas. Os brancos em volta deles olhavam infelizes e pareciam perdidos em seus grandes aventais. Eles passavam aparelhos de barba sobre os crânios pretos e castanho-claros, e em seguida massageavam as carecas com perfume. Quando uma cadeira ficou livre pra mim, eu mostrei a um homem baixinho e gracioso, que talvez estivesse no começo dos quarenta, quanto ele deveria cortar. Ele assentiu, borrifou água em meu cabelo e pegou o pente. Não foi muito agradável pra nenhum de nós dois. Eu mesmo só consigo passar o pente nos meus cabelos quando eles estão bem molhados. Mas não reclamei. Depois de alguns instantes, meu cabeleireiro perguntou algo em russo a seu vizinho. Mas este estava tão ocupado em desenhar uma linha de barba fina como uma correia de capacete em volta do queixo de um careca que ficou devendo uma resposta. Então eu disse alguma coisa. O cabeleireiro me olhou pelo espelho, como se quisesse observar como meu rosto se contraía sob a ação do pente. De onde eu vinha? E ele? De Buchara. Eu disse que já havia estado em Buchara, e que tinha gostado da cidade e também do deserto. Seu pente parou e nós sorrimos um para o outro pelo espelho. Então ele me descreveu com exatidão onde ficava seu apartamento – diante do monumento de um herói do povo, será que eu me lembrava? Ele tentou em vão me ajudar dando detalhes, e ao fazê-lo borrifava nuvem após nuvem do vaporizador. Ele se formara engenheiro, mas estava há um ano nos Estados Unidos, com toda sua família. 'Melhor ser cabeleireiro em Nova York do que engenheiro em Buchara?', eu perguntei – e não por mera retórica. E ele então respondeu: '*Nu, tschto dielat? Eto sudba.*'"

"E isso significa o quê?", perguntou Mr. Neitherkorn, e tocou os lábios com a ponta do dedo.

"'Ora, o que é que se pode fazer, é o destino', *fate*, *fatum*, ou algo assim. Quando deixei o local, depois de mais ou menos meia hora – barba inclusive por seis dólares –, três cabeleireiros se despediram de mim com apertos de mão, e um quarto, que fumava um cigarro fora do salão, disse: '*Schtschastlivo*', ou seja, algo como 'tudo de bom'."

"E por isso você quer escrever essa história?" Mr. Neitherkorn apoiou sua testa sobre as palmas de ambas as mãos.

“Um acaso. Eu poderia muito bem ter escolhido qualquer outra palavra”, eu respondi. “Mas se alguém me diz na lata o que pensa de mim, inclinado sobre minha cabeça, e ainda por cima em russo? Por que eu deveria inventar algo?”

“Mas como, se você afirma que o destino nem sequer existe?” Ele levantou os olhos, de modo que eu pudesse ver as bordas avermelhadas de seus olhos.

“Eu quis dizer que eu mesmo não uso essa palavra. E, além do mais”, ele complementou e estava feliz por enfim poder fazer uso da frase, “além do mais, o que importa é apenas *por que* nós acreditamos que existe ou não um destino.”

Mr. Neitherkorn mordeu o resto de açúcar em sua boca e bebeu um gole sem deslocar os cotovelos do tampo da mesa.

“O que importa, portanto, é”, disse eu, decepcionado com a reação de Mr. Neitherkorn, “por que nós usamos esse conceito.”

“Se você vê a coisa assim”, disse ele. Sua língua mais uma vez brincou com os dentes.

Mr. Neitherkorn entrava todos os dias em seu apartamento por volta da uma e meia da tarde, nos finais de semana também. Eu sempre ouvia a sua chave na porta, e pouco depois as duas fechaduras que davam para o quarto contíguo. Em seguida, ficava tudo em silêncio, até que ele ia para a cozinha por volta das quatro horas da tarde, fazia um café, e esperava até que eu fosse sentar com ele. Na maior parte das vezes, ele ainda tinha os chumaços de algodão nos ouvidos, sem os quais não saía à rua. O café era ele quem providenciava. O leite eu comprava. Se eu não aparecesse até as cinco horas, ele batia à minha porta.

Para o caso de eu sair após o meio-dia, Mr. Neitherkorn pedia que eu lhe comunicasse – ele queria apenas saber se eu estava bem.

No princípio, eu simplesmente aceitei tudo. Em seguida, a coisa se tornou hábito, e por fim um esforço, ou simplesmente um defeito do apartamento, que justificava o preço do aluguel: 289 dólares por 25 metros quadrados no 17º andar do Upper Westside – não havia nada mais barato, em lugar nenhum de Manhattan. E às seis ele ia embora de novo.

Eu dera de cara com Mr. Neitherkorn por uma série de acasos incomuns; sua mulher, também uma alemã, havia morrido no início do ano. Eis que agora ele morava num asilo na West End Avenue, e viera apenas para arrumar "as últimas coisas" – foi o que disse o conhecido que havia me levado até Mr. Neitherkorn.

Na biblioteca da Casa de Goethe eu fui pesquisar "destino" na enciclopédia Brockhaus: "Designação para a experiência, de que muitas das coisas que sucedem ao homem ou acontecem no mundo e na história não são resultado do querer e do agir dos homens, mas lhes são impostas 'de fora'. Destino pode aparecer tanto na condição de uma ordem vinda de alguma força numinosa, na condição de 'lei', na condição de vontade de Deus ou de forma secular, como na condição de determinação do homem através de suas condições biológicas, sociais ou psíquicas". Ali estava escrito tudo que se precisa saber.

O Dicionário Grimm traz várias citações em que era usada a palavra, por exemplo uma de Goethe: "O destino, a cuja sabedoria eu credito toda minha reverência, parece ter no acaso, através do qual age, um órgão bem desajeitado". Essa frase responde a todas as perguntas, mesmo aquelas que me acossavam nos tempos da escola: por que a missão histórica da classe trabalhadora é legítima, e por que a classe trabalhadora tem de ser conduzida por um novo tipo de partido? Porque o destino tem no acaso um órgão desajeitado.

No dicionário filosófico de Hoffmeister há duas páginas acerca do destino. Ao longo de uma página, ele invoca a opinião de um certo Gehl, que publicou em 1939 um livro com o título *A crença germânica no Destino*. Nele, é esclarecido por que o destino necessariamente possui um caráter heróico entre os germânicos, e há a seguinte conclusão: "O que se esconde por trás disso nada mais é do que a crença orgulhosa na liberdade absoluta do homem diante de qualquer espécie de coação, uma crença que de qualquer modo vinha das profundezas do coração do germânico, e recebia no caminho sorridente à morte uma coroação incansavelmente admirada".

Sobre o desembocar da crença pessoal no destino em uma crença suprapessoal, a mística de uma "comunidade do destino que une tudo aquilo que é vivo", também era recomendado ler mais em Gehl. Depois, seguem mais algumas indicações literárias e o próximo verbete: desvio.[1]

"Você encontrou alguma coisa?", perguntou Mr. Neitherkorn. "Descobriu o destino?" Ele remexia em sua sacola de compras.

1 No original alemão, a palavra da enciclopédia que se segue a "destino" (*Schicksal*) é *schizoid*, ou seja, esquizóide. [N.T.]

"No Ocidente, o 'destino' é interpretado ou passiva ou ativamente", eu tentei resumir. "Passivamente, significa que há uma origem, e depois disso os acontecimentos se sucedem mais ou menos segundo um plano. Quando é visto de maneira mais ativa, ele se transforma em gênese. A gente vai levando a vida e espera não ficar doente. Quando a própria vida é determinada de modo mais ou menos estranho, vê-se nisso o império do destino. O destino é uma variante secularizada de Deus. Ninguém o quer mais, mas todo mundo sente que a exigência parece grande demais para encarar as coisas sozinho. Mesmo que eu tivesse encontrado uma tese sobre o uso correto da palavra destino, isso pouco me ajudaria."

"Com certeza existe um tipo de escrito desses", disse Mr. Neitherkorn e se sentou.

"Claro que sim", disse eu. "Mas histórias não são melhores do que tratados?"

"Você não parece ser um espírito assim muito filosófico", observou ele, e cortou o *carrot cake* com embalagem e tudo.

"Eu não sei muito bem o que fazer com a filosofia", eu respondi. "Nesse nível de abstração, o contrário também pode muito bem ser afirmado, quase sempre. O mal são as abstrações; o destino, isso são os outros."

Mr. Neitherkorn levantou a vista. "Isso é de sua autoria?" Ele empurrou a metade do *carrot cake* até mim e mordeu o seu pedaço do bolo.

"As coisas se tornam arbitrárias bem rápido", eu disse. "O destino é Édipo; o destino, essa é minha língua; o destino são meus camaradas ou meus genes. O destino do homem é o homem. Eu sou o destino. O destino é a vodca ou a limonada ou nosso *carrot cake*. As coisas sempre dão certo, quando a gente não se comporta de um jeito completamente estúpido, ou justamente nesses casos. A gente simplesmente deveria dizer, aconteceu isso e aquilo. Por que falar sempre em 'destino'?"

"Mas a gente usa o conceito de destino", replicou Mr. Neitherkorn, "justamente quando não se sabe quais são as forças que jogam conosco." Ele olhou para seu *carrot cake* mordido e pigarreou.

"Você sabe o que é que eu não entendo? O porquê de você estar aqui." Ele mais uma vez tocou os lábios com as pontas dos dedos e olhou para dentro de sua xícara. Ouvir essa pergunta da pessoa que nos aluga o apartamento é bem estranho.

"Eu tenho uma bolsa", disse eu.

"Isso eu sei", disse ele. "Mas por que foi que você a pediu? Por que você escreve suas histórias aqui e não na Alemanha, se você de qualquer modo trata da Alemanha? Por que você deixa sua mulher sozinha por meio ano, paga seiscentos dólares por mês usando fax e telefone, passa o verão diante do ar-condicionado, e isso numa cidade onde nem mesmo se pode dormir direito? Eu não entendo você!"

"Você por acaso não gosta de ficar aqui?", eu perguntei.

"Nem um pouco", disse ele, e de repente se sentou ereto sobre sua cadeira. "Como é que você pôde pensar que eu gostava?"

Domingo. Recebi um fax.

"Quando escritores meditam sobre o destino, alguém deveria ler *Jó*, o 'romance de um homem simples', em voz baixa ao fundo.

Hoje pela manhã dei de cara com uma frase pra você e acabava de pensar se devia ou não levantar para mandá-la logo, quando a campainha tocou, por volta das oito horas. Diante da porta estava Jó, o seu cigano. Mulher e filho estariam deitados em uma cama de hospital, na Romênia, ele precisava de dinheiro. Já teria ouvido que você não estava lá, sim, estava nos Estados Unidos. Eu tinha cento e oitenta paus comigo, enfiei material de limpeza nas mãos deles, preparei o café-da-manhã, depois fomos ao banco. Saquei quatrocentos. Por que não mais? Ele aprendeu a fazer o olhar suplicante de mendigo, beija a mão, agradece a Deus. Por quê? Cinqüenta paus extras para os presentinhos das crianças. E para o pai? Eu tinha mais trinta e não os entreguei. Enquanto isso, eu pensava que não era de admirar que as bicicletas desapareciam, e que não apenas era contra a convenção, mas também contra a natureza ficar sozinho. E a velha casinha me pareceu gigantesca e luxuosa. Eu estava em silêncio e sentindo a antipatia tomar conta de mim, continuava com *Jó* na cabeça. Com a realidade mais simples eu não sabia como lidar.

O destino é pura e simplesmente a vida, que a gente deveria mudar. Mas isso raramente acontece. No livro de Joseph Roth está escrito – quando se trata de como Schemerjah, o filho de Mendel Singer, se salva fugindo do exército, pouco antes de ser conduzido para além da fronteira; 'Schemerjah bebeu uma cachaça, e ficou aquecido, mas calmo. Ele sentiu uma certeza como jamais a havia sentido; sabia que estava vivenciando uma daquelas horas raras nas quais o homem tem de dar forma ao seu destino com não menos vigor do que o grande poder que lho concedeu.'"

Eu tentei pagar minha conta telefônica. Para perguntas, eles haviam indicado um número. Embaixo estava escrito: *We're here to help you 24 hours a day, 7 days a week*. Eu não encontrei ninguém, quero dizer, ser humano nenhum que me atendesse. Depois da primeira frase da gravação, a gente aperta uma tecla, depois da segunda mais uma, e assim por diante, de fala em fala. Depois de ter avançado por cinco teclas escolhidas, tudo voltava ao princípio. Eu começava de novo, apertei diversas vezes a mesma tecla e por fim acabei dando em uma fala que me anunciou a perspectiva de ser atendido por um "*assistant*". Então ouvi a voz eletrônica dizer "*we are sorry*" – todas as linhas estavam ocupadas. Eu deveria tentar ligar mais tarde, mas não sabia mais como havia conseguido avançar para chegar até aquele ponto.

Na quarta-feira, fui com C. à praia de Fire Island. Nós paramos no Brooklyn, para pegar o carro da mulher dele na oficina. C. dirigiu pelas curvas das ruas do chassidiano Crown Height até chegarmos à fronteira com os porto-riquenhos. Lá o conserto custaria apenas quinhentos dólares, em Manhattan teriam sido mil e quinhentos, disse C., e riu copiosamente.

Eu fixei os olhos nos homens usando chapéu, cachos de cabelo nas têmporas, óculos escuros e cafetã. Eles não são mais rápidos ou ágeis do que os outros, mas nesses trajes eles pareciam ser, porque a gente involuntariamente os considera bem mais velhos. Atrás dos óculos, da aba do chapéu, entre os cachos, no entanto, muitas vezes aparecem rostos de criança. Ou é o contraste com os negros, que se apóiam na parede da casa, ao lado da garagem. Devem existir dez diferentes grupos chassidianos. O rabino Menachem Mendel Schneerson, que muitos consideravam ou ainda consideram ser o Messias, pertencia aos lubavitcheres. Agora que ele está morto, eles dizem simplesmente que não foram dignos dele.

"Quando se acredita, se acredita", exclamou C., "e nesses casos não se pode fazer nada", e ele riu, como se mais uma vez tivesse poupado mil dólares.

Ele contou de sua avó, que nos anos 20 havia sido a *Grand Dame* de Elberfeld. Antes de 1933, ela transferira dois milhões a Hitler. Estava convencida de que Hitler não se referia aos judeus alemães quando falava dos judeus, mas sim aos outros, aos da Galícia. "Ela precisou de muito tempo para deixar de acreditar nisso." E mais uma vez ele riu.

"Se a gente compreendesse o Holocausto como destino", disse C. ainda, "isso também significaria repetição, e não a pergunta pelos culpados. No fundo, faz diferença se eu digo: 'o destino dos judeus' ou 'o que os alemães fizeram com os judeus', *you know*?"

T. telefonou. Eles estavam indo com um "carro-detonado-por-fora-mas-com-um-motor-e-tanto" para o Oeste. Logo depois de Nova York, conforme ela disse, tiveram o primeiro aborrecimento. T. estava pensando que fotografaria uma trupe de atores. Mas eram *amish-people*. "Eles não andam de carro", ela disse, "não usam geladeira, luz elétrica, televisão, fertilizantes artificiais, nem telefone. E sabe o que é a coisa mais louca? Eles têm razão, se considerarmos as coisas de um ponto de vista prático."

"A *Newsweek*", eu disse, "escreveu na semana passada que do ponto de vista estatístico quem vai à missa tem bem menos doenças do coração do que quem não vai."

"Você está vendo", disse ela, "mais um milagre."

Na saída do *subway*, hoje enfiaram um bilhete na minha mão – nada religioso, nem propaganda, conforme o homem anunciou, orgulhoso. Em vez disso: "nove caminhos para encontrar a paz de espírito (*peace of mind*)". O ponto um diz: curtir uma inveja (*nursing a grudge*) diminui o nível próprio de felicidade na média em cinqüenta por cento. Seguem-se indicações pouco concretas: deve-se cooperar com a vida, evitar a autocompaixão, mas também não esperar muito de si mesmo e assim por diante. O ponto sete instiga a ativar as *old-fashioned virtues*: amor, fidelidade, economia, ir à igreja. Tudo culmina no ponto nove: "Encontre algo que seja maior do que você mesmo e em que possa acreditar". Também se afirma que pessoas materialistas e auto-referentes são em média menos felizes do que aquelas que são religiosas e se comportam altruisticamente. Estas alcançaram, em uma pesquisa da Duke-University, "*top happiness rates*".

No dia seguinte à coletiva de imprensa da NASA, na qual havia sido anunciado que se conseguira provar a existência de resíduos de vida orgânica em formações rochosas de Marte, o japonês no balcão do sushi bar me perguntou algo. Devido a seu forte sotaque, eu não o compreendi. Por fim, ele escreveu algo no guardanapo. Se eu acreditava em Deus. "Não", disse eu, "eu não acredito em

Deus." Ele se voltou para um negro, que esperava o seu embrulho para viagem. Naturalmente ele acreditava em Deus, foi o que ele exclamou. "Quem teria nos criado, se não o Senhor?" Ele estava furioso com o japonês, por este não acreditar em Deus. O sushiman mais uma vez me perguntou algo que não entendi. E mais uma vez ele escreveu a pergunta no guardanapo. "OVNI." Nisso ele acreditava. E eu? Eu voltei a sacudir a cabeça. Mas no que eu acreditava, então, ele queria saber. Eu tinha a boca cheia, e por isso tempo suficiente para refletir. "Eu acredito", disse eu, "que o peixe é de fato fresco e gostoso aqui." Aí ele me olhou, radiante.

Junto com a conta, eu recebi um biscoito da sorte, dentro do qual havia um bilhete: "Muitas vezes um pouco de paciência é melhor do que um punhado de boas idéias". Eu estava em pé no elevador e pensava o que aquilo poderia significar para mim, pois aos poucos o tempo se tornava exíguo. Como sempre, eu olhei para os círculos iluminados nos quais apareciam os números dos andares. Ao doze se segue o catorze. Não há décimo terceiro andar no mostrador. Um tributo do proprietário ao destino – para atrair sua boa vontade?

"Eu posso entender", disse eu a Mr. Neitherkorn, ao qual contei sobre a minha conversa ao meio-dia, "que faz bem poder se voltar a um Deus a toda hora. Mas também não é uma questão de dignidade não aceitar que nos impinjam um premiozinho de consolação?"

"Consolação?", perguntou ele. "Pelo quê?"

"Pelo fato de ser tudo produto do acaso, a nossa existência inteira."

"Você acha isso?", perguntou ele.

"Sim", disse eu. "Por acaso não é isso?"

Hoje, pela manhã, uma mulher telefonou. Ela falou em alemão, disse seu nome e perguntou por quanto tempo eu havia alugado o quarto. "Até dezembro, inclusive", respondi eu. Isso significava que ela poderia ocupar o quarto de Mr. Neitherkorn no ano-novo? Isso ela teria de acertar com ele, disse eu, e duvidei que ele continuaria dispondo do apartamento. "Ele só está arranjando algumas coisas."

"Ele já faz isso há uma eternidade", ela exclamou, e riu.

"Como?", perguntei eu, "então não é apenas desde que a mulher dele morreu?"

"Ora! Ela já morreu há mais de cinqüenta anos. Caso ele pergunte pelo seu endereço, você pode dá-lo sem o menor problema. Ele com certeza não irá."

"Pra onde?"

"Ah, é só papo. Sempre que ele acha que está muito frio ou muito quente, muito barulhento ou muito sujo, ele diz que voltará para a Alemanha. Vou ligar de novo mais tarde", ela disse. "Até mais, tchau!"

Quando saí do elevador, encontrei Mr. Neitherkorn. Ele hoje viera mais cedo do que de costume. "Pra onde você já está indo, de novo?"

"Ao cabeleireiro", disse eu em voz alta, por causa do algodão nos ouvidos dele. "Eu vou tentar convencê-lo da inexistência do destino."

Mr. Neitherkorn murmurou algo, baixou os olhos, eu dei um passo para o lado, e então a porta se fechou entre nós.

Já do lado de fora, eu vi que não conhecia nenhum dos cabeleireiros. Por que foi que entrei mesmo assim, já não me lembro mais. Desta vez esperei num sofá. Um negro de terno entrou depois de mim, cumprimentou, atirou sua sacola de esportes sobre a penteadeira verde e começou a tirar dela pentes, tesouras e diferentes frascos. Depois vestiu um avental branco, o chefe lhe indicou um cliente e ele começou a lhe raspar a cabeça. Cabelos pretos caíram ao chão, e eu pensei que eu também poderia me divertir com isso. Quem iria tomar conta de mim era um branco com cabelo escovinha. Mas ele acabou não encontrando um pente adequado.

O chefe acenou, chamando uma indiana. Ela tinha um pente maior e começou o serviço sem titubear. Uma japonesa entrou no salão e tirou as coisas de sua sacola diante do espelho à nossa direita. O cliente dela, cujas mechas enroladas de rastafári estavam atadas no alto da cabeça como um feixe, queria que seus cabelos fossem raspados à altura das orelhas. Eu mesmo aproveitava as cócegas na nuca, o ato de ser manuseado, e abaixei a cabeça, virei-a para a direita, para a esquerda – e vi o engenheiro de Buchara entrando. Desamparado, mexi as mãos e acho que me manifestei através de um som qualquer. A indiana disse: "*Sorry*" e apertou seu polegar contra minhas têmporas, ajeitando minha cabeça. O engenheiro civil se colocou em pé atrás de nós e exibiu um truque, no qual fazia o cigarro saltar da mão diretamente aos lábios. O chefe o cumprimentou, ambos murmuraram algo para a indiana, que soltou o nó que prendia o avental ao meu pescoço e tirou suas coisas do lugar.

Antes que eu pudesse me levantar, o engenheiro colocou outro avental em volta de mim e anunciou que agora ele cortaria meu cabelo, de graça, conforme acrescentou logo em seguida. Eu disse que lamentavelmente haviam acabado de cortar meu cabelo, e sacudi a cabeça para lá e para cá, como a querer prová-lo. Mesmo assim eu adoraria conversar com ele. "Só mais um pouquinho", insistiu ele, "não vou cobrar nada", e começou a puxar meus cabelos. Ao fazê-lo, ele mais uma vez se mostrou tão sério e triste como da última vez. Cautelosamente, eu fiz a minha primeira pergunta. Por que ele saíra de Buchara? Ele acenou uma recusa. "Aquilo não era mais vida", disse. O que ele esperara encontrar nos Estados Unidos? "Os Estados Unidos", exclamou ele. A tudo que eu perguntava, ele dava uma resposta curta. Por fim, eu queria saber por que ele havia falado de *sudba*. E ele, olhando para minha imagem no espelho: "*Sudba*?". Eles até haviam esperado tempo demais. Quando ele se dava conta de onde já poderiam estar hoje... Mas na semana seguinte sua mulher abriria um salão de beleza em Brighton Beach, e ele havia encontrado um emprego de pedreiro e provaria a todo mundo do que era capaz. Muito mais importante era, contudo, que a filha deles tinha a perspectiva de receber uma bolsa, e se ela a recebesse – ele abriu e fechou a tesoura triunfalmente no ar e piscou para mim.

"Ora, mas tudo anda às mil maravilhas", eu disse.

"Mas é claro que tudo anda às mil maravilhas", replicou ele, e deu um passo vigoroso para o lado. "Se nós pelo menos não tivéssemos esperado tanto tempo!"

Depois ficamos em silêncio. Ele cortava e cortava, e eu pensava no que deveria escrever.

"Ai-ai-ai!", fez Mr. Neitherkorn assim que entrei na cozinha. "Você foi atacado por feras!"

"Me fizeram o serviço logo duas vezes", respondi eu, e passei a mão nos cabelos.

"O que você está dizendo?"

"Como é que posso explicar isso", eu respondi. "Não foi, de forma alguma, o destino, se você quer saber."

"Pare com isso de uma vez por todas", exclamou ele. "Você está cego, por acaso? Ainda não está satisfeito?"

Eu me sentei em meu lugar. Ele colocou uma xícara de café à minha frente, revirou na sacola de compras e tirou o *carrot cake* de dentro dela. Como sempre, ele o cortou sem tirar a embalagem, depositou uma das metades ao lado da minha xícara, foi mais uma vez à sacola, tirou o leite e o abriu.

"Obrigado", disse eu. Nós tomamos café e comemos *carrot cake*. Eu tinha medo de ir a meu quarto e me sentar diante do computador. "Não tenho a menor idéia do que devo escrever", disse eu, depois de algum tempo.

"Não fique preocupado com isso", disse ele. Sua língua voltou a brincar com a dentadura superior. "Eu vou lhe contar uma história amanhã. E aí você poderá aproveitá-la, enfeitando-a um pouco."

"Que história?", perguntei eu.

"Que história?", disse ele sem levantar os olhos. "A história de alguém que saiu para o mundo – e assim por diante."

"O senhor quer brincar de destino?", perguntei eu.

"Claro que não!", exclamou Mr. Neitherkorn, levantou os braços, as palmas das mãos voltadas para o céu, e permaneceu assim por alguns instantes. "Eu sou apenas um cabeleireiro", disse ele em seguida, voltando a deixar cair as mãos. "Mas a gente passa por cada uma nessa profissão..."

Escritor e transcendência

Há alguns anos, era fevereiro, eu fui visitar minha mãe em Dresden. Nos víamos raramente, mas em compensação nos telefonávamos muito.

Estávamos sentados na cozinha durante o jantar, quando a campainha tocou. Minha mãe emudeceu. Sem fazer barulho, botei a xícara de lado. Nós nem sequer nos olhamos, pois é natural nos fazermos de mortos quando há a ameaça de algum transtorno. Das escadarias, ouvimos soluços.

"Christazinha", chamou uma voz de mulher, "Christazinha!" Depois mais uma vez apenas os soluços.

"Meu Púchkin!", gritou Henrietta, nossa vizinha, assim que entrou na cozinha. Ela me abraçou. A sombra em suas pálpebras estava manchada, as lágrimas haviam deixado rastros negros nas faces.

Desde que Henrietta havia encontrado uma foto num jornal de Dresden, na qual eu pretensamente estava parecido com Púchkin, ela me chamava de "meu Púchkin". Henrietta é de Sverdlovsk, nos Urais, que hoje em dia voltou a se chamar Iekaterinburg. Em Dresden, ela já mora há trinta anos. No passado, Henrietta trabalhava como dentista, depois ficou desempregada, e agora está aposentada. Seu marido arranjou outra, as duas filhas há tempos saíram de casa.

Nervosa, Henrietta contou que a vizinha X. exigia quinhentos marcos dela. Ela acabara de sair de sua casa, berrara pelos corredores e reivindicara indenização pela sua mesa. Henrietta voltou a rebentar em lágrimas.

"Mas que mesa é essa?", perguntou minha mãe.

"Uma mesa do sótão, no meu cantinho do sótão!", exclamou Henrietta.

No passado, sempre havia sido assim; móveis em desuso eram colocados no grande sótão, no cantinho de Henrietta. Caso ela mesma não precisasse mais das tralhas, ela as dava a oficiais soviéticos e suas famílias. Algumas semanas antes, Henrietta havia descoberto em seu cantinho uma mesa em forma de rim dos anos cinqüenta, levara-a para seu apartamento, e lá, uma vez que ela era alta demais para o seu gosto, serrara um palmo de cada uma de suas pernas.

E eis que hoje a senhora X. tocara a campainha de Henrietta à procura de sua mesa desaparecida. Sem imaginar o que estava acontecendo, Henrietta pedira que ela entrasse. De cara com sua mesa mutilada, a senhora X. havia perdido as estribeiras e insultara Henrietta grosseiramente. Agora ela pedia quinhentos marcos por sua propriedade arruinada. E que Henrietta não inventasse de se mudar dali antes de saldar o dano que havia causado.

"Essa X.!", eu interrompi Henrietta. "Essa X. não devia botar tanta banca!" Mesmo antes de 1989, nós já tínhamos certeza de que a senhora X. e o senhor Y. trabalhavam para a Stasi e “cuidavam” de nossa casa. Tanto minha mãe quanto Henrietta haviam encontrado relatórios da senhora X. sobre si mesmas em seus dossiês particulares. Isso não havia mudado nada na vida delas em comunidade. Assim como nos tempos da Alemanha Oriental, elas se cumprimentavam rapidamente e seguiam seus caminhos.

Minha mãe assentiu, mas em seguida deu uma sugestão que me deixou chocado. Henrietta, contudo, parou de chorar.

Dois dias mais tarde, no sábado, Henrietta foi ao cabeleireiro, usou um longo vestido azul-escuro, botou a gargantilha de ouro de sua mãe para combinar, ferveu café e preparou a mesa de pernas serradas para duas pessoas. Ela acrescentou também um envelope com quinhentos marcos e uma pasta com uma série de cópias anexadas. Diante do ícone que ela possuía desde o ano anterior, havia uma vela acesa, do toca-discos vinha música de coro russa. Então Henrietta tocou a campainha na casa da família X. e pediu à senhora X. que subisse com ela. Quando as duas mulheres estavam sentadas uma diante da outra, Henrietta pediu desculpas pela mesa serrada. Mas, antes de lhe dar os quinhentos marcos, ela ainda tinha uma pergunta a fazer. Ela gostaria de saber por que a senhora X. havia feito relatórios secretos sobre ela, Henrietta, e sua família.

A senhora X. sorriu e perguntou como Henrietta podia se permitir espalhar calúnias desse tipo. Henrietta empurrou a pasta até ela.

A senhora X. abriu o dossiê, folheou adiante, folheou e folheou, seus movimentos ficaram nervosos. “Não pode ser, mas não pode ser!”, sussurrou a senhora X. Ela fizera, gritou a senhora X., sim, ela fizera apenas uns poucos relatórios sobre Henrietta. O vizinho Y., o senhor Y. da entrada lateral, teria sido ele o responsável, e o que ela havia repassado adiante não podia ser comparado com aquilo que o senhor Y. ou mesmo a senhora Z. haviam feito. "Quem mais fez denúncias foi a senhora Z., com certeza!"

Isso até podia ser verdade, disse Henrietta, mas no dossiê estavam registrados os relatórios dela, e não os da senhora Z. ou os do senhor Y.

"Um trago", sussurrou a senhora X. e levantou de um salto, "eu preciso de um trago." Ela tentou abraçar Henrietta. Henrietta não devia, por favor, julgá-la tão mal assim. Ela havia sido obrigada a fazer aquilo. "Não fiz nada voluntariamente", ela gritou. "Eu não prejudiquei ninguém!"

A senhora X. engoliu a vodca, fez uma careta. Lágrimas lhe vieram aos olhos. Ela soluçou num suspiro e correu para fora. Henrietta também bebeu uma dose de vodca, pegou o envelope com os quinhentos marcos e tocou a campainha da nossa casa.

Ainda que minha mãe não tivesse esperado outra coisa, ela achou extraordinário o fato de a senhora X., ao que tudo indica, ter vivido até hoje na crença de que nós não sabíamos de nada.

Eu confessei que já havia considerado os quinhentos marcos de minha mãe perdidos. "Sendo a senhora X. quem é, eu teria apostado minha cabeça que ela ficaria com o dinheiro."

"Não!", exclamou minha mãe. "Eu sempre acreditei que a justiça acaba triunfando, ao final das contas!"

Algumas semanas mais tarde, eu escrevi essa história. Talvez eu pudesse usá-la em lugar de um artigo de jornal que havia prometido. De qualquer modo, eu até então jamais havia copiado a realidade. Por isso meu propósito me parecia um tanto sinistro.

"Eu escrevi sobre Henrietta e sobre você", foi o que eu disse à minha mãe ao telefone. Talvez por meio dessa história pudesse ser caracterizado, melhor do que com explicações digressivas, como as coordenadas e modelos de comportamento do sistema desaparecido ainda se revelam por toda parte.

"Escuta só!", interrompeu minha mãe. "A coisa ainda não terminou!"

"A senhora X. deu notícias?"

"Ah, é uma história bem diferente!"

Henrietta havia se mudado fazia duas semanas e agora morava num prédio no centro de Dresden. Para festejar a nova casa, ela havia comprado uma penteadeira. Como queria poupar os custos da entrega, ela se torturou carregando a peça embalada. Pouco antes de chegar à porta do prédio, um rapaz lhe ofereceu ajuda, levantou a caixa pesada de papelão sobre os ombros, carregou-a até o elevador e foi com ela para cima. Henrietta pegou o outro elevador. Quando ela desceu em seu andar, não encontrou nem a penteadeira nem o homem. Ela esperou, desceu, depois voltou a subir, gritou nas escadarias diversas vezes que o móvel deveria ser levado ao sétimo andar, subiu e desceu as escadas correndo.

"Por que a senhora está gritando desse jeito?", uma senhora de mais idade manifestou seu espanto. Henrietta perguntou se ela vira um homem com uma caixa de papelão, e contou sobre o seu infortúnio.

A mulher mediu Henrietta com os olhos. Ela não precisava se preocupar, disse a senhora por fim, mandou Henrietta entrar em seu apartamento. Foi, ela mesma, até o andar mais alto, tocou a campainha de uma porta e entrou. Dois rapazes estavam justamente montando uma penteadeira. Eles veriam o que é bom se continuassem a fazer essas coisas, disse a senhora de mais idade. Roubar a mãe da noiva de um mafioso, atrair os guarda-costas do genro para dentro de casa e arriscar perder uma orelha – e tudo por um troço barato como aquele. "Espero que aproveitem!"

Dez minutos mais tarde, Henrietta e sua vizinha prestativa carregaram a penteadeira já montada para fora do elevador. O tampo de vidro apresentava alguns arranhões, que Henrietta generosamente fingiu não ter visto.

Eu continuei escrevendo a história do jeito que minha mãe a contou. Com certeza nem Henrietta nem minha mãe podiam saber o que a vizinha de fato dissera, mas a argumentação soou convincente.

Eu queria fazer com que minha história terminasse com o *grand finale* em que, no telhado do prédio de Henrietta, até 1990 podia ser lida em letras gigantes a frase "O socialismo triunfa!".

"Você vai mostrar a história a Henrietta?", perguntou minha mãe.

"Por que eu deveria?" Eu iria mudar o nome dela. E, de qualquer forma, Henrietta jamais veria o jornal onde o artigo sairia.

Quando viajei para Dresden na vez seguinte, trouxera comigo o jornal com a história de Henrietta. Minha mãe coleciona essas coisas.

Para ser sincero, eu não fiquei exatamente entusiasmado quando minha mãe sugeriu que eu a acompanhasse até a casa de sua antiga vizinha. Henrietta acabara de voltar de Kiev, de uma viagem de peregrinação.

"Afinal de contas você deve a história a ela", disse minha mãe.

Só no carro ela me revelou que Henrietta tomou nossa visita como uma providência divina. Henrietta considerava ser sua vocação se tornar uma missionária na Alemanha. Quem a convencera disso havia sido um certo Mischa, que no passado fora oficial no Afeganistão e mais tarde na Alemanha Oriental. Ele teria anunciado a Henrietta que ela precisava doar quatro mil dólares à igreja para a qual ele trabalhava. Do contrário, em meio ano Henrietta soltaria um "ai" na cozinha e cairia morta.

A entrada do prédio e o elevador estreito estavam cobertos de pichações de cima a baixo. Henrietta abraçou e beijou também a mim, e nos levou através de seu quarto-e-sala. Nós admiramos a penteadeira – armação dourada, tampo de vidro fumê – e de sua sacada olhamos para as encostas do Elba, em Loschwitz.

O ícone no armário de parede era rodeado por toda uma tropa de imagens sacras. Diante dele, como se fossem uma pilha de cartas de baralho, havia imagenzinhas igualmente coloridas com uma oração apropriada na parte de trás.

"Se uma coisa certa eu fiz na vida, foi visitar o mosteiro", exclamou Henrietta. Ela usava um vestido marrom com decote profundo e uma grande abertura nas costas, no meio da qual se destacava o fecho de um sutiã vermelho.

Em Kiev, Henrietta teria morado com Mãe Maria, uma mulher milagreira, que em sessões de várias horas curava mãos esmagadas e pernas inchadas usando energia celestial. As pessoas teriam saído de sua casa sem dores nem muletas. Se não o tivesse visto com os próprios olhos – e nesse momento Henrietta fixou os olhos em nós –, ela não teria acreditado.

Com Maria, Mischa e outros kievenses, ela viajara até o oeste da Ucrânia, ao mosteiro de Potschaiev. O pequeno grupo havia ficado desde as quatro horas da madrugada junto à porta da igreja. Depois, a coisa se transformara numa espécie de corrida, porque todos queriam tocar as grades do altar. Não sei o que Henrietta queria dizer com "grades do altar", mas não quis interromper a história que ela contava, e mais tarde me esqueci de perguntar.

Um monge, alto e de olhos escuros, havia admoestado os fiéis: pouco importava o que acontecesse à volta deles, eles não deveriam se preocupar, e sim esperar no lugar em que estavam sem se mexer, e confiar em Deus.

Henrietta, que olhava por cima de nós ao falar, parecia uma criança cantando num coral. De frase a frase, ela se tornava mais vivaz, um número cada vez maior de palavras russas acabava entrando em sua narrativa, com a qual ela tentava fazer com que víssemos o cenário diante de nós.

As pessoas ficam impacientes, suspiram, gemem, se lamentam, choramingam. Henrietta abraça as grades com força cada vez maior. No mesmo instante em que o monge pega a bíblia no altar, alguns começam a gritar. Eles se jogam ao chão. "Eles fazem, todos eles, como cavalos, todos como cavalos e lobos. Huhuhuuuu". Mischa fica de cabelos em pé. "Um faz como porco, também como porco um faz. Ai, ai, ai!"

Quando por fim o monge começa a tocar as cabeças dos fiéis com a bíblia, o grunhir e o gemer aumenta a ponto de virar um berreiro que atordoa os ouvidos. Um jovem cacareja a todo o volume, quer correr para ir embora, sua mãe o puxa de volta, um homem rola no chão, ai, ai, ai.

"Fascinante", sussurra minha mãe, "realmente fascinante."

De um só golpe, todos emudecem, ninguém se mexe mais. Um instante depois, eles batem o pó de suas roupas e olham furtivamente à sua volta. "Eles não sabem o que aconteceu, o diabo se foi do corpo."

Henrietta passou a falar então de demônios e magia negra. Às vezes, um olhar errado já seria suficiente, e o diabo tomava conta da gente.

"E o que aconteceu com você?", perguntou minha mãe.

"Em mim não tem diabo, mas tem que limpar igual, todo mundo tem que ser purificado, tem que fazer purificação, vocês também, quando Maria vem, todos convidados pra minha casa."

De imediato eu me prontifiquei a viajar até ali, caso houvesse a oportunidade de conhecer Mãe Maria. Henrietta, que interpretou mal o meu interesse, abriu seu coração para mim. Ela contaria sobre a purificação a todo mundo. Mas ela ficava preocupada em talvez não conseguir dar conta dessa tarefa.

Quatro semanas mais tarde, tocamos a campainha de Henrietta de novo. Mãe Maria acabara de lavar a louça. Antes de falar sobre ela e o procedimento ao qual ela me submeteu, eu talvez devesse mencionar que graças ao trabalho de minha mãe eu já dispunha de mais material. Estava escrevendo a continuação de minha primeira história. Não sabia ao certo, apenas, em que ponto eu deveria inseri-la. Henrietta tinha sete irmãs e um irmão. O pai dela havia tombado na grande guerra da pátria, seu irmão roubara um pão com catorze anos, havia sido tirado de casa e jamais retornara. Quanto a Maria, porém, ela agora sabia que o irmão sobrevivera à prisão e ao campo de prisioneiros, e que se casara na Sibéria. Ele morrera por lá fazia apenas alguns anos, chorado por seus filhos e netos.

Antes de começar o tratamento, nós tomamos café. Mãe Maria tinha passado dos sessenta, possuía um belo rosto e diversos dentes de ouro. Eu, disse ela sem qualquer introdução, iria me casar com uma mulher ruiva, provavelmente uma russa. E teria filhos com ela.

"Vamos ver", disse eu, e sorri.

De meias, calças e camisa de baixo, eu assumi posição diante de Mãe Maria, com o rosto virado para a janela. O sol ofuscava. Ela me contemplava sorrindo, quase fazendo troça. Eu sorri de volta, amarelo. Na minha frente, ela não precisava fazer teatro.

Então Maria se aproximou. Suas mãos miraculosas resvalaram, sem nem mesmo me tocar de leve, dos meus ombros pelos braços abaixo, depois se movimentaram do pescoço ao umbigo.

Eu teria, conforme a tradução de Henrietta para o diagnóstico de Maria, problemas com o coração e o fígado. "Sim", disse eu, "procede."

"Fascinante", sussurrou minha mãe.

O sorriso de Maria desapareceu. Seu olhar descansou sobre mim. Mas não estava claro se ela inspecionava meu corpo ou olhava através de mim. Vagarosamente, ela levantou os braços, eu esperava ser escaneado por ela pela terceira vez, quando ela arrancou algo de mim, sim, ela arrancou algo de mim, enrolou-o em volta de sua mão direita e no instante seguinte sacudiu as mãos como se as estivesse secando. Eu não senti nada. Quando ela se posicionou pela segunda vez, para arrancar com força enorme – zás – o que parecia ser um tendão meu, eu me desviei involuntariamente. Mas, como eu já disse, não senti nada. E assim a coisa continuou. Centímetro por centímetro, Maria me livrou de males e doenças, sendo que, conforme seu diagnóstico, na região do coração e do fígado havia especialmente muito a fazer. Às vezes parecia que o tendão ou a linha de pescar imaginários da qual pendiam meus males lhe escorregava entre os dedos. Então ela voltava a agarrá-lo, às vezes com as duas mãos. Ela fazia caretas e cerrava os olhos de tanto esforço. Enquanto isso, eu já pensava a quem Maria queria se referir. Mas eu não desejava como esposa nenhuma das duas russas ruivas que eu conhecia. Para terminar, já havia escurecido nesse ínterim, Maria se voltou ao tratamento de minha cabeça.

"*Haraschô*",[1] disse ela por fim e assentiu. Ainda que não tivéssemos ligado a luz e apenas as lâmpadas da rua iluminassem o quarto, eu pude ver como Maria estava cansada. Ela afundou no sofá, do qual minha mãe acabara de se levantar, e fechou os olhos.

Eu me vesti e tomei mais uma xícara de café. Minha mãe deu cem marcos a Henrietta, que ela deveria usar para a viagem de volta de Maria. Pois dinheiro Maria não podia aceitar. Dinheiro lhe roubaria as forças.

1 Em russo, no original: "Muito bem". [N.T.]

Eu me sentia um pouco mal do estômago e com as pernas bambas. Insisti com minha mãe para que fôssemos embora. Como se fosse um minuto de homenagem, ficamos em pé, mudos, diante de Maria, que havia adormecido no sofá.

Enfim no elevador, minha mãe, antes mesmo de eu conseguir dizer alguma coisa, tirou dois dos santinhos de Henrietta do bolso e os estendeu a mim. "Quer este ou este?"

Quase no mesmo instante minha mãe retorceu a boca, fixou meu rosto, seus olhos de repente pareceram maiores, como se ela usasse óculos com lentes grossas. Ela recuou para a parede do elevador, mas logo voltou a se inclinar à frente. Eu queria perguntar o que diabos estava acontecendo com ela. Mas o rosto dela estava longe de repente, meus joelhos dobraram, eu caí para trás, deslizei até o chão, ouvi um grito agudo, do qual eu quis rir, e grunhi mais uma vez. Um cheiro nada bom entrou pelo meu nariz, eu fiquei encafifado.

Quando a porta do elevador se abriu, um casal de mais idade recuou, assustado. Eles passaram os olhos por mim e só bem devagar ousaram uma reaproximação. Eu não sabia como aquilo podia ter acontecido comigo, e por que eu continuava como que paralisado, jogado aos pés deles. Eu devia ter tropeçado e caído de comprido. Mamãe ajudou a me levantar. Mas, por ela estar com muita pressa, eu caí de novo. O casal não se mexeu do lugar em que estava. "Você ouviu isso?", perguntou o homem. A mulher assentiu. Eles sussurravam e fixavam os olhos em nós. Eu entendi a palavra "escritor" e mais alguma coisa, que não quero repetir aqui.

"Um porco desses", gritou a mulher de repente, e tão alto

como se quisesse que toda a casa ouvisse o que ela dizia. "Um bando de porcos!"

Eu quis replicar que, afinal, qualquer um podia tropeçar, e que esse descuido não era motivo para me insultar, e ainda por cima ofender minha mãe. Eles, sim, eles dois, não deviam se mostrar assim tão metidos a chiques. O aspecto daquilo ali, aquelas pichações por toda parte e o cheiro, ora, muito obrigado, eu não iria querer morar um só dia ali. Em vez disso, escapou-me um arroto verdadeiramente asqueroso.

"Porco!", gritou o homem.

"Calaboca!", sibilei eu.

"Porco!"

"Calaboca!"

Nós tomamos posição um diante do outro, fizemos caretas e continuamos gritando "Porco!", "Calaboca!", "Porco!", "Calaboca!", até que mamãe chamou meu oponente de "pepino azedo". Ela o disse baixinho, mais como se falasse consigo mesma. Ela nem mesmo dissera "seu pepino azedo", mas apenas e simplesmente "pepino azedo".

"O quê? O quêêê?", perguntou o homem, se voltando.

"Pepino azedo!", ela disse e me puxou consigo, saindo em direção ao estacionamento.

"O quê? O quêêê?", gritou ele e nos seguiu. Ele já soava tão estranhamente esgotado ao dizê-lo, que eu olhei à minha volta. Ele de fato lutava em busca de ar, seus olhos estavam saltados.

Às pressas, mamãe bateu a sujeira de minhas calças e do casaco, me acochambrou no banco do passageiro e se colocou, ela mesma, ao volante. Ela ainda me fez cuspir em seu lenço, e com ele esfregou minha face esquerda, limpando-a. Eu odeio esse cuspir-em-lenços e essa esfregação, mas desta vez não resisti, até mesmo apoiei os esforços de minha mãe e tirei meu cabelo da testa. No espelho do quebra-sol do carro, eu observei como o homem se apoiava sobre nosso bagageiro. Sua boca de peixe de lábios azuis parecia continuar a querer gritar "O quê? O quêêê?".

"Pepino azedo", disse mamãe, satisfeita, deu partida no carro e foi embora. O homem no retrovisor desapareceu. Esgotado com o excesso de impressões e sem saber como deveria arranjar e sublimar de maneira adequada o que eu acabara de vivenciar, fechei os olhos.

Fé, amor, esperança, número 23

Quando Marek acordou, estava deitado sozinho na cama. O quarto cheirava a café. Se ele abria o olho esquerdo, o sol queimava um buraco no batente da janela. Se ele olhava apenas com o direito, o quarto voltava a adquirir contornos mais precisos: um armário velho, um espelho sem moldura, duas cadeiras e um cabide de roupas, em cuja única haste estava pendurado seu paletó. Quando ele eliminava em pensamento os cartazes e o vaso de vidro grande e um tanto sujo do canto, o ambiente parecia com os quartos de hotel em Osnabrück e Münster, nos quais ele ficara com seu pai quando tinha dez ou onze anos, ao viajarem juntos para feiras de venda de eletrodomésticos.

O ar mal havia refrescado durante a noite. Do pátio interno, vinha a música de um rádio. Marek ouvia a voz do apresentador e uma voz de mulher que o acompanhava, resmungando sem parar. Sobre a passadeira diante da cama jaziam as suas e as calças de Magda, a blusa dela, sua camisa e as roupas de baixo. O despertador mostrava quase sete horas. Num prego ao lado da cama, estava pendurada sua gravata, sobre algumas gargantilhas e outras bijuterias coloridas. Marek se virou para o lado, apertou o rosto no travesseiro e respirou profundamente.

Durante horas inteiras ele segurara Magda pelo braço e vigiara seu sono, e então vira como ela se sentara e tirara sua camisola. Ele não sabia que podia existir tanto amor num só corpo.

Não haviam passado nem doze horas desde que Marek ainda estiveva sentado na Knesebeckstrasse, escrevendo o parecer que pretendia entregar hoje, pontualmente às dez, ao senhor doutor *honoris causa* Strobonski, proprietário da Assmann-Schibock Sociedade Ltda. de Hamburgo, um fornecedor da Continental. Ele deveria examinar como Witold Strobonski poderia repassar da forma mais elegante, nesses termos o pedido havia sido formulado, a firma às mãos de suas três filhas.

Marek estava acostumado a noites curtas. Para isso, ele tinha um salário de seis dígitos. Quando se pôde ouvir da casa em frente a melodia que identificava o noticiário das oito, a secretária de Strobonski telefonara cancelando a reunião. No instante seguinte, Magda entrara usando o colete azul de um serviço privado de entregas, para lhe deixar em mãos o documento pelo qual ele esperara sua vida inteira; pelo menos essa havia sido sua opinião até o dia anterior. O novo papel de correspondência já havia sido encomendado, a partir de 1º de julho o nome dele estaria escrito no cabeçalho da firma Baechler, Thompson & Associados.

Baechler em pessoa havia dito evasivamente "o nome do senhor" na ocasião, porque tinha dificuldades em escrever "senhor Marek". Todos o chamavam de senhor Marek, supostamente para evitar seu sobrenome impronunciável. E aquele senhor Marek agora se tornava sócio de Baechler, Thompson e de seus outros vinte e dois sócios.

Marek ouviu a porta do apartamento e se assustou. Ele queria continuar deitado no travesseiro, a fim de poupá-la da visão de seu rosto tomado de espinhas vermelhas. Justamente pela manhã seu aspecto era o pior possível. Ninguém mais tinha espinhas como aquelas aos trinta e quatro anos.

"Ora, seu dorminhoco", disse Magda, chegou à cama, curvou-se sobre ele e beijou sua boca, abrindo os braços como se quisesse manter longe dele a sacola da padaria e o leite.

Ele teve a impressão de que ela fora à rua apenas de camisola e jaqueta jeans. Agora ele a ouvia mexendo na cozinha.

Magda havia lhe perguntado no escritório se ela podia usar o banheiro, e deixou a prancheta sobre uma cadeira de visitas. Marek teria preferido escrever seu nome, com o qual havia confirmado o recebimento, mais uma vez, em letras maiores e mais vigorosas, e não como se ele tivesse escorregado da caneta. Uma assinatura, isso se aprendia nos cursos recomendados por Baechler, revela muito, quase tudo. Em seu infortúnio, isso ele compreendeu de repente, nada mudaria, nem mesmo com sua assinatura.

"O senhor precisa trabalhar sempre tanto tempo assim?" Marek quisera apenas reter a moça e contemplá-la por um momento a mais. Ele dissera que havia algo a comemorar, e ela respondera que agora queria festejar também. Uma recusa despachada – foi o que ele pensou. Se ela não tivesse dito "vamos, então?", ele por certo não teria se mexido do lugar em que estava sentado.

A máquina de café agonizava. Justamente quando os pés de Marek tocaram o chão, Magda entrou pela porta, com uma bandeja diante da barriga.

"E então", disse ela, e se sentou à beira da cama. "Dormiu bem?"

Marek abriu espaço para ela. Ele temia que ela pudesse começar a falar, uma coisa qualquer, e ao final – ele o antevia, como um jogador de xadrez antevê os movimentos seguintes – ele teria de perguntar se poderia vir de novo. Ele queria, assim como na noite anterior, acariciar uma mecha do cabelo dela atrás da orelha. Mas aí ela já aninhava sua face na mão dele, e manteve essa mão como um telefone, presa entre o ombro e a cabeça.

"Tudo é tão bonito com você", disse ela.

"*Com você* é tudo tão bonito!", disse ele. Parecera-lhe irreal como ela havia catado todos os alfinetes e grampos do cabelo, sacudindo a cabeça como ele apenas vira atrizes fazerem em filmes, para que o cabelo caísse sobre os ombros e as costas. Como uma cascata, mas isso ele não disse, porque se tratava de um clichê.

"Você virá de novo? Virá hoje à noite?"

"Como você pode perguntar isso?", indagou Marek revoltado. "Como pode...?" Ele se ajoelhou ao lado dela sobre a cama e a envolveu com os braços. Abraçou-a como a abraçara durante a noite. A nudez dele agora lhe parecia inadequada. Não queria que ela pensasse... Mas, enquanto ele ainda refletia sobre isso e olhava para a bandeja do café-da-manhã diante da cama, ela sussurrou: "Olha só, o curioso senhor advogado acaba de voltar", e pegou o seu membro, como que para um aperto de mãos. "Bom dia, senhor advogado", ela disse.

O noticiário das oito horas da manhã ecoou no pátio interno

quando Magda levou a bandeja de volta à cozinha, derramou o café na pia e preparou um novo.

“Por que você está rindo?”, ela perguntou.

“Eu queria pedir seu travesseiro.”

“O travesseiro?”

“Sim”, disse ele, e assentiu.

“Mas você tem que trazê-lo de volta todas as noites”, disse ela, séria.

“Sim”, disse ele, “com certeza.”

“Isso é muito trabalhoso.”

“Mas eu não quero mais me separar da sua cama.”

Marek temeu ter dito algo errado. Magda acariciou os cabelos dele. Ele fechou os olhos. “Marek? Marek!” Ela esperou até que ele, cabeça virada para o lado, abrisse os olhos. “Jamais tinha sido tão bonito como foi com você, Marek.”

Ainda não tinha sido com ninguém como foi com você, ele quis dizer, mas isso teria sido ridículo.

“Talvez eu esteja apenas sonhando”, disse ele por fim. “Estou sonhando que você veio ontem ao escritório e olhou pra mim como se nós já tivéssemos nos visto algum dia.”

“E você”, disse ela, “estava triste. Se levantou, abotoou seu casaco, deu a volta na mesa e disse ‘boa noite’.”

“E você sorriu, porque eu estava tão formal, você riu de mim.”

“Não ri de você! Eu imaginei como seria ter filhos com você.”

“Filhos?”

“Sua solidez era tão grande, sua solidez e sua tristeza.”

“Porque eu pensei que você logo sumiria de novo.”

"E por isso estava triste?"

"Só por isso, só por sua causa."

"E no que você pensou?"

Marek sacudiu a cabeça.

"O que é?"

"Eu apenas olhei para você. Queria apenas continuar olhando, assim como estava parada aí, pequena, loira e tão cansada..."

"Pequena e loira e tão cansada?"

"Eu pensei, ela está tão cansada porque é tão bonita."

"Como assim?", perguntou Magda.

Marek baixou a cabeça sob o olhar dela. Diante dele, havia um pãozinho mordido com patê de fígado. Depois que a propaganda dos móveis Höffner terminou, Marek disse: "Quando alguém é bonita, tem sempre um amiguinho, talvez mais de um. E eles estão sempre querendo alguma coisa de você. E o sono sofre por causa disso, quero dizer – você sabe muito bem o que estou querendo dizer."

"Quer dizer que numa só noite eu...?"

"Não!"

"Mas foi isso que você acabou de dizer, que eu passo as noites com diversos homens..."

"Amiguinhos, amiguinhos, eu disse..."

"Com diversos amiguinhos..."

"Desculpa, por favor, não foi isso que eu quis dizer, por favor, desculpa."

Magda respirou profundamente e se sentou, ereta. Ela não precisava mais dizer nada a ele, ele sabia que havia destruído tudo e que agora tinha de ir embora.

"E se eu não tivesse perguntado onde fica o banheiro? Se eu tivesse ido embora logo, antes de você abrir o envelope?"

"Eu não teria deixado você ir embora!"

"Normalmente eu entrego essas coisas ao porteiro."

"Eu teria interfonado ao porteiro para que ele te segurasse. Teria corrido atrás de você, saltado pela janela..."

Magda enrolou seu cabelo em volta da mão e deu um nó nele, de algum jeito. "Então quer dizer que sonhamos com a mesma coisa?"

"Sim."

"Você já viveu algo parecido?"

"Não. Nunca."

"Será que as coisas vão continuar assim?"

"Mas claro. Quando algo assim aconteceu, aconteceu, não há mais como voltar atrás."

"Isso seria tão bonito", disse ela.

Marek não entendeu por que ela estava tão triste de repente. "Você está cansada?" Nada nem ninguém poderiam mais separá-lo dela, nada nem ninguém. Ele pegou a mão dela e disse: "Sabe, ninguém acreditaria em mim, uma felicidade dessas, eles pensariam que estou contando histórias de pescador".

Ela sorriu. "Você não precisa contar nada."

"E não vou contar."

"Não se deve fazê-lo, na verdade, não na primeira semana. A primeira semana é sagrada."

"Sagrada", disse ele, e soou bem mais sério do que quisera parecer.

"Depois das seis, estarei te esperando e esperando e esperando... e esperando."

"Eu também estarei esperando", disse ele, rápido. "Vou contar os minutos!"

"Eu sou supersticiosa", disse ela. O clarão do sol iluminou seus pés.

"Porque é dia treze? Mas é terça-feira, às terças-feiras não acontece nada. Além disso o treze é um número da sorte."

"Com certeza não."

"Mas nós... hoje de manhã... Já era dia treze."

"Hoje de manhã?"

"Foi num dia treze que me levaram para a firma, dia treze de junho de dois mil e um."

"Pois bem, então é mesmo um número da sorte", disse ela. No mesmo instante o despertador tocou.

Quando Marek levantou da mesa, Magda o seguiu. Ele abriu o boxe do chuveiro e ligou a torneira. Ela parou ao lado dele. Ele pegou a camisola dela e ela levantou os braços, obediente como uma criança, a fim de permitir que a peça lhe fosse tirada pela cabeça. Em cada um dos ombros, ela tinha uma picada de mosquito. De mãos dadas, eles entraram no boxe do chuveiro. Ele a ensaboou e enxaguou, e então ela deitou sua cabeça no peito dele, exatamente ao lado do lugar em que o jato da ducha o atingia. Ele não entendeu o que ela disse. Um momento mais tarde, ele ouviu com nitidez, porém: "O curioso senhor advogado".

Ainda de cabelos molhados, eles saíram para a Naunynstrasse, que pareceu a ele com um palco, porque todos o olhavam, quer dizer, primeiro olhavam para Magda, depois a ele. Mas não era por causa disso. Era o sol. Ele já estava tão alto que, fora a faixa estreita do lado direito da calçada, não fazia sombra alguma.

No Portão de Kottbus, ele acenou para Magda, e, ainda que em outras circunstâncias lhe parecesse incômodo e desagradável se virar sob os olhos de pessoas absolutamente estranhas a cada par de metros e levantar o braço, ele até mesmo andou um bom pedaço de costas, voltando. Nada, nada deveria ser diferente; ele não queria sentir falta de nada, nem das picadas de mosquito nos ombros dela.

Marek subiu em direção à plataforma da linha um do metrô. Ele olhou a sua volta como um turista. De costume, sempre pegava um táxi. Não tinha carro, não tinha nem mesmo carteira de motorista. Também jamais aprendera a nadar, mas disso ninguém sabia.

De repente, ele teve a sensação de ter feito tudo certo. É óbvio que ele era bem-sucedido de vez em quando, essa era sua profissão. Mas apenas com Magda tudo adquiria sentido e importância.

Marek havia sido casado um dia, quando estudante, mas nem seu casamento nem as outras relações tinham durado.

Ele se sentia aflito por não poder dizer a Magda outra coisa a não ser que a amava, e que ela era sua felicidade e seu tesouro, seu tudo e seu nada, e ainda por cima a coisa mais bela do mundo, e que ele gostaria de ter filhos com ela, tudo frases que ele já usara muitas vezes. Marek havia esbanjado, gasto, malversado essas palavras, e diante de Magda, a única que de fato as merecia, ele apenas podia repeti-las.

Quando Marek saiu da estação metroviária da Uhlandstrasse, um Mercedes imenso, no qual o cara no banco do passageiro segurava uma bandeira brasileira para fora da janela, acabava de passar.

Ele entrou no prédio, em cujo telhado estava escrito em letras gigantescas "Baechler, Thompson & Associados". Na escrita podia ser visto que ela resistia ao vento e à intempérie havia três décadas.

"Eu achei que você estivesse em Hamburgo", exclamou a senhora Ruth, a secretária-chefe, que fixava todo mundo como se olhasse por cima dos óculos de leitura. "Parabéns", disse ela, e continuou classificando os documentos.

"Muito obrigado", disse Marek, e espiou pela fresta da porta o escritório de Baechler. Ele estava ao telefone.

Marek continuava achando Baechler parecido com Sky Dumont e, quando vira Sky Dumont com Nicole Kidman em *De olhos bem fechados*, de Stanley Kubrick, ficara um pouco confuso, como se tivesse surpreendido Baechler pulando a cerca. O velho Baechler tinha tão boa aparência que já virara um clichê, assim como ele, Marek, também era um clichê, mas pelo lado inverso. Marek sabia que também ali eles o chamavam de chokito, cara de areia mijada e babyface. Por que, justo no caso da firma Baechler seria diferente da escola, do exército, da universidade, dos escritórios de advocacia ou restaurantes? Estranhamente, contudo, com os clientes isso lhe trazia antes vantagens, depois que os primeiros minutos haviam sido superados, como se alguém com seu aspecto tivesse de ter uma inteligência e um talento especiais para ser trazido a bordo de sua empresa pelo belo Baechler.

A senhora Ruth caminhou à frente dele, os documentos apoiados no antebraço esquerdo. Ela vestia quase sempre uma blusa branca e algo preto para combinar com seus cabelos pretos ou pintados de preto. O pai de Marek a teria chamado de uma mulher cuidada, Marek, porém, quando começara a trabalhar na Baechler, Thompson & Associados, mal conseguira esconder sua surpresa com o fato de a filha da senhora Ruth ter apenas doze anos. Marek achava que a senhora Ruth era rancorosa.

"Você não estava em Hamburgo?", exclamou Baechler, e se apoiou ao encosto da cadeira sem lhe oferecer uma cadeira. "Sim, meu caro, tá na chuva é pra se molhar. Agora estamos os dois com a mesma corda no pescoço."

"Eu queria agradecer ao senhor, doutor Baechler. Eu..."

"Não há necessidade disso, nem de longe." Baecheler abanou sua mão grande e manchada, na qual se destacava um anel com uma pedra preta. "Você sabe que não o permito nem a meus filhos."

"Justamente por isso, doutor Baechler", disse Marek, que ouvira aquela conversalhada acerca dos filhos já no primeiro dia. Ainda que, assim como todos os outros, ele fizesse piadas a respeito, continuava a ficar impressionado quando Baechler o dizia.

"E o que há com nosso amigo Strobonski?"

"Cancelou a reunião ontem à noite. Dez minutos antes, e eu teria perdido a portadora."

"Mesmo assim ainda teria sido em tempo".

"Mais uma vez obrigado, do coração", disse Marek, e se inclinou sobre a escrivaninha, buscando a mão de Baechler.

"Pense nisso, Marek, estamos com a mesma corda em nossos pescoços!"

“Com prazer”, disse Marek. Ele estava comovido com o fato de Baechler chamá-lo pelo nome, sem acrescentar o infantil “senhor” a ele.

“Obrigado”, disse Marek, voltando-se à senhora Ruth, que o olhou surpresa, como se percebesse sua presença apenas agora.

No elevador, seu escritório ficava quatro andares abaixo, Marek pensou se deveria pegar o metrô às seis ou ir para casa antes e trocar de roupa. Ele teria preferido entrar num carro agora mesmo, e balançar para fora da janela uma bandeira brasileira ou outra qualquer. Dez minutos antes, ele pensou mais uma vez, e eu a teria perdido. Essa idéia era tão monstruosa, era como uma objeção à sua felicidade. E se Strobonski não tivesse cancelado a reunião? Marek queria pensar em outra coisa. Nas picadas de mosquito no ombro de Magda, ou em como ele havia se sentido inseguro diante do aparelho de barba no banheiro e da gargalhada que ela dera por causa disso. Ele beijara o cabelo dela, a risca preta em meio ao seu cabelo loiro, como se tivesse de reparar um erro e agradecer a Magda por ela, por sua causa, por causa de Marek, pintar os cabelos. Marek ainda sorria quando saiu do elevador e em seguida caminhou pelo corredor, onde encontrou Elke, a estagiária. “Você está convidada, hoje à tarde, à uma”, gritou Marek e se alegrou com o fato de Elke ficar parada e perguntar “Eu?”.

“Sim, você”, disse ele. Ele convidaria todo mundo que tinha tempo, todo mundo – apenas Baechler não, pois a senhora Ruth lhe servia o *lunch* sempre à uma hora, dentro do escritório.

Às seis, ele iria primeiro para casa, prepararia a mala de rodinhas ou uma sacola menor, e então – direto para Magda!

Por um momento, ele se viu com Magda na Bamberger Strasse, uma idéia que não lhe agradou. Também ele não queria voltar para aquele apartamento, a seu túmulo. Marek olhou pela janela do corredor. E pela primeira vez, assim lhe pareceu, o céu azul estava ali também para ele.

Marek parou junto à máquina de café. Ele de qualquer forma não conseguiria trabalhar hoje, porque a toda hora alguém viria lhe dar os parabéns. Sendo assim, era melhor ficar logo ali onde estava. Alguns diriam, temos de tomar uma cerveja dia desses, e os outros, temos de nos encontrar para um café qualquer hora dessas. E Karl-Heinz Södering, que tinha orgulho de ter casado com uma ex-*miss* Nuremberg, diria, você precisa nos visitar de qualquer jeito em algum momento.

Quando Marek enfim abriu o dossiê sobre a pilha a fim de preparar o encontro de sexta-feira, ele estava decepcionado com o fato de tudo ser como sempre fora. Ele amava seu trabalho. Mas hoje queria festejar, bater papo, rir. De qualquer forma, ele só conseguia pensar em Magda. Em alguns momentos, acreditava piamente que a estava sentindo ali. Numa das vezes chegou a levantar ambas as mãos, e descreveu o movimento que as pontas de seus dedos fizeram ao descer do pescoço de Magda aos seios. Como saltadores de esqui no trampolim, ele pensara. Mas isso ele guardara consigo. Ademais, aquele gesto e aquela comparação pertenciam a outro corpo, a outro "*body*", pois Silke, sua ex-mulher, falava sempre apenas em "*body*".

Pouco depois do meio-dia, ele telefonou a Joachim, que havia começado a trabalhar com ele na firma Baechler, contudo já se tornara *Equity Partner* há um ano. Joachim o parabenizou brevemente, estava falando com uma cliente, com a qual também sairia para almoçar. Christopher Heincken, Marek o encontrou no banheiro. No princípio, Marek até se mostrara orgulhoso em ter o escritório no mesmo corredor de Chris, sim, todos o chamavam de Chris. Chris, que desde os contratos da UMTS era tido como o melhor jogador do time dentro da empresa e príncipe-herdeiro de Baechler, bateu com sua mão molhada às costas dele e disse, enquanto rasgava uma toalha de papel atrás da outra: "Agora nós temos a mesma corda no pescoço". Será que aquilo era ironia?

À uma hora e cinco, Marek estava na portaria. Elke, a estagiária, pareceu menos confusa com seu atraso do que com o fato de sair sozinha com ele. Foi desagradável para ele ter de mencionar, ele mesmo, o motivo do convite, e ela se mostrou tão surpresa com isso como ele se mostrara ao saber da idade da filha da senhora Ruth.

Como ele pudera se meter com Elke? Sven Schmidt, o favorito da senhora Ruth – assim como ela, ele vinha de Wetzlar –, havia lhe repassado o currículo e os papéis com as qualificações de Elke – Marek não costumava ler essas coisas –, e ele havia sublinhado a palavra "consciência de carreira" como um floreio retórico canhestro, mas Sven Schmidt dissera que aquilo era quase uma obrigação nos dias de hoje. As tentativas de Elke em conversar com ele lhe pareciam incômodas. Ao mesmo tempo, seu eterno embaraço voltava, sua velha vida. Marek estava sempre meio passo à frente de Elke. Quando ela ficou parada de repente, ele esperou uma advertência para que tivesse mais consideração. Mas uma das sandálias havia escapado do pé de

Elke, que passou a mão na testa, sorriu e correu atrás dele, um calçado em cada uma das mãos.

"Eu tenho uma idéia", disse Marek e ofereceu seu braço a Elke. Eles atravessaram para o outro lado da rua. Marek parou um táxi, estendeu dez euros ao motorista e disse, "KaDeWe".

O motorista explicou a Elke a razão das diferentes bandeiras e camisetas, e disse que os suecos jogariam apenas em dois dias, e que a Alemanha, se tudo corresse conforme os planos, jogaria as oitavas-de-final contra a Suécia, contra a Suécia ou contra a Inglaterra, mas que seria melhor se fosse contra a Suécia.

Marek subiu com Elke para a seção de delicatessen. Enquanto ela ainda olhava os lagostins e as ostras na vitrine, ele pediu meio rabo de lagosta e vinho para os dois. "Maravilhoso, isso é maravilhoso!", exclamou Elke.

Por fim, ela se inclinou de sua banqueta, deitou sua cabeça sobre o ombro dele e sussurrou: "Fantástico, simplesmente fantástico, senhor Marek". Na viagem de volta, eles ficaram sentados mudos um ao lado do outro.

Quando duas horas mais tarde ninguém ainda o procurara para cumprimentá-lo, ele estava convencido de que o evitavam a fim de protestar contra a decisão de Baechler. É óbvio que cada um dos sócios tivera de votar a favor, mas o que Baechler dizia era lei.

Marek ficou bem calmo. Ele sabia lidar com as coisas quando conhecia com clareza a situação das linhas de frente. Ele contra o resto, isso não significava nada de novo. Por alguns minutos, Marek conseguiu se concentrar no que estava escrito no documento. Em seguida, se recostou na cadeira e fechou os olhos.

A rejeição dentro da firma o deixava esgotado. Ele abriria um escritório particular, e Magda trabalharia para ele. Ele e Magda, Magda e ele. Hoje à noite eles falariam nisso. De repente, ele teve medo de voltar a ver Magda. Uma noite assim, uma manhã assim, não podiam simplesmente ser repetidas. E talvez os chefes ao fim e ao cabo revertessem a decisão, e nesse caso – disso Marek estava convencido – as coisas terminariam mal também para Magda e ele.

Quando o telefone tocou, era a contabilidade, um bilhete de passagem estava faltando, e Marek prometeu se encarregar disso e da próxima vez fazer uma cópia do bilhete antecipadamente. Ele entregara o bilhete, disso tinha certeza. Uma alfinetada entre as mil que ainda teria de encarar.

Eram cinco horas quando a senhora Ruth interfonou para ele. Pediu que ele tivesse a bondade de subir, sim, imediatamente. Sem se despedir, ela desligou.

No caminho até o elevador, Marek acreditou que o melhor seria ele mesmo pedir demissão.

Baechler estava parado com Heincken junto à janela da sala. Eles não retribuíram o cumprimento de Marek. A senhora Ruth, que o olhava de sobrancelhas erguidas como se tivesse lhe perguntado algo, apontou para a porta encostada da sala de reuniões. "O doutor Baechler virá em seguida", ela sussurrou, e voltou a se inclinar sobre sua mesa.

Como se fosse uma parede, ele se desviou do ambiente escuro da sala das reuniões. Por causa do sol, as persianas haviam sido baixadas. Ele tateou em busca do interruptor da luz... Alguém gritou: "Três, quatro!".

Marek se assustou. Luz, rostos, risos. Eles cantavam a melodia "*He's a jolly good fellow*". "Ele é o número vinte e três, ele é o número vinte e três, ele é o número vinte e trêêês, ele agora é um de nós."

Seus sócios deram um passo para o lado, uma torta, um 23 em cima. E então tudo recomeçou. Ele olhou para a boca da senhora Ruth, ele viu Chris e ele viu Baechler, que fazia de conta que estava regendo uma orquestra. Sim, ele era o número 23, o vigésimo terceiro do grupo. Estouraram champanhes e três garçonetes carregavam bandejas com taças. Alguém gritou: "Discurso!". E os outros: "Discurso! Discurso! Discurso!".

Ele quis perguntar por que haviam preparado uma recepção tão pomposa justamente para ele; ainda a tempo ele conseguiu se lembrar de que jamais participara de eventos em que alguém se tornara *Equity Partner*. Eles festejavam sempre apenas entre si.

Seu discurso foi um fracasso e tanto. Ele não sabia o que dizer, e não lhe ocorreu nada que pudesse fazer rir os outros. É que ele estava de fato vencido, sem palavras, comovido, era isso que eles queriam.

Por volta das sete, os primeiros se foram. Todos se despediram de Marek, todos o convidaram para um café ou uma cerveja, ou até mesmo para que ele os visitasse em casa, de preferência logo, ainda no verão, para um churrasco. O serviço de festas Wiener começou a levar as primeiras travessas para fora.

Mas a coisa mais bonita não havia sido a surpresa, e sim que ele, enquanto falava com os outros, podia pensar em Magda, e que ele tinha apenas de sair do prédio, entrar num táxi para ser levado até ela. E ele pensou, é isso que é a verdadeira felicidade, a verdadeira felicidade mesmo.

Baechler disse mais uma vez a frase da corda e do pescoço e, quando Marek lhe estendeu a mão em despedida, tocou-o no braço com sua mão esquerda. Marek resistiu ao impulso de abraçar Baechler. "Obrigado", disse Marek, "obrigado."

Na ponta da mesa de reuniões, de lá se via a Savignyplatz, os últimos se ajuntaram. Agora enfim eles podiam tomar cerveja.

Sven Schmidt abriu duas janelas, uma corrente agradável de ar entrou. E Joachim perguntou o que é que eles fariam com o dia que recém estava começando. "Eu estou livre hoje! Acho que uma festa é o mínimo, quando se aceita que a mesma corda esteja em volta de nosso pescoço!"

Chris havia reservado uma mesa na Taverneira Gorda[1] às dez para as nove, por causa do jogo do Brasil. "Marek tem de convidar todo mundo", gritou ele, "Marek tem de ser depenado! Quando chegou minha vez, tive de rasgar algumas de mil, e uma noite de televisão e jogo é nada perto disso!"

"Eu não posso", disse Marek. E gritou em meio ao alarido de vaias: "Alguém está esperando por mim!".

Eles o insultaram, chamando-o de unha-de-fome e sovina, mas isso não soou maldoso, e Marek estava aliviado.

"Tem mesmo de ser assim?", perguntou Sven Schmidt.

Marek assentiu.

"Liga e diz o que aconteceu. Uma noite assim só acontece uma vez na vida!"

1 *Dicke Wirtin*, no original. [N.T.]

“Não”, disse Marek, “não posso mesmo. Ela já está me esperando desde as seis.”

“Quem ama sempre espera!” Sven Schmidt assobiou entre os dentes.

“Como assim, Marek, então existe uma ela?”, perguntou Chris.

“Sim”, disse Marek. E só agora que o havia dito é que Magda pareceu não ser mais apenas um sonho.

“Marek tem uma mulher!”, exclamou Karl-Heinz Södering. “Pede pra ela ir junto!”

“Parabéns”, disse Joachim. “E então? É ela?”

“Sim”, disse Marek, “é ela.”

“Toma cuidado”, disse Chris, “não vai casar já amanhã.” Eles riram.

“Depois de amanhã”, disse Marek.

“A gente consegue arranjar um dia livre, e então acontece uma coisa dessas”, disse Sven Schmidt. “Mas você não vai conseguir escapar de nós assim tão fácil, isso eu te garanto, tão fácil assim não vai ser!”

Joachim abraçou Marek. Dos outros, Marek se despediu com um aperto de mãos.

“Pelo menos poderias nos dizer o nome da donzela?”, perguntou Joachim.

“Magda”, disse Marek, quase sem voz.

“Magda!”, anunciou Sven Schmidt. “E ela é maravilhosa?”

Marek assentiu.

“Loira, cabelos compridos, esbelta e de peitões durinhos?” Sven Schmidt colocou as mãos diante do peito, olhou para Marek e mexeu seus dedos.

“Acredite ou não, ela é exatamente assim!”, disse Marek.

“E ela te ama”, disse Joachim, “e nenhuma noite foi tão bela quanto a que ela passou contigo?”

“Cala a boca”, sussurrou Chris. “Deixem ele ir.”

“Ela me ama e eu a amo, e nenhuma noite foi tão bela”, disse Marek.

“Parabéns”, disse Karl-Heinz Söderling, “boa noite, senhor advogado.”

“Cala a boca!”, gritou Chris.

“Como assim, advogado?”

“O curioso senhor advogado? É assim que ela te chama?”, perguntou Joachim.

Marek olhou para Chris, depois de novo para Joachim.

“Homem do céu, Marek”, disse Joachim, “não é possível que você tenha mesmo se apaixonado?”

“Eu não entendo o que vocês estão querendo dizer”, disse Marek, e olhou de um para o outro. “O que vocês estão querendo dizer com ‘senhor advogado’?”

“Teu pau”, disse Sven Schmidt. “Svenja parece não ser muito criativa.”

“O nome dela não é Svenja.”

“Nisso você tem razão”, disse Joachim. “O nome dela não é Svenja, e também não é Johanna, mas também não é Magda, Marek.”

“Chris?”, perguntou Marek. “Você pode me dizer o que está acontecendo aqui?”

“Seus novos sócios já disseram tudo.” Chris pegou seu casaco da cadeira.

“Não vai empalidecer agora”, disse Sven Schmidt. “Você pensa que o velho te mandaria a notícia pelos correios, se miss Ruth precisaria apenas descer alguns andares? E que a portaria sempre tão severa a deixaria entrar?”

“O nome dela não é Svenja”, disse Marek.

“Só o velho sabe o nome dela”, disse Joachim. “Por isso é que digo, deixa as mãos longe dela.”

“Baechler?”

“Oh, Marek! Mas é claro que é Baechler, *surprise*, *surprise*! Bem-vindo ao clube.”

“Baechler?”

“Pensas que ele se contenta com miss Ruth, do jeito que ele é?”

“Homem do céu, Marek, vocês, os poloneses, têm mulheres tão sensacionais. Se existem mulheres de verdade em algum lugar, então é na Polônia! E você vai se meter logo com uma dessas...”, disse Sven Schmidt.

“Ele foi pego de jeito”, disse Karl-Heinz Södering, “não entendeu nada.”

“Cala a boca, cala a boca de uma vez por todas”, disse Chris. “Lamento muito, Marek, mas ninguém aqui tinha idéia disso.”

Três horas mais tarde, o jogo do Brasil já havia terminado, e Marek continuava sentado com Joachim, Karl-Heinz Södering e Sven Schmidt no Taverneira Gorda.

Marek estava cansado. Logo, sua cabeça afundaria em cima da mesa. Apenas dormir era impossível. Não havia lugar para o sono, nem na sua mesa nem em outra. Não havia nem mesmo um lugar qualquer onde pudesse descansar, por mais que ele procurasse. Em dormir, ele não podia nem pensar.

Quando, de repente, Magda apareceu parada na frente dele, ele pensou primeiro que ela também estivesse bêbada. Algo não estava em ordem com ela.

"Vem", disse ela, "vem comigo." Ele ficou surpreso por ela fazer de conta que só os dois estavam ali, como se ambos estivessem completamente sozinhos no ambiente. Como, se ela também conhecia Sven Schmidt, e se ela conhecia Joachim, e se ela conhecia até mesmo Karl-Heinz Söderling, de Wetzlar, o favorito da senhora Ruth? Por que ela não cumprimentava os colegas dele também? Se eles podiam ser reconhecidos com facilidade? Em seus ternos, eles sempre pareciam formar uma delegação. E além disso aquele monte de suecos. Já agora a cidade estava cheia de suecos. E cheia de advogados, só ali havia quatro deles, refestelados, quatro advogados.

"Vem", disse Magda, "vem junto comigo."

Marek achou que era necessário olhar para a boca de Magda para entendê-la. Do contrário, mal se compreendia o que ela estava dizendo. Algo não estava em ordem com ela. Ele fechou um olho, depois o outro. Da distância em que estava, isso não mudou nada. Marek via o que todos viam. Ela era baixinha, loira e estava muito, muito cansada. Mas talvez ela soubesse de um lugar para dormir.

Nos confins da Estônia

Naquela semana de setembro, em 2000, que passei com Tanja em Tallinn e Tartu, fui intimado diversas vezes a escrever algo sobre a Estônia. Em todas as vezes, eu expliquei que esse convite me honrava muito, mas que isso de escrever histórias não funcionava desse jeito, que não se podia escolher um país e um tema e simplesmente mandar brasa. Eu disse que não sabia nada sobre a Estônia, e que as experiências comuns da mudança do sistema mal podiam ser comparadas. Mas isso foram apenas palavras ditas ao vento. Afinal de contas, eu tinha escrito trinta e três histórias sobre São Petersburgo, e, sendo assim, haveria de me ocorrer pelo menos uma sobre a Estônia!

Para uma história que se passa no estrangeiro, disse eu, tinha de se ter uma certa afinidade, sentir um parentesco interior com as coisas que por lá acontecem. Mas, quanto mais enfaticamente eu argumentava, tanto mais irritava meus anfitriões. Eles eram demasiado corteses para me dizer na cara que viam naqueles argumentos apenas desculpas.

Eu era hóspede da associação de escritores e tinha um convite para ir a Käsmu, à casa de hóspedes da associação, nas praias do mar Báltico. Käsmu, meus anfitriões não se cansavam de afirmar, era um lugar mais do que especial. Lá a gente não apenas iria descansar maravilhosamente, mas também trabalharia com mais inspiração do que nunca. Antes de qualquer coisa, devíamos viajar para Käsmu.

Começando assim, espero não ter causado a impressão de termos sido tratados de modo pouco hospitaleiro. Muito pelo contrário, todo mundo nos carregava no colo. O diretor da associação de escritores nunca tinha mediado uma de minhas leituras públicas antes. Ele nos recebeu como se fôssemos velhos amigos, e nos convidou a acompanhá-lo a um café, a fim de lá discutir a leitura do meu livro. No caminho, não passavam dez metros sem que alguém se metesse na frente do diretor para apertar sua mão. No café, havia sempre alguém batendo na vidraça ou entrando, de modo que mal conseguíamos trocar duas frases sem ser interrompidos. Quando perguntei pela profissão de um homem alto e de boa aparência, que sacudiu minha mão e se desculpou por não poder vir à noite da maneira mais amável, o diretor disse: esse era o ministro da Cultura. A mulher do ministro da Cultura, bela, jovem, inteligente e cordial, me entrevistou para um programa de televisão. É que eles haviam todos estudado em Tartu, disse ela, e agora trabalhavam todos em Tallinn. Como é que não se conheceriam, então?

Tanja e eu almoçávamos e jantávamos em restaurantes, que estavam sempre vazios e eram maravilhosos, e nos quais nós, apesar das numerosas cervejas, poucas vezes gastávamos mais de vinte marcos.

Quando queríamos ir a um restaurante com um pequeno grupo depois da leitura pública, éramos eu e Tanja que tínhamos sugestões a fazer aos outros. Minha tradutora, ao contrário, que nos contava dos anos em que haviam cantado aos quatro ventos a independência em Tallinn e no Báltico inteiro, nem sequer conseguia se lembrar quando estivera num restaurante pela última vez. Era impensável para ela comprar um livro tão caro quanto o meu, que custava o equivalente a quase dezessete marcos.

Antes de contar sobre nossos dias em Käsmu, quero mencionar ainda um episódio que na verdade não tem nada a ver com esta história. Entre uma leitura a estudantes de literatura alemã da Universidade de Tartu e a leitura aberta ao público do livro traduzido, Tanja e eu fomos convidados pelos estudantes a fazer um passeio pela cidade. Perto do fim de nosso pequeno *tour*, passamos por um quiosque, no qual eram oferecidas as mesmas bebidas existentes na Alemanha. Diante dele, havia dois bancos de madeira, e nós convidamos os estudantes a beber algo conosco; na conversa, Tanja disse estar admirada com a quantidade de insultos dirigidos aos russos enquanto os alemães eram quase venerados. Isso acontecia porque a hospitalidade assim o recomendava?

Isso não tinha nada a ver com hospitalidade, as coisas eram assim mesmo, afinal de contas eles estudavam literatura alemã. Eu quis fazer mais uma pergunta, quando a mais jovem e mais bela estudante, que até agora ficara apenas escutando, exclamou: "Como é que o senhor pode se admirar com isso? Os alemães não fizeram nada aos estonianos!".

"Aos estonianos talvez não...", disse Tanja.

"Eu sei o que a senhora está querendo dizer!", a estudante interrompeu Tanja. "Mas a senhora sabe muito bem que nós, os estonianos, tínhamos uma ss própria, e se forem considerados apenas os números de quantos foram os estonianos, ou melhor, quantos foram os bálticos assassinados e deportados pelos russos ainda depois do fim da guerra? Da Rússia vieram sempre apenas coisas ruins, dos alemães principalmente coisas boas, e isso acaba marcando as pessoas."

Tanja disse que não se podia limitar a recordação nem a uma determinada época nem a uma nacionalidade, e que ao final das contas tinha sido o pacto entre Hitler e Stálin que acabara com a soberania deles.

"Isso é verdade, claro que isso é verdade", disse a estudante. "Mas e por que a senhora está surpresa?"

"Porque você não está surpresa!", exclamou Tanja. Depois disso, voltamos à universidade e trocamos nossos endereços.

Quando viajamos em direção a Käsmu num carro alugado, Tanja me perguntou se ela parecera presunçosa demais. Não, disse eu, pelo contrário, mas lamentavelmente não tinha me ocorrido nada melhor a dizer. Tanja disse que não conseguia parar de pensar nas expressões típicas dos contos de fada estonianos, que nós líamos um para o outro em voz alta, à noite. Neles sempre apareciam formulações como "Ela se adornou com belos vestidos, como se fosse a mais orgulhosa das crianças alemãs" ou "tão feliz quanto uma mimada criança alemã".

Nós estávamos alegres com a perspectiva de chegar a Käsmu. No guia turístico, havíamos lido que Lahemaa, a terra das enseadas, um areal de 649 quilômetros quadrados que ficava a cerca de quarenta quilômetros ao leste de Tallinn, entre a grande enseada finlandesa e a rodovia Tallinn-Narva, tinha sido elevada à categoria de Parque Nacional já em 1971. No guia turístico também estava escrito que lá havia muitos animais ameaçados de extinção: ursos-pardos, linces, martas, águias-reais, grous, mergulhões-esplendor, cisnes de corcunda no bico e até mesmo cegonhas negras.

Nós nos apresentamos a Arne, um homem esguio, de cabelos meio compridos e boina basca, que dirigia uma espécie de museu marítimo privado. Ele nos cumprimentou com um aperto de mão – este seria o sinal para seus cães setter de que nós fazíamos parte do povoado. Antes de nos entregar as chaves, ele ainda fez um pequeno discurso sobre o magnetismo assaz favorável de Käsmu. A caminho da casa de hóspedes, contudo, Arne emudeceu, como se nós não devêssemos ser distraídos por nada da visão das cuidadas casas de madeira, e assim assimilar dentro de nós toda a paz daquele lugar sem sermos perturbados. Os dois setter saltaram na frente, voltaram, caminharam a nossa volta e se esfregaram em nossos joelhos.

Quando penso naquela semana hoje em dia, seis anos depois, o que me lembro primeiro, apesar do acontecimento inacreditável que logo vou relatar, é da luz daquele lugar, que deixava as cores vívidas e pálidas ao mesmo tempo.

No passado, a casa pertencera ao capitão Cristian Steen, que em 1947 havia sido deportado para a Sibéria, e desde então era tido como desaparecido. O corredor levava ao grande refeitório, localizado na parte central da casa, em cuja mesa gigantesca nós, com exceção de uma vez, comíamos sempre sozinhos. De lá, podia se chegar aos dois quartos de hóspedes que ficavam um em frente ao outro, e à cozinha, que por sua vez dava para um jardim-de-inverno. Por suas altas janelas de vidro, via-se a casinha da sauna e uma rocha coberta de musgo do último período glacial.

Para mim e Tanja, estava reservado o ambiente mais bonito, o quarto épico. O quarto romanesco, menor, permaneceu desocupado no princípio, ao passo que as duas câmaras novelescas, no sótão, abrigavam um casal de poetas. Nós, contudo, só víamos a mulher que, mal havia dito "*Käsmu is good for work and good for holiday*", voltou a sumir às pressas, como se não pudesse perder um segundo sequer daquele tempo precioso em Käsmu.

Käsmu tem uma praia estreita. Caminha-se pela floresta, e de repente o mar está à nossa frente. Ou a gente vai para o cais do pequeno porto, observa as crianças pescando e dá rédeas soltas à fantasia ao ver as traineiras decrépitas que se esfregam em uma guirlanda de pneus de carro junto ao muro do cais. O local nada tem de espetacular, mas é justamente essa a razão de sua beleza. Em algum lugar deve existir um depósito de paletes de madeira para o transporte de mercadorias. Pois por toda parte se vêem esses paletes de madeira, que são desmanchados pelos moradores do povoado, amontoados junto a suas casas para ser usados como lenha de queima.

O que nós conseguíamos fazer de modo maravilhoso em Käsmu era dormir. Só pelo silêncio já se devia viajar para Käsmu. Quando estávamos sentados no jardim-de-inverno, ao anoitecer, e bebíamos café, comíamos a geléia de frutas silvestres comprada de uma mulher idosa e ouvíamos os pássaros no mar, o tempo parecia parar.

A paz de Käsmu era perturbada apenas por dois ou três ônibus, que se torturavam andando pela estrada do povoado durante a manhã e levavam turmas escolares ao museu de Arne. As crianças admiravam ossos de baleia, dentes de tubarão, navios dentro de garrafas, anzóis gigantescos e cartões-postais de faróis do mundo inteiro, faziam piquenique sobre a grama diante da casa, corriam até o cais e depois iam embora.

Tanja e eu havíamos tentado conversar com Arne e convidado ele para almoçar conosco, mas Arne se mantinha fechado diante de nós. Mesmo quando fomos visitar seu museu pela segunda fez, ele nos recebeu apenas com um breve aceno de cabeça, e depois desapareceu sorrateiramente.

No terceiro dia, chuviscava desde bem cedo pela manhã, nós contemplamos do quarto épico como os estudantes deixaram o ônibus, bateram à porta de Arne, deram a volta na casa, espiaram pela varanda e, por fim, foram recebidos e acomodados dentro do ônibus mais uma vez por suas professoras indignadas e perplexas. E foi dentro do ônibus que nós as vimos fazendo seu piquenique. Mesmo ao anoitecer, quando voltamos de nossa excursão ao pântano, o bilhete em que pedíamos a Arne para esquentar a sauna continuava preso à porta. O céu havia clareado e nos ofereceu um belo pôr-do-sol.

No quarto dia, ficamos dentro de casa; estava frio e ventoso, de modo que podíamos ouvir o mar mesmo de janelas fechadas. Tanja fez chá e voltou a se deitar na cama com *Mundo sem compaixão*, de Gustaw Herling, nas mãos. Eu queria aproveitar enfim a influência favorável de Käsmu para meu trabalho, liguei o laptop e observei os arquivos na tela – quando um ladrar selvagem de cães nos atraiu à janela.

Diante do museu, havia um Barkas verde. Os setters de Arne se comportavam de modo selvagem. Não sei de onde eles tinham vindo assim tão de súbito, os latidos não soavam exatamente como se fossem de boas-vindas. Arne precisou pegar cada um dos cães, que no dia de nossa chegada ainda o haviam seguido sem titubear a um simples chamado, pela nuca, e arrastá-los para dentro de casa. Mas também lá eles não se acalmaram, e continuaram saltando ao longo das vidraças da varanda, ladrando até botar os bofes pra fora.

Arne, pelo contrário, parecia rejuvenescido, sua boina basca estava assentada sobre a parte de trás da cabeça.

"Se vocês não contarem nada a ninguém", ele gritou, "vou lhes mostrar uma coisa." Com um movimento do braço, ele indicou que o seguíssemos, enfiou a chave no porta-malas do Barkas, soerguendo a tampa. Ele espiou para dentro do carro, e nos pediu para imitá-lo com a mímica de um palhaço. Eu desconfiei que o trato cotidiano de Arne com turmas escolares era o culpado por sua afetação excessiva.

No interior do carro estava escuro, e eu recuei por causa do ar ruim. Tanja agüentou mais tempo. Depois, ela olhou para mim e, num tom de como se eu tivesse perguntado pelas horas, disse: "Um urso, ali dentro tem um urso morto".

Arne havia arrastado um dos paletes de madeira para perto do carro. Tanja abriu o porta-malas ao máximo, e eu e Arne posicionamos o palete de modo que ele servisse de rampa. Arne se colocou na parte da frente, Tanja e eu nos retiramos para trás da porta.

O urso não se mexia.

Nós observamos como Arne usou as unhas para abrir a lata que tirou do bolso do casaco e começou a remexer dentro dela com um graveto. O graveto, ele o estendeu a mim, assentiu como que agradecendo ou como se me desse um comando previamente combinado, depois bateu palmas três vezes e gritou: "Serioja! Serioja!", bateu palmas três vezes de novo, voltou a tirar o graveto de minhas mãos e o segurou diante de si como um anzol.

No fundo, não sou um cara medroso, mas quando o crânio do urso apareceu a pouco mais de um braço de distância de mim, saindo da escuridão, eu senti como é acertada a expressão que diz que a gente não deve se mijar de medo. "Vamos sair daqui", sussurrou Tanja. Somente Arne, armado apenas com aquele gravetinho embebido em mel, não deixava perceber nenhum sinal de nervosismo. De pernas abertas, ele esperava diante do palete de madeira e se inclinava cada vez mais à frente, o que devido à estatura dele adquiria o aspecto de um exercício de ginástica. O urso estendeu a cabeça e se recusava a pisar no palete de madeira. Arne aproximou tanto o graveto de seu focinho, que Serioja poderia lambê-lo e morder um pedaço dele. Farejando e rugindo, o urso o devorou. A gente já aprende quando criança que os ursos rugem. Mas, quando se ouve de fato esse rugido de urso sem estar protegido por uma vala ou uma grade, ele deixa em nós uma impressão bem mais duradoura.

O que estranhamente me inspirava mais confiança do que o teatro-do-graveto-de-mel de Arne era o comportamento do próprio urso. Quando se conhece o fim da história, a constatação pode parecer medíocre, mas desde o princípio eu tinha a impressão de que aquele urso tinha controle sobre si mesmo, de que ele sabia o que devia e o que não devia fazer. Ele estendeu uma das patas e empurrou o palete de madeira para longe do carro, contemplou a distância entre a borda do porta-malas e o palete, ficou sobre uma das patas, depois sobre a outra, estendeu a direita para baixo e saltou tão rápido para fora que por certo teria derrubado Arne, se este não tivesse saltado como um cabrito para trás. Ao mesmo tempo, o Barkas subiu alguns palmos rangendo metalicamente.

Precipitadamente, Arne remexeu na latinha. O farejar começou de novo. E então aconteceu: primeiro eu acreditei que o urso estava se voltando para nós. Mas ele continuou se virando, girou sobre o próprio eixo, repetiu o gesto uma segunda vez, porque Arne aplaudia, e rodou e rodou, arrastando consigo a corda em volta de seu pescoço. Quando também nós aplaudimos, ele estacou, pendendo para frente e para trás como se sentisse vertigens, e por fim executou uma cambalhota, que no entanto não deu muito certo, mas ainda assim podia ser considerada uma cambalhota. Para terminar, o urso caiu sobre o traseiro num baque surdo e levantou as patas, todo pidão.

Se o graveto pareceu demasiado curto a Arne ou se ele seguia uma recomendação eu não sei – de qualquer modo ele tirou um lenço do bolso, embebeu-o na lata de mel e atirou-o a Serioja, que o estraçalhou no mesmo instante, enfiando-o na boca. Fazendo ruídos de quem estava se deliciando e rugindo ao mesmo tempo, ele se pôs sobre as quatro patas e fez um passeio sobre a relva. Arne havia tirado um cesto com frutas do banco do carona. Agora ele jogava algumas maçãs a Serioja e espalhava o resto no porta-malas. Serioja de fato deu meia-volta e depois saltou mais uma vez para dentro do Barkas, que afundou rangendo sobre o eixo traseiro.

Apenas semanas mais tarde, depois de termos contado diversas vezes a história de Serioja, é que aquele espetáculo diante da casa de Arne começou a me parecer misterioso. Qual havia sido o motivo que fizera Arne tirar o urso do carro? Será que ele queria exibir seus dotes de domador para nós? Será que a vaidade havia tomado conta dele? Fora por isso que se arriscara a ser descoberto?

Arne nos convidou a acompanhá-lo. E assim aconteceu que Tanja e eu, pela primeira vez desde o tempo em que ainda pegávamos carona, voltamos a nos apertar dentro de um Barkas – ao contrário do que acontecia no passado, dessa vez foi Tanja quem embarcou primeiro.

Hoje em dia me pergunto por que não fiz sequer uma única anotação em Käsmu. Eis que ali andavam um estoniano e um escritor alemão com sua primeira e única amada pela floresta, um urso no porta-malas, e eu não desconfiava nem de longe que apenas precisava escrever o que acabava de vivenciar para apresentar a meus anfitriões a história que desejavam.

Naturalmente, seria vantajoso se eu pudesse repetir as falas de Arne conforme ele as disse. Seu alemão era tingido pelo dialeto prussiano-oriental, cujo frasear incomum e cuja pronúncia esticada eu não me sinto em condições de imitar. No princípio, contudo, enquanto saíamos do povoado sacolejando em segunda marcha, ficamos em silêncio. Arne parecia sentir prazer em nos ver tensos, e fazia de conta que as manobras que tinha de executar para desviar dos buracos exigiam toda a sua atenção.

"Que urso é esse?", perguntou Tanja por fim. Para olhar nos olhos de Arne, ela se inclinou tanto à frente que sua testa quase tocou o pára-brisa. "O que o senhor vai fazer com o urso?"

Arne sorriu – um buraco no caminho nos fez inclinar a cabeça adiante e Arne praguejou.

"Vocês ouviram isso?", gritou Tanja. "Ele está rugindo, ele rugiu!"

Algumas manobras depois, Arne começou a falar, mas o que ele dizia não tinha nada a ver com a pergunta de Tanja. Ele explicou que a associação de escritores era pobre porque os escritores eram pobres. Fora um dos membros, nenhum escritor podia viver de seus livros na Estônia, mesmo que a associação recebesse apoio do governo. Mas para o mestre de alojamento (ele de fato usou essa designação), para o mestre de alojamento de uma casa de escritores é que sobrava ainda menos, e com as gorjetas, que de resto eram normais, ele também não podia contar nesse caso. De quando em vez, ele deixava que alguns dos moradores do povoado usassem a sauna, mas eles pagavam, quando pagavam, com produtos da terra. Por seu trabalho no museu, ele recebia apenas aquilo que conseguia faturar. Mesmo que viessem dez ônibus por dia, não seria o suficiente. "Portanto, *tschto dielat*?", ele perguntou em russo. O que Arne podia fazer?

Mas por que é que ele conduzia aquele urso adestrado pela floresta?

Arne procurava um entroncamento. No caminho pela floresta, nós andávamos em marcha lenta. Arne contou da revolução, como ele a chamava: tudo que eles haviam querido tinha sido alcançado – independência, democracia, economia de mercado, logo mais a União Européia. Mas eis que agora todas as ilhas e terrenos da praia haviam sido comprados por finlandeses e suecos, outra parte por russos e alemães, e o mesmo acontecia com as melhores casas em Tallinn. Na verdade, não existia mais nada que pudesse ser privatizado ou colocado no mercado. E agora?

Quando passávamos por cima de uma raiz ou por uma poça mais funda, ouvíamos o rugir de Serioja.

A única diferença em relação ao passado, disse Arne, era que agora de vez em quando um ocidental se perdia em Käsmu, e ninguém mais lhe dizia o que ele tinha de fazer no museu.

Arne ligou os faróis do carro, porque os pinheiros se fechavam sobre o caminho de modo a parecer que estávamos atravessando um túnel. Depois de uma eternidade de dois ou três quilômetros, abriu-se à nossa frente uma clareira coberta de urzes. Arne parou, desligou a luz, tirou a chave da ignição e se recostou no banco, de braços cruzados.

Um amigo de Lahti, para o qual ele vendera dois velhos telescópios alemães por um preço camarada, havia lhe perguntado se ele não poderia intermediar a compra de uma casa barata na praia. Ainda que ele não tivesse dito sim, Mika havia aparecido de repente com sua mulher, uma bela argentina, mais os três filhos. A compra não deu em nada, mas Mika havia se entusiasmado com as florestas dali, coisa que deixara Arne surpreso, porque afinal de contas na Finlândia também não faltavam florestas. Mika por fim revelara ser caçador, e chamara a floresta de floresta russa, dizendo que em florestas russas tinha de haver ursos. Ele, Arne, jamais teria visto um urso em Laheema, mas não quisera desencorajar Mika tão logo assim, depois que a compra da casa não tinha dado certo, e por isso prometera perguntar a respeito na repartição de caça e florestas. Ursos, foi essa a resposta, existiam mais do que o suficiente, mas era proibido caçar no Parque Nacional. A não ser que – Arne levantou a mão direita e começou a esfregar o indicador no polegar –, a não ser que o urso representasse um sério perigo à vida e à integridade dos moradores e dos turistas.

Arne havia feito um acordo com o chefe da guarda florestal sobre quantos marcos finlandeses Mika teria de pagar para conseguir aquela liberação. Mika aceitara a soma, adiantara a metade, e o resto pagaria assim que tivesse em mãos a pele do urso. E eis que então, em março, de fato aparecera uma família de ursos em Laheema. Mas, para evitar mais aborrecimentos, o chefe da guarda florestal lhe havia pedido que esperasse até o outono para abater o animal.

Em maio, porém, a família de ursos desaparecera, e até hoje não fora encontrado nenhum rastro dela. O chefe da guarda florestal o chamara fazia uma semana para confessar que lamentavelmente não estava mais em condições de devolver o adiantamento. Em vez do dinheiro, o chefe da guarda florestal havia lhe dado a dica decisiva. Num subúrbio de São Petersburgo, um circo muito famoso à época da União Soviética tentava prolongar com muito esforço sua existência. Eles tentavam se livrar dos animais, porque os custos de manutenção haviam se tornado caros demais. E assim, no dia anterior ele, Arne, havia comprado Serioja por trezentos marcos, fazendo o urso atravessar a fronteira verde do país junto com a mulher que cuidava do animal. E eis que agora eles tinham um urso.

À pergunta de Tanja, se ele havia revelado à mulher qual o destino de seu protegido, Arne perguntou rudemente de volta, se ela preferia ver Serioja morrendo de fome. Graças a seu empenho, o animal pelo menos morreria de barriga cheia, e além disso gozaria algumas horas livre em meio à natureza.

O plano era estabelecer Serioja por um ou dois dias às margens da clareira. Para suavizar a dor da despedida e a falta que sentiria da mulher que cuidava dele, ela dera a Arne um par de sapatos velhos e um de seus casacos. Arne apresentou um mocassim gasto igual aos que eu usava quando criança, e em seguida desceu do carro.

Sorri, porque não consegui me livrar da suspeita de que Arne estava nos contando uma história fantástica de caçador – e de caçador de ursos, ainda por cima – em seu mais profundo e verdadeiro sentido.[1] "Você não acredita em mim?", ele perguntou. Eu dei de ombros. "Amanhã", disse Arne ofendido, "Mika virá até aqui. Talvez então você queira me pedir desculpas." Eu me desculpei naquele mesmo instante e diversas vezes, mas em vão. Arne havia aberto o porta-malas, bateu palmas três vezes, chamou por Serioja e, levando a trouxa com os sapatos e o casaco debaixo do braço, mais um saco cheio de comida sobre os ombros, se pôs a caminho atravessando a clareira.

Tanja e eu ficamos parados junto ao carro. Eu achava Serioja, que trotava ao lado de Arne, maravilhoso. Não era apenas seu modo de andar, que parecia arrastar as patas atrás de si. Debaixo da massa de seus pêlos, se movimentava um corpo não menos flexível do que o de um tigre. A diferença residia no fato de que a elegância de Serioja era mais discreta.

1 *Im wahrsten Sinne des Wortes den Bären aufband*, no original. A expressão fala literalmente em "desatar", em "inventar" um urso, e significa contar uma grande mentira. [N.T.]

Quando eles desapareceram de nossa vista, do outro lado da borda da floresta, Tanja perguntou o que eu faria no caso de Arne gritar por socorro. "Correr ao encontro dele está fora de questão", eu disse.

Na viagem de volta, cada um de nós perseguia seus próprios pensamentos. Nossa despedida foi bem rápida. Arne tinha mais o que fazer, acalmando seus setters e um punhado de professores com seus alunos para guiar.

Tanja se encarregou de ir até Arne ao anoitecer e lhe perguntar sobre a sauna, mas Arne não estava em casa ou não queria ser perturbado.

Durante o chá no jardim-de-inverno, tentamos em vão imaginar a caçada. Será que Arne bateria palmas três vezes e chamaria "Serioja"? Será que devíamos torcer para Serioja dar o fora ou não? Será que um urso de circo teria alguma chance na floresta aberta de Laheema? Será que ele não procuraria sempre a proximidade dos homens, de modo que cedo ou tarde de qualquer forma teria de ser abatido na condição de animal perigoso? O futuro de Serioja não era nada promissor, e não podíamos mudar nada quanto a isso.

No dia seguinte, estava quente e o céu não mostrava nuvens, fizemos um passeio a Palmse, antiga propriedade de um barão alemão. Depois fomos até uma igreja na floresta, que era rodeada por um velho cemitério. (Eu fui verificar em meu caderno de anotações. De fato, não havia nele nenhum registro meu sobre a Estônia. Mas, em duas das páginas, Tanja anotara os nomes escritos nas cruzes de madeira e lápides de pedra. Também me lembro como me envergonhei na época por ter sido ela e não eu a anotar esses nomes.)

Na viagem de volta, o tempo escureceu, e logo começou a chover. Em casa, de pronto voltamos a nos animar – da chaminé da sauna saía fumaça. Arne de fato a havia aquecido e colocado galhos de bétula novos na bacia de lata da ante-sala.

Quando nós, apenas com uma toalha sobre o braço, entramos na sauna, havia três homens sentados no ambiente mínimo. Eles não responderam nosso cumprimento, nem se ajuntaram um pouco mais oferecendo espaço. Em compensação, lançavam olhares lúbricos a Tanja. Pelo canto do olho, percebi como aquele que estava sentado atrás dela desenhou uma silhueta feminina no ar. Nós naturalmente não entendemos o que eles disseram, mas suas risadinhas mal reprimidas de criança não precisavam de tradução simultânea. Tanja deixou a sauna depois de poucos minutos, e voltou para dentro da casa.

Eu, idiota, imaginei que não deveria abandonar, sem lutar, o campo de batalha aos finlandeses, e subi ao degrau superior de modo que eles tiveram de se apertar uns aos outros no banco de baixo. No decorrer da meia hora seguinte, acreditei ter percebido como o de bigode loiro, cujas costas eram salpicadas de pintas, era cortejado pelos outros. Eles abriam a porta para ele, e depois voltavam a fechá-la, deixavam que ele fosse sempre o primeiro a entrar na ducha e a escolher o lugar, e cada uma de suas palavras era respondida por um eco duplo.

De volta ao quarto épico, eu logo percebi que havia algo no ar. Olhei para Tanja – e no mesmo instante ela explodiu.

Nossas brigas seguiam sempre o mesmo modelo. Era eu que não tinha idéia ou apenas bem tarde descobria qual seria a reação mais adequada a determinado fato. No caso em questão, eu deveria ter pelo menos acompanhado Tanja, já que não fora capaz de fazer nada contra os três tipos asquerosos. Mas, claro, eu jamais podia abrir mão do que quer que fosse, e com meu comportamento, querendo ou não, tinha me solidarizado com eles.

É mesmo muito estranho. Ainda que eu ganhe meu dinheiro com observações e com a descrição de situações e sentimentos, me sinto pra lá de insensível e obtuso em comparação a Tanja.

A situação piorou quando, pouco depois, aquele bigodinho loiro desmontou duas espingardas e começou a azeitá-las sobre a mesa do refeitório. Enquanto o fazia, ele assobiava alguma melodia a todo o volume. Eu tinha de agir.

Ele ignorou minha objeção de que seria melhor se ele cuidasse de suas armas em seu quarto dando um sorriso de zombaria. Quando eu insisti, ele gritou: "Arne! Arne!", como se tivesse sido Arne que o tivesse encarregado daquele serviço. Só quando eu havia pego o cano de uma das espingardas, ele gritou: "*Don't touch it, don't touch it!*" e a arrancou de minhas mãos. Tudo terminou com nós dois usando metade da mesa para nosso jantar – a poeta do quarto novelesco não se deixou convencer com argumento nenhum a defender junto conosco o refeitório. Do outro lado, o finlandês seguiu azeitando suas armas. Por um momento, ele continuou assobiando distraidamente, mas para nossa satisfação foi o primeiro a abandonar o campo de batalha.

Nós estávamos deitados na cama quando ouvimos batidas em nossa porta.

Depois de ter se desculpado pelo incômodo, Arne pediu cordialmente que o ajudássemos. "Vocês também são gente do Leste, ora!", disse ele. Um deles, foi o que deduzimos de sua explicação, era o chefe de Mika, e Mika estava em apuros. Mais do que isso, ele mesmo não sabia, foi o que disse Arne. Ele ficaria deveras agradecido a nós se não mencionássemos a hospedagem do chefe na casa de hóspedes para a associação em Tallinn. Se tudo desse certo, depois de amanhã eles já teriam ido embora.

"Depois de amanhã", disse Tanja, "nós também viajaremos."

"Mas amanhã vocês ainda vão estar aqui, não?", perguntou Arne. Ele precisava de nós, porque os finlandeses tinham vindo de Tallinn de táxi. Será que nós não podíamos levar dois deles à caça em nosso carro?

"Só se eles sentarem atrás", disse Tanja.

Arne se aproximou e deu a mão a cada um de nós. "Despertar às três e meia, café-da-manhã em minha casa, partida às quatro e meia", disse ele e foi embora às pressas.

Nós não conseguimos dormir. Às três, sons que pareciam ser os de focas nos arrancaram do sono, ao que tudo indica emitidos pelo chefe dos finlandeses ao tomar uma ducha.

É estranho sentar a uma mesma mesa com homens que a gente acabou de ver nus em pêlo. Suas roupas caras, que faziam pensar em uma iminente expedição aos pólos, me pareciam a tentativa grosseira de esconder a verdadeira essência deles.

Gentis, eles nos ofereceram ovos cozidos e arenque em conserva – eu havia comprado algo parecido em Berlim dias antes, sob a designação de "lanchinho sueco". Arne e o chefe seguiram no Barkas. Mika e o outro foram conosco. Os dois tinham olhos pequenos e cabelos caindo em mechas, Mika era loiro-escuro, o outro loiro-claro. Eles pegaram no sono imediatamente. Seu bafo de álcool podia ser suportado apenas de janelas abertas.

Depois do entroncamento, nós abrimos completamente as janelas e inalamos o ar da floresta. Ele estava úmido e resinoso, e parecia ter assimilado os gases do escapamento do Barkas. Eu esperava ver Serioja aparecer à luz dos faróis a qualquer instante. "Eu espero, espero mesmo que ele tenha fugido!", sussurrou Tanja.

Pouco antes da clareira, nós paramos e deixamos que o chefe acordasse seus conterrâneos aos safanões. Já clareava, sobre a clareira de urzes havia neblina.

Arne apontou aos caçadores o local em que deveriam ficar, em intervalos de cinqüenta metros. O chefe foi posicionado em lugar um pouco mais alto. Mika assumiu posição bem perto de nós, o loiro-claro era o mais distante. Arne distribuiu cobertores e parecia preocupado conosco. Nós poderíamos ir para casa sem nenhum problema e dormir, eles precisariam de nós ali só em quatro ou cinco horas. Mas esse obséquio nós não prestamos a Arne.

Como seria bonito conseguir narrar o que se seguiu à maneira de um Leskov ou de um Turguêniev. Mas eu não conheço nem o nome dos pássaros que podiam ser ouvidos, nem o dos besouros que formigavam em nossas golas e nossas mangas, nem mesmo sou capaz de me destacar por ter um faro observador de caráter especial.

Estávamos com frio, corríamos para lá e para cá embaixo dos pinheiros e sonhávamos com a sauna, que nós – isso era o mínimo – podíamos esperar como recompensa pela cooperação. Em nenhum momento, porém, nos afastamos muito do carro. Ferido, até mesmo Serioja poderia se tornar bem desagradável.

Entre sete e oito, o sol já havia subido acima das copas das árvores, eu percebi um certo movimento. Ao que tudo indica, os caçadores haviam vislumbrado alguma coisa. Exceto nós dois, todos possuíam binóculos de caça, motivo pelo qual dependo aqui das declarações de Arne. Mais tarde ele diria que no fundo tudo começara bem, até mesmo de modo quase ideal. Pois Serioja perambulava na borda do mato do outro lado da clareira. Duzentos a duzentos e cinqüenta metros de distância não representam nenhum problema para bons atiradores, mas Serioja sempre voltava a desaparecer atrás de troncos de árvores e moitas. O fato de Arne ter desaconselhado um tiro, porque partia do princípio de que conseguiria atrair Serioja para mais perto, me parece sintomático.

Acontecimentos espetaculares na realidade sucedem bem rápido, e na maior parte das vezes inesperadamente. E quem é que pode se vangloriar de estar na hora certa no lugar certo? Para honrar a verdade, eu deveria contar o final de modo tão breve e resumido como de fato o vivenciamos.

Serioja havia sido, pois, divisado, e estava na mira dos finlandeses. Eu tenho certeza que a briga que logo irrompeu entre os caçadores, na qual também Arne acabou sendo envolvido de algum modo, teria mandado qualquer outro urso ao beleléu, fazendo-o desaparecer de vista para sempre. Pelo relato que Arne fez mais tarde, a questão era quem daria o tiro, o chefe ou o loiro-claro, que era tido como o melhor atirador. O loiro-claro se mostrava visivelmente revoltado, e afirmou que o chefe não teria a menor chance de acertar daquela distância. De qualquer modo, a barulheira foi semelhante à de um estádio de futebol – de repente, um tiro. E logo em seguida mais um. Depois, silêncio. Tanja pressionou os punhos um contra o outro e sussurrou: “Se manda Serioja, se manda!”.

O que ouvimos em seguida foi uma voz esganiçada de mulher. Quer dizer, primeiro achei que os sons ouvidos fossem o lamento de um animal acostumado com seres humanos e que imitava os humanos também em sua dor. Ficamos nada menos do que aliviados quando uma mulher apareceu no meio das urzes, uma mulher com um lenço preto na cabeça, que lançava seus braços ao ar e girava sobre o próprio eixo. Ela parecia não saber de que direção os tiros haviam vindo. Nós agora estávamos parados ao lado de Mika sobre a pequena elevação, o loiro-claro e o chefe alguns passos à direita, Arne atrás deles. Mas também a olho nu podia se reconhecer que aquela mulher, cujos gritos ficaram mais altos a ponto de virarem um alarido selvagem, apontava para a borda do mato, no outro lado da clareira.

A formulação seguinte eu nunca usei e provavelmente também nunca volte a usá-la, mas nesse caso não posso deixar de dizer: eu não acreditei no que meus olhos estavam vendo. Sim, eu não acreditei no que meus olhos estavam vendo, ao constatar o que acontecia no outro lado da clareira. Era Serioja. Mas Serioja não saltava nem dançava, nem mesmo dava cambalhotas. Serioja andava com uma bicicleta de mulher, quer dizer, tentava andar. Ele resvalava dos pedais diversas vezes, a cada par de metros eu achava que ele tombaria ou voaria por cima do guidom. Mas isso se devia mais ao chão da floresta. Serioja estava sentado no selim e pedalava com quanta vontade podia. Lamentavelmente, eu não consegui olhar para os que ao meu lado acompanhavam a situação. Só quando um tiro foi disparado, eu vi a palidez de Arne e em seguida como o chefe apontou a espingarda e atirou, e depois dele mais uma vez o loiro-claro e por fim também Mika.

Agora era Arne que gritava e pressionava o cano da espingarda do chefe para baixo. Ainda que a mulher a berrar não se encontrasse diretamente na linha de tiro, e entrementes já tivesse desaparecido nas urzes – a perda de sua bicicleta, foi o que logo viemos a saber, a fizera desmaiar –, era irresponsável continuar atirando. Houve um tumulto de braços e pernas, que eu aproveitei para tomar emprestado o binóculo de Mika. Por isso eu provavelmente tenha sido o último a ver Serioja. Ele fugia sobre as quatro patas para dentro da floresta, se abandonou a um trote lento depois de alguns metros e em seguida desapareceu entre os pinheiros.

O que aconteceu entre os caçadores eu por certo não preciso contar. Por sorte, o objeto da gritaria deles era menos a habilidade do urso do que a hierarquia que não fora respeitada, e a intromissão de Arne. Por causa da briga, eles esqueceram até mesmo da mulher. Só quando ela voltou a se fazer notar em meio às urzes, sem abandonar de todo sua proteção, foi que decidiram ajudá-la.

Ela era mais jovem do que eu havia pensado. Ao ver sua bicicleta – um modelo antigo da marca Wanderer –, ela entoou um berreiro de abalar as estruturas. A roda da frente era um oito de raios expostos. Um tiro havia destroçado os rolamentos da roda traseira. Rastros de sangue, porém, não puderam ser encontrados nas cercanias.

Na mão da mulher, que tinha vindo por causa dos mirtilos, foram colocadas, uma a uma, cédulas de marcos finlandeses durante o tempo que levou até ela emudecer. Arne carregou sua bicicleta pesada até o Barkas e conduziu a mulher para casa. O chefe teve de se apertar entre Mika e seu rival imediato, o primoroso atirador loiro-claro, no banco de trás de nosso carro, coisa que Tanja observou no espelho de seu quebra-sol, sem deslocar seu banco para a frente um centímetro sequer.

Quando na manhã seguinte entregamos a chave do quarto épico a Arne, agradecemos e nos despedimos, os finlandeses já haviam partido, porém em dois táxis, sendo que Mika foi no do chefe, enquanto o loiro-claro teve de chamar um taxista só para si. Arne interpretou o fato como uma vantagem para Mika. Pois a inimizade que havia irrompido em razão da rivalidade na caça entre o chefe e aquele que até agora era sua mão direita abria, segundo Arne, boas chances a Mika, de modo que para este, ainda que de um jeito diferente do esperado, a caçada de urso acabara valendo a pena. A catadora de mirtilos, achava Arne, havia recebido dinheiro suficiente para manter o bico fechado. Caso insistisse em dar com a língua nos dentes mesmo assim, coisa que tinha de ser considerada, ela seria punida pelo fato de que ninguém acreditaria na história.

Arne nos prometeu que se manifestaria assim que soubesse algo a respeito do destino de Serioja.

Eu, obviamente, me pergunto por que só agora, seis anos depois da caçada memorável, escrevo tudo isso. Entrementes esqueci tantos detalhes, desde os nomes dos poetas na casa de escritores, passando pela marca de nosso carro alugado, pelos preços exatos, até a rota que seguimos e sei lá mais o quê. Além disso, é bem possível que a Estônia tenha se modificado muito nos últimos anos, e que minha história de certa maneira já tenha se tornado histórica. De qualquer modo, contudo, não foi apenas a minha vida que mudou. A vida de todos nós se tornou diferente nos últimos anos. E isso pode ter sido – talvez, talvez – o motivo para eu enfim achar que estava em condições de ousar escrever uma história sobre a Estônia.

Incidente no Cairo

"O senhor acabou pegando alguma coisa por lá", diagnosticou o médico de plantão, enquanto o ar saía do manguito do aparelho de medir a pressão arterial, "ou já carregava os germes consigo antes." Eu não tenho certeza absoluta se ele falou de germes, ainda que isso soe tão metafórico. De qualquer modo, fiquei duas semanas de cama, absolutamente sem forças, depois da minha volta, em 1º de março. Engolia um antibiótico atrás do outro e achava que minha cabeça iria explodir no mesmo instante em que eu tentasse escrever um e-mail. Me recuperei tão devagar que ainda em abril precisava lidar parcimoniosamente com minhas forças.

Eu havia dito para Sheila, depois de aterrissar em Tegel, que não queria voltar a vê-la. Eu dissera aquilo mesmo que em Paris, onde a espera no corredor que levava ao avião tinha acabado com o resto da minha paciência, ela tenha comprado uma boneca mulata para Anne, minha filha, já que eu não havia encontrado uma boneca "de pele escura" nem no Cairo nem em Alexandria.

Sheila disse que era para eu deixar de ser infantil, que ela cuidaria de mim, e quando eu estivesse com saúde de novo nós poderíamos conversar sobre tudo sem problemas. Meu ciúme, de qualquer modo, era tão ridículo quanto infundado, segundo ela.

Nós podíamos muito bem conversar mais uma vez sobre tudo, disse eu, e entreguei minhas malas ao taxista. Mas primeiro eu queria recuperar minha saúde, e para isso a presença dela era um veneno.

Eu não tivera a intenção de ofender Sheila, mas de outro jeito não teria conseguido me livrar dela.

Menciono a doença e a separação de Sheila porque do contrário não daria para entender a razão de eu ter ficado tanto tempo sem pensar nesse incidente no Cairo, quanto mais contar sobre ele a alguém.

De um ponto de vista psicológico, isso pode ser explicado com facilidade. Minha memória esperou até que eu estivesse recuperado, e até que a separação de Sheila também tivesse sido superada, pelo menos em parte. Depois, comecei a falar sobre isso, porque pensei que contar me ajudaria a objetivar os acontecimentos. E eis que agora já o contei diversas vezes, diversas vezes mesmo, me acusei e me reconheci como culpado, mas isso me proporciona alívio apenas por pouco tempo.

Trata-se aqui da penúltima noite, quando comi pombas, em inglês *pigeon*, com Hoda e as outras mulheres, pois por minha causa todos tinham de falar inglês – *pigeon* é bem mais adequado do que *pomba*, quando se diz *pigeon* se percebe literalmente o caráter inchado e borrachoso de uma pomba recheada, quando, pouco antes de morder, a gente toca nela com os lábios. Eu jamais me detive por muito tempo na descrição de nossa pequena reunião, das mulheres, que os nativos de lá acreditavam ser cristãs porque estavam vestidas à européia e conversavam em árabe. Também jamais contei sobre os mercadores, as adivinhas surdas-mudas, as crianças e as meninas fortemente maquiadas, uma de treze, outra de catorze anos.

Aquela noite, aquela conferência absurda, as leituras públicas, a doença, o vírus que tomou conta de mim, tudo isso provavelmente faça parte disso tudo, também aquele restaurante chamado Fish-Market e os pescadores no porto de Alexandria. Eu jamais descrevi o taxista, que tem pelo menos tanta culpa quanto eu. Mas de que me adianta denegrir o taxista. Porém não contei nada sobretudo a respeito de Sheila, de Sheila e de Samir e dos dias anteriores.

Eu estava doente, cansado, ferido naquela penúltima noite, queria voltar ao hotel, não queria continuar distribuindo esmolas aqui e acolá, queria que o taxista se mandasse de uma vez por todas. Mas ele mostrava toda a calma do mundo e continuou mastigando seu falafel. Por sorte, as portas estavam trancadas por dentro, à esquerda uma criança, à direita uma criança, e em volta de nós estava cheio de crianças, e elas se tornavam cada vez mais atrevidas, cuspiam nas vidraças, e então aquele estrondo, quando o táxi partiu, um golpe como se todas elas tivessem batido ao mesmo tempo no carro. As crianças ficaram para trás. O táxi andava a toda no viaduto, não sei dizer se estávamos a cinqüenta quilômetros por hora, a setenta quilômetros, ou mais rápido. Se fosse por mim, bem que ele poderia correr ainda mais. E então, em algum momento, eis que eu vejo aquele garoto, bem próximo do meu ombro, seus olhos diante dos meus, vejo-o através do vidro traseiro, por assim dizer na minha nuca. Não quero vê-lo lá, quero que ele me deixe em paz de uma vez por todas, volto a me virar, olho pra frente.

Tudo começou, se é que existe algo que pode ser chamado de começo, com um telefonema em setembro ou outubro de 2004. O prefixo que apareceu no display do telefone não me dizia nada. Uma voz rouca de mulher disse: "*We want to send you a fax*". Primeiro eu pensei que fosse um telefonema de Kiev, o sotaque parecia o de uma russa ou de uma ucraniana, pois eu tinha sido convidado para viajar uma semana pela Ucrânia no início de março. Quando vi a folha que saiu do aparelho de fax, tive de rir, sim, eu ri bem alto. Hoje em dia aquela risada me incomoda, mas na época eu achei totalmente absurdo me mandarem um fax em árabe. Que é que eu podia fazer com aquela caligrafia? Bem embaixo, acabei descobrindo algumas letras latinas minúsculas, um endereço no Cairo.

Eu mostrei o fax a Sheila, Sheila sabe um pouco de árabe, e, com seu dicionário, ela por fim descobriu tudo.

"Este escrito a você destinado", disse ela, "é um convite muito honroso para uma conferência internacional de escritores." Ela de fato falou desse modo patético. Estavam me convidando a fazer uma palestra sobre "Literatura e História" no Cairo, vôo e estadia ficavam por conta dos organizadores.

Para mim era claro que eu não podia mais aceitar convite algum. Há um ano e meio eu vivia de um adiantamento e de dívidas, o novo livro tinha de ser terminado de uma vez por todas, e além disso ainda havia a viagem à Ucrânia.

Desconfiei que Gamal al-Ghitani e Edwar al-Charrat estavam por trás do convite. Eu não queria decepcioná-los. Mas, se aceitei, o fiz sobretudo por causa de Sheila. Sheila disse que ir ao Egito sempre havia sido seu sonho.

O pai de Sheila era argelino, sua mãe vinha de Kamenz, junto a Dresden, o mesmo lugar em que nasceu Lessing. Os pais de Sheila haviam estudado na Universidade Técnica de Dresden. Sheila conhece seu pai apenas por fotos. Eu e Sheila nos encontramos no final de 2003, numa leitura pública em Koblenz. Ela foi jantar conosco depois da leitura, e por fim me acompanhou ao hotel junto com meu livreiro. Quando eu quis me despedir, ela me perguntou se podia olhar meu quarto e a vista para o Reno. Eu havia louvado a vista maravilhosa para o Reno anteriormente.

Digamos que eu podia encarar Sheila sem sentir o menor peso na consciência. Mas esta também era a única vantagem no fato de eu ter de viver separado da mulher que amava e de minha própria filha.

Sheila quase sempre chama a atenção por causa do seu cabelo inacreditável e do seu jeito vivaz, algo exaltado. Depois de uma faculdade de direito fracassada, ela trabalhava num cartório. Algumas semanas após minha leitura pública em Koblenz, ela se mudou para a casa de uma amiga em Berlim, e mesmo ali rapidamente encontrou um novo emprego. Desde então nós nos víamos quase todos os dias, e logo todo mundo já nos convidava juntos. Só não apresentei Sheila a Anne, a filha que eu tive com Tanja.

Sheila passou a ler apenas autores egípcios, e todas as manhãs aprendia vocábulos árabes. Usando trechos de outros textos, eu preparei uma palestra, encontrei a deixa ideal no parentesco entre as palavras "História/histórias" e "*history/story*" e terminei com a conversa entre Alice e Humpty Dumpty em *Através do espelho*, de Lewis Carroll, que acaba desenvolvendo a hipótese de que aquele que tem o poder também decide sobre o significado das palavras, motivo pelo qual nós, os contadores de histórias, era essa a conclusão à qual eu queria chegar, seríamos tão importantes. Pois nós...

Eu me vi diante de um auditório gigantesco, no qual entre a primeira fila e o palco se acotovelava o bando de fotógrafos, eu mesmo me ouvi dizer "*schokran*" depois da última frase – "obrigado" é a única palavra em árabe que eu conheço – e senti como os aplausos literalmente me subjugaram. Mais de uma vez coloquei minha mão direita sobre o coração e fiz um salamaleque. Alguns estavam tão entusiasmados, que não conseguiram mais ficar em seus bancos.

Com Elisabeth, a bibliotecária do Instituto Goethe que havia aplainado o caminho para a tradução árabe das *Simple Storys*, eu combinei algumas leituras públicas na universidade e no colégio alemão, bem como nos Institutos Goethe do Cairo e de Alexandria.

No princípio de fevereiro – eu ficara sabendo apenas no final de janeiro que a conferência aconteceria na última semana de fevereiro –, me dei conta de que por certo faria pouco sentido dar minha palestra em alemão. John Woods, que estava com as malas prontas em San Diego esperando por sua mudança para Berlim, traduziu o texto em dois dias, e ainda me escreveu umas palavras encorajadoras. Por fim, ainda passei uma tarde com Eleonore, chamada de "Norinha", uma amiga de minha mãe que crescera na África do Sul, treinando a pronúncia correta das palavras inglesas e tentando decorar uma melodia frasal adequada. No dia anterior ao vôo, comprei meia dúzia de calendários da Alemanha e de Berlim que estavam em oferta, assim como três caixinhas de bombons Mozart, das pequenas – confeitos em embalagens bonitas sempre caem bem. Na KaDeWe, consegui adquirir três pedras do muro envolvidas em plexiglas (escolhi os coloridos) por 6,99 a peça. Pode-se até rir disso, e mesmo interpretá-lo como uma auto-ironia da minha parte, mas qualquer pessoa que viaja a trabalho sabe como são úteis coisas desse tipo, quando enfim nos encontramos diante de nossos anfitriões. Não quero esconder, tampouco, que não foram poucos os momentos de fraqueza, digamos, em que me considerei um representante digno de meu país, sim, e por que não, um representante digno da Europa e do mundo ocidental.

Voamos de Air France em 22 de fevereiro, passando por Paris, até o Cairo, sendo que a música que tocou antes da decolagem tanto em Berlim quanto em Paris estranhamente foi uma peça instrumental de Michaela Melian, a peça que intitulava um CD que eu dera de presente a Sheila no Natal. Também Sheila viu no fato um bom presságio. Era a primeira viagem ao exterior que fazíamos juntos. Durante a decolagem, seguramos as mãos um do outro e fechamos os olhos.

No Cairo, fomos cumprimentados por dois jovens homens antes mesmo do controle de passaportes. Na condição de enviados da conferência, eles afirmaram, autoconfiantes, que graças à presença deles nós poderíamos passar imediatamente pelo controle de passaportes, sem qualquer visto, coisa que acabou se revelando falsa. Nós tivemos de voltar e comprar o visto na forma de um selo postal num guichê, por trinta e cinco dólares –

é o pragmatismo de um país turístico, foi o que disse Elisabeth, que nos esperava depois do controle de passaportes.

É claro que o calor era um presente; depois da sonolência intranqüila no avião, os poucos metros entre o saguão de chegada e o estacionamento bastaram para nos deixar eufóricos. O motorista da lustrosa van Volkswagen prata, um senhor mais velho vestindo terno, abriu as portas do carro para nós, ajeitou nossas malas no bagageiro, e em seguida nós deslizamos em meio ao trânsito do entardecer. Soldados usando uniformes azul-escuros, armados de escudos e cassetetes, estavam parados em fila à beira da estrada – à espera do presidente Mubarak. Em pouco tempo, contudo, nós passamos a andar apenas em viadutos, olhamos para o Cairo de cima e nos acostumamos à onipresença das buzinas dos carros.

Ao anoitecer, chegamos ao hotel. Sheila chamou nosso quarto de suíte, porque dispúnhamos de uma sala e de um quarto, além de um banheiro espaçoso. A vista era obstruída pela parede de reboco liso de um outro prédio, mais abaixo podíamos ver telhados com antenas. Deixamos as malas fechadas e logo saímos, de mãos dadas atravessamos com dificuldade uma rua de diversas pistas, da qual a rua do hotel era uma bifurcação, e um minuto mais tarde estávamos junto ao Nilo. Nós precisávamos, foi isso que Elisabeth nos aconselhou a fazer, andar ao longo da Corniche até o Fish-Market, um navio-restaurante.

Não que eu desconhecesse o termo “Corniche”, mas aos meus ouvidos “Corniche” soava tão inalcançável e exótico quanto no passado soavam Toscana ou Broadway. E eis que agora eu me apoiava, ao lado de uma Sheila radiante, na balaustrada da Corniche, no Cairo, e observava a corrente do rio com tanta atenção que era como se houvesse uma caixinha de madeira navegando ao sabor das ondas. Nem os vários barcos enfeitados com guirlandas de luz coloridas, nem os palácios dos hotéis do outro lado e muito menos as lâmpadas das pontes e ruas da praia eram capazes de iluminar o Nilo. Largo e pesado, ele corria adiante, coberto por uma escuridão macia. Nós subimos o rio, passando por discotecas e restaurantes pouco freqüentados. As pessoas jovens, que andavam aos casais por ali – os intervalos entre os postes de iluminação eram grandes –, não se tocavam. Quando falavam, sempre parecia que estavam explicando um ao outro algo sério demais, em todo caso o que eles diziam jamais tinha cara de uma fofoca qualquer. Em dado momento, Sheila parou, me abraçou, me beijou e disse: “Eu te agradeço tanto!”.

No Fish-Market nós recebemos a última mesa livre junto à janela. Ridiculamente, senti-me um tanto orgulhoso com o fato de a água que corria debaixo de nós, e para a qual olhávamos, ser do Nilo. E ao mesmo tempo parecia ser um sacrilégio para mim, como se nós não estivéssemos nos comportando adequadamente. Sheila pegou seu celular. “Mãe”, ela gritou então, “adivinha onde eu estou?”

O bufê era uma montanha alongada feita de pedras de gelo, na qual estavam enfiados os mais belos e mais raros peixes. Da maior parte, via-se apenas a boca, e o garçom do bufê tinha de escavar em volta deles e puxá-los para fora a fim de mostrá-los para seus clientes. Ora ele apresentava o peixe como uma preciosidade sobre duas mãos, ora ele segurava um em cada mão como se fosse uma balança. Depois de nós termos nos decidido, o garçom do bufê entregou os "*egyptian fishes*" a um cozinheiro e se voltou para o próximo cliente. Sheila retornou à mesa. Eu esperei um momento, para depois segui-la na certeza de que havia feito alguma coisa errada. Ninguém nos dera um número, um tíquete ou coisa do tipo. Mal eu havia sentado, contudo, os peixes escolhidos foram colocados diante de nós para que os avaliássemos. A ordem "*yes, grilled, sir*" foi repetida, e os prato foram servidos mais tarde, ainda que faltasse muito para experimentarmos todas as entradas.

No caminho de volta ao hotel, compramos água mineral num quiosque. Um homem jovem sentado no degrau da entrada sorriu para nós e fez de conta que puxava seus cabelos, em seguida apontou para meus cabelos compridos e exclamou "*very nice, very nice!*". Eu não me senti apenas lisonjeado, mas até como se estivesse no lugar certo e adequado.

A manhã seguinte começou com uma pane. Nós esperávamos na hora combinada aos pés da escadaria do hotel e ficamos olhando para ver a van da Volkswagen chegando. Eu recusava sem parar ofertas dos táxis que passavam em marcha lenta, e Sheila teve de garantir repetidas vezes ao mensageiro do hotel que nós não precisávamos de carro. Quando, às dez horas e vinte minutos, a van da Volkswagen ainda não havia aparecido, eu liguei para o Instituto Goethe. O motorista, foi o que eu fiquei sabendo, também havia ligado e perguntado onde é que nós havíamos nos metido. De repente, eu ouvi meu nome sendo gritado de um carro todo amassado, um Lada. Nós embarcamos. O motorista praguejava. Ele afirmou estar dando voltas por ali fazia meia hora, dizendo que não podia parar ali, que ali era proibido estacionar! Sheila falou que ele estava mentindo e que nós já estávamos parados ali há vinte minutos.

Nossos olhares indignados se encontraram no retrovisor. Eu me senti humilhado por nos mandarem um taxista selvagem como aquele e não o senhor simpático na van da Volkswagen.

Em seguida, Sheila e eu afundamos um pouco mais nos bancos porque o motorista tentou recuperar o tempo perdido, ziguezagueando por toda a largura da rua, transformando cada semáforo em uma meta. Nos cruzamentos maiores, nos quais o trânsito se retorcia como um rocambole, ele todas as vezes desviava tanto para a direita que sempre conseguia chegar na primeira ou pelo menos na segunda fila.

Quando paramos no pátio do Instituto Goethe, nossos olhares voltaram a se encontrar no retrovisor. Eu não pude deixar de agradecer pela carona. Ele assentiu sombriamente, desembarcou e desapareceu dentro do prédio.

A tentação de escrever mais sobre a leitura pública é grande. Sheila não chamava a atenção entre as mulheres jovens no campus da universidade. No escritório da decana, me foi entregue uma brilhante medalha dourada da universidade numa caixinha vermelha. Eu retribuí a amabilidade com bombons Mozart e um pedaço colorido do muro em plexiglas. Todo o escritório estava mobiliado como o do diretor da Casa Impressora de Leningrado no princípio dos anos 80, mesas e armários grosseiros, em verniz escuro, e detonados em diversos pontos, a parede era adornada pelo retrato do presidente. O auditório estava lotado de estudantes mulheres, Sheila se encontrava sentada em algum lugar no meio delas, dos lados havia alguns rapazes em pé. De algumas das estudantes eu via apenas os óculos, de resto estava tudo envolvido em preto. A maior parte delas, contudo, vestia jeans e camiseta ou um hábito longo e lenço de cabeça.

Eu não tinha certeza sobre quanto de minha leitura eles eram capazes de entender. Eles estudavam alemão no terceiro e no quarto anos. Silêncio sepulcral, de resto nenhuma reação, por fim um aplauso breve. À esquerda e à direita de mim, assistentes, professores, que deveriam mediar a conversa.

As perguntas feitas em alemão se assemelhavam àquelas que eu ouvia em casa. Por que o senhor escreve? Em que medida seus livros são autobiográficos? Os alemães orientais são oprimidos pelos ocidentais? Por que seus personagens não são felizes? O fato de eu conseguir viver dos meus livros teve de ser explicado. Eu falei conscientemente dos *meus* livros, para não precisar dizer *dois* únicos livros. A pergunta acerca de Israel, sobre a qual haviam me alertado, não foi feita nem ali nem mais tarde. Quando os mediadores não viram um braço erguido, e eu chamei a atenção deles apontando o público, um dos professores me perguntou: "Qual delas o senhor quer?". Mais tarde ele esclareceu se tratar de uma piada, ele disse ter feito apenas uma piada.

Tivemos de esperar por Sheila, que já suportara mais de uma dúzia de minhas leituras públicas, porque ela conversava com algumas estudantes e uma tradutora – por segurança o texto da minha conferência também estava à disposição em árabe, conforme disseram. Sheila anunciou na van da Volkswagen como ela estava contente por poder vivenciar a universidade por dentro e não precisar correr por aí pela cidade apenas na condição de turista.

Ao que tudo estava indicando, aquela seria de fato uma viagem feliz.

Mas então veio o almoço, e no almoço nós encontramos Samir. Elisabeth havia recrutado Samir para ser nosso guia turístico. Ele era alto e magro, e seu perfil era semelhante ao de um relevo egípcio antigo. Vestia um hábito longo e branco e belas sandálias de couro. Além de árabe, Samir dominava inglês, francês e espanhol. Seu alemão e seu russo não eram tão bons, conforme ele disse, mas ele falava alemão com fluência. Ele tinha mãos maravilhosas, com unhas bem cuidadas, e na esquerda usava um largo anel de ouro com uma pedra preta. Chamava a atenção também seu andar quase gracioso. Sua voz, ao contrário, me pareceu surpreendentemente alta. Ele parecia estar de fato nervoso por encontrar um escritor.

Samir disse que tinha lido dois livros meus, os dois que havia na biblioteca do Instituto Goethe, e os dois, sim, os dois lhe "pareceram excelentes". Algum dia ele também escreveria romances, mas o tempo para tanto ainda não havia chegado. Eu calculei que Samir devia estar entre os vinte e cinco e os trinta anos. Ele desejava e esperava, contudo, que seus livros também me agradassem tanto quanto os meus lhe agradavam. Nós brindamos. Quando Sheila levantou seu copo – Samir havia se decidido por vinho branco sem hesitar –, ele a viu pela primeira vez.

Ao final do almoço, Elisabeth me lembrou que nós não deveríamos perder tempo por causa da tradução, ela precisava do texto imediatamente, na medida do possível.

Eu pensei muitas vezes: se ela tivesse dito isso mais cedo, se eu absurdamente não tivesse deixado minha sacola em seu escritório, se eu não tivesse voltado mais uma vez com Elisabeth ao Instituto por causa disso – e assim por diante. Eu sei muito bem o quanto são inúteis tais pensamentos.

Quando voltei até onde estavam Sheila e Samir depois de vinte minutos, tudo já estava decidido. Ambos tinham os cotovelos apoiados sobre a mesa, o direito de Sheila estava a pouco mais de um palmo do esquerdo dele, ambos sorriam consigo mesmos e recuaram assustados quando eu cheguei à mesa.

Sheila começou a contar da paixão de Samir pelas pirâmides imediatamente. Ele tivera de prometer a seu pai que nunca deixaria as pirâmides por muito tempo. Samir sabia tudo que era possível saber sobre as pirâmides. Ele fez um gesto negando, e eu disse que seria muito bom caminhar agora pela cidade.

Nós deixamos Samir ficar entre nós dois, mas na maior parte das vezes tínhamos de caminhar uns atrás dos outros por causa do empurra-empurra geral.

O que não poderia ser escrito sobre as horas seguintes, sobre os diferentes mercados ou mesmo sobre aqueles garotos que, um pouco fora do centro, às margens de uma rua larga, se colocaram em meu caminho para que eu, foi assim que interpretei os meneios deles, prestasse atenção numa escova, numa banheira de plástico pequena e nas outras mercadorias domésticas que eles ofereciam. Eles falavam de modo cada vez mais enérgico, quase ameaçando, até que Samir os afastou de lado com um único movimento de braço e algumas palavras à meia-voz. Eles emudeceram para logo em seguida gritar alguma coisa quando já caminhávamos adiante, coisa que Sheila não entendeu e Samir não quis traduzir. Aqueles não seriam negociantes de verdade, mas apenas uns pobres garotos insolentes, ele disse.

É claro que eu entendia o fascínio de Sheila, e é óbvio que eu deveria ter reagido de modo mais ponderado, mas nada teria impedido que eu sofresse desde o primeiro instante. Pouco importava o que eu fazia. Cada atenção de Sheila em relação a mim passou a ser apenas de natureza diplomática, uma migalha de misericórdia que ela me jogava. Primeiro, pensei que seria melhor se Sheila andasse na frente. Oh, como ela se esmerou então em sua calça jeans apertada diante de Samir, como ela jogava seus cabelos pra trás, e em dado momento até parou abruptamente sem motivo nenhum, fazendo Samir bater contra ela... Eu sabia muito bem como Sheila era resoluta quando se tratava de alcançar seus objetivos.

Que eu estava importunando, que Sheila estava irritada, eu fui perceber pela primeira vez na mesquita de Al-Ashar. Hesitei em fazer o mesmo que Samir e empurrar meus melhores sapatos, que haviam custado pouco menos de duzentos euros, num dos pequenos escaninhos, de onde qualquer um poderia tirá-los em lugar de suas galochas velhas e se mandar. "Você está maluco", sibilou Sheila e correu atrás de Samir usando apenas meias. De repente, passei a contemplar os homens que estavam sentados na entrada, e me observavam tirando meus sapatos como se fossem inimigos.

Samir disse que ia a uma mesquita sempre que estava cansado e esgotado e queria dormir. Em nenhum outro lugar da cidade era tão agradavelmente fresco e silencioso como ali. Eu entrava pela primeira vez numa mesquita e não tinha certeza sobre o que podia e o que não podia fazer. Quem nos observava poderia pensar que era Sheila que nos conduzia por ali. A visão de alguns homens que dormiam sobre um tapete vermelho enfeitado com adornos amarelados de algum modo me acalmou e me consolou. Quando ainda por cima reencontrei meus sapatos, fiquei sereno como manda o figurino, e estava pronto a encarar com mais tranqüilidade o coquetismo de Sheila. Mas não agüentei por muito tempo. Quando paramos diante de um estande com perfumes e essências, já havia escurecido, Sheila e Samir começaram a falar em árabe um com o outro. Samir fez com que quase todos os frascos fossem abertos para Sheila e, numa das vezes, chegou a pedir que duas ou três essências fossem misturadas, coisa que obrigatoriamente o transformou num conhecedor aos olhos de Sheila. A cada vez, ela concordava com o julgamento dele. Samir fez questão de lhe dar três frascos de presente – eles de fato não eram muito caros – e escreveu ele mesmo sobre as minúsculas etiquetas, usando letras árabes e latinas. Depois disso, eles seguiram adiante sem nem mesmo se virar para mim. Samir corrigia a pronúncia de Sheila e a elogiava efusivamente por seus progressos.

Eu fiz diversas tentativas de mandar Samir embora. Ele já havia nos ajudado por tanto tempo... Na verdade, eu queria voltar para o hotel, para daí voltar ao Fish-Market à noitinha. Samir, porém, já havia reservado entradas para nós, era uma apresentação de canções e danças sufis, que não podíamos perder.

O espetáculo turístico aconteceu em alguma fortaleza, eu mal me lembro do espaço, mas com tanto mais exatidão me recordo que, na crença de que Samir e Sheila haveriam de me seguir, eu tinha me adiantado tanto quanto possível e encontrado um lugar num nicho. Primeiro, pensei que os dois haviam desaparecido. Mas em seguida os descobri exatamente à minha frente. Sheila estava parada tão próxima de Samir que me pareceu que ela se apoiava nele.

Mais tarde, nós ainda comemos pizza em pratos de lata num restaurante minúsculo e bebemos cerveja, que estava quase congelada. Samir contou uma lenda acerca da medição das pirâmides, que Sheila já tinha ouvido dele antes em árabe. Era de fato agradável quando Samir se dedicava à gente. E além de meu ciúme eu agora também lamentava o que estava perdendo porque Sheila se metia entre nós. Eu queria perguntar a Samir se em breve não poderíamos ler sua história num livro, quando Sheila me comunicou que usaria a manhã do dia seguinte para visitar o Museu Nacional Egípcio em vez de me acompanhar ao colégio alemão para moças.

O pior era que Sheila naturalmente tinha razão. Uma vez que eu sempre lia a mesma coisa e não podia inventar uma nova resposta para perguntas que eram sempre as mesmas, eu já chegara a me sentir inibido ao perceber Sheila na platéia e me mostrara lacônico, coisa que não se adequava ao meu jeito. Tais repetições naturalmente acabam nos desiludindo. Ainda assim, tomei a decisão dela como uma traição.

No dia seguinte, no meio do café-da-manhã, Sheila percebeu Samir do outro lado da rua de repente. Ele não tirava os olhos da entrada. Ainda que Samir tivesse chegado mais de uma hora antes do combinado, Sheila deixou seu bolo de ovos fresquinho de lado, engoliu o café e alguns instantes depois já saltava as escadas do hotel abaixo. Foi desagradável para mim vê-la me apontando até que também Samir me reconheceu e insinuou um salamaleque. Eu acenei de volta.

Me incomodei com o fato de agora ter de empacotar também as coisas de Sheila para a viagem à Alexandria; à noite eu faria uma leitura pública na cidade.

Minha raiva, eu a descarreguei mais tarde no professor de alemão da escola para moças. É mesmo muito engraçado: todo mundo acha que pode zombar da pergunta "o que o autor quis dizer com o que escreveu", mas um instante mais tarde é justamente essa pergunta que se faz, e ninguém percebe.

No almoço, nós havíamos combinado de nos encontrar na pizzaria da noite anterior, cometi o erro de contar sobre uma aluna a Sheila. Essa menina usava um lenço de cabeça e deixara em mim uma impressão cansada. Ao contrário de suas colegas de turma, ela ficara sentada enquanto falava. Eu havia deixado por conta dela explicar ao professor qual a relação existente entre a escrita e sua interpretação, e como pouco importava o que um escritor afirmava acerca de sua obra. Então ela falara sobre a verdade, dizendo que a verdade era sempre uma espécie de acordo. Entre mim e ela, não havia existido um flerte, era – pelo menos foi o que eu senti – a surpresa acerca de uma intimidade que se revelava a cada palavra, uma intimidade que parecia vir do nada. Eu ainda a vejo sorrindo e assentindo quando voltei a me engalfinhar com o professor. Eu disse a Sheila que eu gostaria muito de ter conhecido aquela menina, mas que nós nem sequer havíamos nos despedido, porque eu não ousara dirigir a palavra a uma aluna.

“Por que”, Sheila me atacou, “você não tentou marcar um encontro com ela?”

“Eu senti medo da desconfiança”, disse eu. “Não queria deixá-la embaraçada.”

“Ora, ora, embaraçada!”, exclamou Sheila. “Sim, claro, porque nesse caso eles ficariam desconfiados!”

Eu achei que com isso o assunto estava encerrado, mas Sheila simplesmente não queria se acalmar. Era constrangedor para mim que ela se exaltasse tanto na presença de Elisabeth e Samir.

Então eu tive de ir à biblioteca do Instituto Goethe para uma longa entrevista. Samir prometeu levar Sheila a tempo para a estação ferroviária.

Pontualmente às duas horas, eu me despedi da jornalista. Elisabeth veio e se sentou a meu lado.

“O motorista virá procurá-lo”, disse ela e sorriu para mim. Eu assenti com um gesto de cabeça. Nós ficamos em silêncio.

“Espero que não tenha sido um erro”, disse ela, “ter apresentado Samir a vocês.”

Eu achei a insinuação dela grosseira. “É o que veremos”, disse eu.

“Sheila falou com você?”

“Sobre o quê?”

“Sheila não vai junto”, disse Elisabeth. “Nós estamos tentando justamente vender o bilhete dela. Eu pensei que...”

“Essa é nova pra mim”, eu disse, mostrando o maior controle possível, e liguei meu celular. Havia duas mensagens em minha caixa de mensagens, mas eu não sabia a senha necessária para ouvi-las. Na verdade, eu nunca soube qual era essa senha.

"Alexandria é muito bonita", disse Elisabeth. Ela soou tão compassiva que eu tive de engolir em seco.

Sheila deixava o celular dela tocar. Quando ela enfim atendeu, havia um barulho infernal a sua volta. Ela gritou que queria ter me dito que não iria, mas meu celular estava desligado. De qualquer modo, nós ficaríamos sentados à toa o tempo inteiro, no trem ou durante a leitura. E além disso as coisas mais interessantes de Alexandria estavam debaixo da água. E, já que ela estava ali, ela não podia perder a oportunidade de ver as pirâmides!

Ela também poderia subir nas pirâmides durante a conferência.

Ela não queria perder a conferência de forma alguma.

"Alexandria você também não vê todos os dias", disse eu, como se fosse para mim mesmo, apertei a tecla vermelha e desci ao pátio.

O motorista do Lada abriu uma porta num arranco, começou a berrar e apontou para seu relógio. Meu celular tocou. Eu me sentei no carro, bati a porta com força e gritei: "*Sorry, sorry, sorry!*", ainda que não tivesse consciência de culpa nenhuma.

Tomado pelo ódio, ele me olhou no espelho retrovisor. Meu celular continuou tocando.

Em relação à viagem de agora, nossa primeira havia sido a mais pura enrolação. Por mim, estava tudo bem. Seria exagerado dizer que eu tinha esperanças de que acontecesse um acidente. Mas eu tinha certeza comigo mesmo que ele aconteceria, e esperei por ele como por uma redenção. Sei o quão tolo isso pode soar, sobretudo diante do que sucedeu mais tarde. Mas naqueles minutos um acidente me parecia a saída mais adequada e também a única possível para aquela viagem malograda.

Houve momentos em que eu fiquei sobressaltado. Cheguei a fechar de fato os olhos em dado instante, porque um homem velho, magro, todo vestido de branco, apareceu no meio da via de várias pistas, diante de nosso radiador, como se tivesse caído do céu. Ele usava um boné branco, segurava um cajado em uma das mãos, na outra – eu não sei mais o quê. Ele me apareceu na condição de figura mítica, de anjo do além.

Eu já o via no pára-brisa, cheguei a ouvir o choque – quando o carro parou de repente diante de seus joelhos, como se o braço estendido dele nos tivesse esconjurado a parar. O milagre seguinte consistiu no fato de ninguém bater em nossa traseira.

Conforme ficou claro logo depois, haviam dado um horário de partida errado ao motorista do Lada. E eis que de repente ficamos amigos. De um jeito que só pode ser caracterizado como cordial, ele me explicou como e onde eu encontraria meu trem – a possibilidade de achar alguma vaga de estacionamento diante da estação ferroviária estava fora de cogitação. Ele prometeu voltar para me buscar e se mandou a toda. Sheila me ligou ainda várias vezes, mas na minha opinião já estava tudo dito.

Só agora, enquanto escrevo estas linhas, é que compreendo o quanto o incidente de mais tarde acabou empurrando tudo que acontecera antes a um segundo plano, e como é difícil, para mim, trazer de volta essas horas e esses dias.

Com a frase "Alexandria você também não vê todos os dias" eu acreditava ter me separado de Sheila. A coisa até que havia sido rápida. Assim como Sheila se unira a mim aproveitando a primeira oportunidade que teve, assim também ela se mandara na primeira oportunidade. Livre, leve e solto eu viajei para Alexandria. Como era bom, eu pensei, não ter de explicar nada a Anne. Eu mandaria um cartão-postal de Alexandria para Anne, e falaria do trem que eu não havia imaginado ser exatamente um Expresso do Oriente, mas também não tão miserável e esfarrapado como aquele era. Os revestimentos dos bancos e cortinas já haviam sofrido um bocado, mesmo na primeira classe.

Eu tirei uma soneca como se estivesse num sonho agradável, que nos arranca a realidade por alguns minutos ou horas. No colo, eu segurava o volume bilíngüe cinza-marmóreo da editora Insel com poesias de Kavafis, que me acompanha desde meus tempos no exército. Mas eu não estava com vontade de ler. Estranhamente, eu sempre voltava a imaginar aquele verde triângulo delta, conforme o conhecia de mapas e de fato também vira do avião. Passei pelo delta do Nilo e pensei que era um pecado deixar um metro quadrado que fosse sem vegetação por ali.

Intimidantes como os cenários dos filmes de Fritz Lang, são as casas pelas quais se passa na entrada de Alexandria. Essa impressão se diluiu rapidamente quando Machmud, um homem belíssimo num terno verde-oliva, camisa cinzenta e gravata refulgentemente vermelha me cumprimentou na plataforma.

Mais tarde, quando passamos pelas ruas do comércio com suas antigas lojas européias de grandes janelas, e de repente dobramos na Corniche já iluminada pela luz suave das lanternas da costa, e a enseada do porto e o mar estavam diante de mim, eu senti falta de Sheila. Talvez também não fosse Sheila que me fazia falta, mas eu achava triste ter que vivenciar tudo aquilo sozinho.

Nos quarenta e cinco minutos que tive de passar no foyer do Windsor, porque alguma coisa não estava em ordem com a minha reserva, eu me perdi num gozo que se não era doloroso era por certo melancólico; sim, mergulhei ativamente numa atmosfera taciturna, bebendo uma xícara de chá e uma bebida com cara de licor que eu não conhecia.

Quando enfim fui ocupar meu quarto gigantesco no último andar e saí pela porta emperrada da sacada, vislumbrei o arco-íris de luzes da Corniche, que os muros do porto completavam numa espécie de elipse. Quando, além disso, inspirei o cheiro do vento do mar misturado ao das charretes de cavalos, eu estava definitivamente decidido a ter um caso. Ali eu encontraria uma mulher à qual me sentisse unido por uma compreensão semelhante àquela que sentira em relação à aluna de antes do meio-dia, ainda no Cairo. Essa euforia estranha me impulsionou a seguir adiante. E olha que eu estava cansado, até mesmo esgotado.

O Instituto Goethe se localiza na antiga mansão de um industrial. Enquanto o texto árabe foi lido, eu tive tempo suficiente para inspecionar o público. Nem uma única das mulheres presentes era capaz de atiçar a minha fantasia. A leitura se estendeu, interminável, a discussão que veio a seguir se transformou em maratona. Eu sentia como se fossem passos subindo a montanha, a força que eu desperdiçava para dizer cada uma das palavras que me saía da boca. Mas eu estava em Alexandria. E assim continuei sapateando ao longo da conversa, até bem depois das onze. Então nós nos mandamos e fomos parar – no Fish-Market. Também em Alexandria existia esse restaurante, localizado junto à Corniche, com vista para o mar. De repente, eu desejei que Sheila estivesse comigo, que ela pegasse seu celular e perguntasse: "Mãe, você sabe onde eu estou?".

Nós éramos os últimos clientes cuja entrada foi permitida no restaurante já quase vazio. O bufê, contudo, ainda estava cheio de peixes. Entre uma e duas, eu cheguei ao hotel, dormi por alguns minutos, e em seguida fiquei rolando na cama, desperto por uma excitação estranha, até o alvorecer. Às sete da manhã, peguei a nécessaire de Sheila, espalhei suas coisas ao lado do meu travesseiro, borrifei seu perfume e digitei o número dela. Enquanto eu ouvia o celular tocando, imaginei o quarto onde Sheila agora dormia. Fiquei admirado até com o fato de ela deixar o celular ligado. Eu já pensava que sua secretária eletrônica – na qual se ouvia dizê-la, um tanto tímida, "Sheila Dietze" – começaria a tocar a mensagem, quando ela atendeu. Eu perguntei se estava tudo em ordem.

"Claro, ora, tudo em ordem", disse ela. "E com você?"

"Eu não consegui dormir..."

"... e eu não consegui escovar os dentes."

"Culpa sua", disse eu.

"Eu vou buscar você, boa noite", disse Sheila.

Depois do café-da-manhã, eu queria ter voltado para a cama de novo, mas as faxineiras já estavam no quarto ao lado. Enquanto eu esperava por mais um café e uma coca-cola com gelo no foyer, minha cabeça tombou de sono. Isso embora eu precisasse ficar acordado, embora eu precisasse conhecer a cidade, embora eu precisasse vivenciar alguma coisa que Sheila mais tarde lamentaria ter perdido.

Eu bebia a coca-cola aos goles como se fosse um remédio, e da minha poltrona Windsor eu podia ver como de pouco em pouco crianças, casais e desocupados solitários paravam na balaustrada da Corniche e observavam algo no cais mais abaixo ou na água. Em pouco tempo, aquilo virou um grupo de curiosos aos quais acabei me juntando.

A visão que se ofereceu a meus olhos era peculiar. Primeiro, achei que fosse um cabo de prender navios aquilo que os cinco homens lá embaixo arrastavam. Mas era uma rede de pescar. Uma das pontas, o "rebocador" que ia à frente havia puxado sobre seus ombros, os outros, ao contrário, seguravam a rede com as duas mãos diante do peito, junto aos quadris ou – caminhando de ré – sob o braço. No princípio, pensei que eles puxavam em vão, porque não saíam do lugar, mas então eles voltaram a avançar alguns passos. A rede devia ter sido jogada bem longe. Quando se seguia com os olhos o grande arco que ela descrevia na superfície da água, depois de cerca de duzentos metros, a gente acabava voltando mais à direita, portanto a leste, na direção da biblioteca, junto à Corniche, para onde estava um segundo grupo, que puxava na outra ponta da rede e também se movimentava em direção a nós.

Um homem velho e de feições delicadas, com um queixo de barba espetada, um boné com a aba grande e um casaco puído, olhou para mim e sussurrou "*Hello*". "*Hello*", disse eu. "*Hello*", repetiu ele baixinho, e apontou para uma charrete, que estava parada atrás de nós. Eu sacudi a cabeça, apontei com o dedo para meus olhos e depois para os pescadores. "*After, after*", disse ele, apontou para mim, depois para a charrete. Eu balancei a cabeça mostrando estar em dúvida e fixei os olhos no mar, quando fui puxado pela manga do outro lado. "*Go! Go!*", um homem me intimou e deu, por certo na esperança de que eu o seguiria, alguns passos em direção a sua charrete, coisa que deixou o cocheiro à minha direita indignado. Eles se insultaram até que aquele que havia me convidado primeiro sussurrou "*after, after*" e assentiu para mim me acalmando.

Eu segurava minha sacola em frente ao corpo, cruzando os braços sobre ela, e não desviei mais os olhos dos pescadores. Eram, na medida em que eu conseguia vê-los, todos homens mais velhos, de pés descalços, alguns com o tronco nu, alguns vestindo um casaco sobre a pele desnuda. O movimento quase imperceptível com que a rede se aproximava, o esforço que os velhos homens faziam, os farrapos que eles haviam atado em volta de suas mãos, os olhares vazios, as bocas abertas ou os lábios apertados, o suor em seus pescoços inchados, sua concentração, que não necessitava nem de ordem nem de instruções, os passos curtos, que os aproximavam cada vez mais até os grupos por fim se encontrarem, sem parar nem mesmo levantar os olhos por um instante que fosse, passando um pelo outro como em câmara lenta, tudo isso tinha algo de irreal, de encenado, que me mantinha cativo. Esse cortejo de pescadores era algo que eu poderia contar a Sheila.

Quando o cocheiro baixinho ao meu lado levantava sua voz rouca, eu podia ter certeza de que um concorrente se aproximava de mim. Quando ele se mostrava mais barulhento, no instante seguinte eu era tocado por uma mão, que o cocheiro baixinho escorraçava sem perder tempo. Numa das vezes, ele chegou a alisar minha jaqueta, no lugar onde a mão estranha a tocara. De quando em quando, ele sempre voltava a me fazer lembrar dele com "*Hellos*" em voz baixa e sua mão erguida em cumprimento.

Os pescadores que arrastavam a rede pararam a cerca de cinqüenta metros uns dos outros e, em seguida, passaram a recolher a rede, inclinados para trás tanto quanto podiam e pisando no mesmo lugar.

De um barco pequeno, que seguira a rede até o local em que ela mais se expandia, e que eu só naquele momento reconheci que fazia parte do ato, dois homens saltaram para a água e, dando golpes na superfície e batendo as pernas ininterruptamente, queriam fechar o último buraco pelo qual algum peixe podia escapar, onde as pontas da rede se cruzavam.

Os homens com a rede voltaram a se aproximar, eles caminhavam lado a lado, até enfim se fundirem num único grupo. A água diante deles ficou movimentada; eu achei que já fossem os peixes se debatendo, mas era apenas o espernear e os golpes dos dois nadadores. Eu imitei os outros e trepei sobre a balaustrada. Nós todos fixávamos os olhos na rede.

Como o cocheiro me puxava pela perna da calça, perdi o momento em que a rede foi puxada para a terra. Mas o que eu vi em seguida, quando os homens carregaram o produto da pesca em passos corridos para um monte de bacias umas ao lado das outras, foi de cair do cavalo: quase nada, na melhor das hipóteses uma dúzia de peixes, de modo algum maiores do que aqueles que cada um de nós havia devorado inteiros na noite anterior. Na confusão de homens e de crianças que fervilhavam em volta das bacias, não podia se perceber como os peixes foram divididos.

Cansado e para fugir ao sol de rachar, eu cedi ao cocheiro baixinho e subi em sua charrete. Sheila, disso eu tinha certeza, jamais teria se sentado em uma charrete como aquela. Isso apesar de ser melhor o cocheiro ganhar dez euros do que ele não ganhar dez euros, e, afinal, charretes foram feitas para transportar alguém. Além disso, o forte Qaitbey, que eu acreditava ser obrigado a visitar, ficava demasiado longe para eu poder ousar uma caminhada ao longo da Corniche no estado em que estava. O forte, que coroava o braço ocidental da enseada do porto, havia sido construído sobre as ruínas de Pharos, portanto naquele lugar onde algum dia esteve o antigo farol de Alexandria.

O alívio que eu senti quando me deixei cair sobre o banco de couro afastou a última dúvida.

Eu estava recostado dentro do coche – os pedestres que nós ultrapassamos não podiam me ver –, de olhos fixos nas costas curvas do cocheiro, no traseiro do cavalo e no nó do chicote que balançava para lá e para cá bem pouco acima.

Agora que as horas mais uma vez aparecem diante de mim uma após a outra, eu compreendo esses muitos detalhes, que para qualquer outro se juntam formando um simples relato de viagem, como numa corrente de indícios. Tudo, quase tudo apontava para o final.

Eu fiz com que ele parasse no forte e perpassei todos os caminhos cumprindo o meu dever, olhei para o mar afora, observei os passeios no cais e a biblioteca, e suportei os gracejos dos colegiais por causa dos meus cabelos compridos, que ali pareciam provocar desagrado, ainda que o "*luti, luti*"[1] deles não fizesse mais do que apenas me causar asco depois da quarta ou quinta vez.

Meu cocheiro me cumprimentou com um "*Hello*" bem alto, sugeriu-me um outro caminho, que passava por uma longa fila de cocheiros à espera, depois pelo verdadeiro mercado de peixes, que estava abrigado num pavilhão e diante do qual algumas mulheres ofereciam peixinhos que elas a cada pouco borrifavam com água. Nós andamos até um palácio que meu cocheiro considerou digno de ser visto, e eu o observei de olhos esbugalhados, parado no coche, por um grande portão de grades. Três colegiais corriam ao meu lado, davam risadinhas marotas, gritaram algo, deixaram-se ficar para trás para em seguida voltarem a aparecer a meu lado, lépidas. Não me ocorreu nada a não ser sorrir amarelo. Elas jogaram seu joguinho por certo tempo até que o velho saltou da boléia, escorraçou as meninas e eu prossegui meu ajanotado passeio até a biblioteca de Alexandria. Quis pagar ao cocheiro quinze euros em vez dos dez que havíamos combinado, afinal de contas ele fizera um desvio mais longo. Ele protestou, contudo, e exigiu trinta. E começou a me cobrir de explicações. Eu lhe dei trinta e me mandei, bebi um café na biblioteca, imaginei como Sheila se desfazia cheia de volúpia debaixo de Samir e lhe sussurrava intimidades inauditas ao ouvido, e em seguida me arrastei pelas ruas. Eu tinha

1 Em árabe, no original: "bicha, bicha". [N.T.]

dor de cabeça, bocejava quase sem parar e tive um sobressalto quando uma voz começou a berrar de repente. Nos postes de iluminação e paredes dos prédios, havia alto-falantes presos. Um instante depois todos os homens a minha volta se ajoelharam juntos. Ainda que, conforme eu achava, se tratasse de uma área de negócios das mais normais, eles rezavam no meio da rua e sobre as calçadas. E eu, o de cabelos compridos, era o único que continuava em pé. A voz saía tão ameaçadora dos alto-falantes que achei que ela se dirigia precisamente a mim. Eu fugi em direção à Corniche.

Diante do Cecil, o famoso hotel, um "*Hello*!" familiar me cumprimentou. Meu cocheiro acenou, e deu palmadinhas em seu cavalo, que comia de um saco de ração pendurado ao pescoço.

À uma da tarde, eu tinha um encontro marcado com Hosni Hassan, um colega egípcio, que eu havia conhecido meio ano antes em Berlim por intermédio de Edwar al-Charrat. Hosni tem cabelos ruivos e encaracolados, motivo pelo qual ele de quando em vez era tomado por estrangeiro.

Ele me levou a um restaurante que no passado havia sido honrado até com a presença da rainha inglesa – fotos na parede comprovavam isso –, e que agora era freqüentado sobretudo por famílias. Todo mundo comia em pratos de lata e se sentava a mesas longas. Durante a refeição, Hosni a cada pouco empurrava novas travessas para mim, mas eu não tinha apetite, muito pelo contrário, à dor de cabeça acabou se juntando um leve mal-estar. Eu dissolvi duas aspirinas, coisa que parece ter sido vista como indelicada. Em todo caso, todo mundo se virou para mim e também meu anfitrião se mostrou incomodado.

Hosni perguntou por que eu não trouxera Sheila junto. Por certo foi devido a meu inglês ruim que Hosni entendeu que ela havia se apaixonado na cidade do Cairo. Para esclarecer o mal-entendido, porém, faltavam-me as forças. Eu preferi ouvi-lo, ele estava cheio de confiança. Já nos próximos meses, ele disse, algo mudaria para melhor no Egito.

O que Hosni contava me interessava, sobretudo aquilo que ele disse a respeito dos dois anos na condição de adido cultural em Khartum. Eu também desfrutei de sua cortesia, mesmo assim fiquei contente quando não precisei conversar mais e pude esperar sonolento pela partida do meu trem no foyer do Windsor e enquanto isso tomar coca-cola com gelo. Machmud, o amável motorista, que vestia uma camisa imaculadamente branca para minha despedida, me levou de volta à estação ferroviária e recusou minha gorjeta de modo tão decidido que eu de fato voltei a guardá-la no bolso.

Na viagem de volta, eu passei frio, porque quase toda a primeira classe estava ocupada por estudantes de uma escola de oficiais, que não paravam de sair para fumar. E a cada vez que um saía a corrente de ar se mostrava infernal. Eu me encolhi, logo comecei a espirrar e procurei em vão algum lenço. Além disso, estava aflito por ter de aparecer diante de Sheila e Samir mais uma vez. Eu não queria lutar, não queria brigar, eu queria apenas uma cama quente e o meu sossego.

Na plataforma no Cairo, um trio alegre esperava por mim. Sheila estava parada entre o motorista do Lada e Samir. Ela perguntou o que havia acontecido, eu estava parecendo bem doente. Mesmo assim, ela me instou a ir com ela, Samir e o motorista comer no Fish-Market, hoje ela nos convidaria, nós seríamos todos convidados dela.

Eu disse que, além de algumas aspirinas, eu não desejava outra coisa a não ser dormir. Espirrei, ao que Samir e o motorista do Lada puxaram lenços de papel que eu aceitei tão agradecido como se tivesse acontecido um milagre.

Sheila teve pena de mim, mas se manteve firme na decisão de convidar seus acompanhantes. Eu até mesmo ajudei a convencê-la. Hoje, por certo ela não teria prazer algum com a minha companhia. Ela havia, foi o que Sheila disse no carro, conseguido solucionar o enigma dos dois motoristas diferentes. Nosso motorista do Lada, no passado, tinha sido funcionário da embaixada da Alemanha Oriental, e fora depois assumido pelos ocidentais com Lada e tudo, assim como o prédio em que ficava a referida embaixada. O motorista da van Volkswagen, ao contrário, desde sempre trabalhara para o Goethe.

Nós fomos até uma farmácia, porque Samir recomendou um remédio que acabaria com meu resfriado e minha coriza até o dia seguinte. No hotel, o motorista desembarcou deixando o motor ligado e carregou minha sacola até diante do elevador. Nós nos despedimos cordialmente.

A noite foi horrível, um oscilar constante entre estar acordado e dormir e sonhos, que me agitaram e apenas me deixaram ainda mais cansado. Talvez eu simplesmente tivesse bebido coca-cola demais. Eu estava louco por uma coca-cola gelada. Mas, tão logo a coca-cola correu pelo esôfago, ela pareceu me grudar todo por dentro e me impedir de dormir. Mesmo depois de ter acendido a luz e levantado, eu voltava a cair naquela vigília cheia de sonhos. Sheila chegou por volta das duas, pegou no sono imediatamente e acordou às nove totalmente renovada.

Justo no dia da abertura da conferência, eu estava na pior. Tinha desejo de comer frutas, e de resto queria apenas coca-cola gelada. No bufê do café-da-manhã, coloquei a metade de todas as fatias de melancia no meu prato e saqueei até as uvas da travessa de queijos.

Sheila falava sem parar das pirâmides. O tempo inteiro eles não teriam feito outra coisa além de observar as pirâmides e prestar atenção no deslocamento das sombras. E Samir lhe contara tudo aquilo que era possível saber acerca das pirâmides. Ela estaria viciada em ver as pirâmides. Nada no mundo podia ser comparado a isso. Ver as pirâmides teria sido o melhor remédio para ela, não, a melhor religião.

Eu não queria gastar o chumbo restante das minhas forças com observações sarcásticas. Também não estava ouvindo Sheila com muita atenção. Mas, quanto mais ela falava, tanto mais irrefutável me parecia a mudança que havia acontecido com ela. Na verdade, eu conhecia aquele fenômeno apenas dos filhos de meus amigos, que em dado momento deixavam de ser crianças e passavam a se dirigir a mim com maior distanciamento e prestando maior atenção. Algo do tipo havia acontecido com Sheila. Apesar de sua tagarelice, ela parecia mais calma, não mais tão nervosa e exaltada, de fato mais madura. De repente eu voltei a desejá-la. Sim, eu estava prestes a lhe fazer um pedido de casamento.

Enquanto esperávamos pela van, Samir apareceu do nosso lado sem se anunciar. Ele gostaria de ir junto, a conferência lhe interessava bastante. Eu disse que eu não sabia se isso era possível, assim de uma hora para outra. Se eu não tivesse nada contra, disse ele, não haveria absolutamente nenhum problema. Eu dei de ombros.

Naquele momento um homem de cabelos grisalhos, nariz grande e uma boca demasiado larga para seu rosto estreito se aproximou de nós. Ele passou a mão pelos cabelos como se isso fosse um cumprimento, e me dirigiu a palavra em francês. Eu não sei francês. Logo Samir interrompeu o amável colega e traduziu como se fosse isso o combinado. A única coisa que eu mesmo compreendi, "*très bien, très bien*", se transformou em "maravilhoso, simplesmente grandioso" na tradução de Samir. Eu estava feliz e me abri todo num sorriso.

Fiquei sabendo que um outro Samir, a saber Samir Grees, havia mandado sua tradução árabe de *Simple Storys* a diversos autores, e aquele senhor amável diante de mim, ao que tudo indica, havia sido um dos destinatários.

Em vez de lhe agradecer, eu pedi a nosso Samir que lhe perguntasse por seu nome e, depois, se seus livros haviam sido traduzidos para o inglês ou para o alemão. Samir hesitou um pouco, disse-me o nome daquele que estava diante de mim e perguntou pelas traduções, conforme eu pedira. Depois de um decidido "*non, non*", meu colega árabe disse "*au revoir*", deu meia-volta e foi embora.

A conferência foi aberta em uma grande sala, que eu mantive na memória como sendo escura. Em vão mandei Samir perguntar por fones de ouvido e girei os olhos à procura de uma cabine de tradução simultânea. Dos poucos escritores que eu conhecia, eu não vi ninguém a não ser Edwar al-Charrat, e ele estava suficientemente ocupado em cumprimentar os colegas em torno dele. Meia hora mais tarde, o Dr. Bassalama entrou marchando acompanhado de seu séqüito, fora ele que assinara os convites. Faltava apenas todos se levantarem e aplaudirem, aí a encenação teria sido perfeita.

Eu, naturalmente, não entendi bulhufas dos discursos de todos, e apenas percebi que o Dr. Bassalama era mencionado impreterivelmente. Quanto mais vezes seu nome era dito, tanto mais ele soava como uma invocação. Samir estava sentado ereto e sério ao lado de Sheila, e batia palmas com entusiasmo depois de todos os discursos.

Quando os participantes da conferência saíram para o foyer depois de uma hora e meia, eu finalmente compreendi: não havia cabines de tradução simultânea, e portanto não havia também fones de ouvido. Samir confirmou minha constatação imediatamente. "Aqui só se fala árabe." Perguntei a Samir o que, então, eu estava fazendo ali? Ele também não sabia dizer. Eu fiquei ainda mais indignado quando procurei em vão por bebida no bufê vazio já depois de uns poucos minutos. Havia sobrado apenas um par de copos usados por ali, e o recipiente do suco de laranja já fora inclinado à frente para que o restante dentro dele pingasse no copo de um dos homens.

Sheila e Samir afirmaram que queriam ficar. Eu voltei para o hotel, comprei cinco latinhas de coca-cola gelada e fiquei dormitando em minha cama.

Sheila não apareceu nem mesmo para o jantar. Em compensação, encontrei Hoda Barakat. Nós havíamos nos conhecido um ano antes no Iêmen e trocado nossos endereços. Hoda havia fugido com seus dois filhos de Beirute para Paris em 1989. Eu lhe perguntei por Beirute, e ela respondeu metade em inglês, metade em francês. Eu precisava dessas informações para uma personagem de *Novas Vidas*, o romance que eu estava escrevendo. Enquanto conversávamos, eu vi Sheila chegando ao hotel. Por volta das dez, Hoda me anotou um endereço, o mesmo que eu usei mais tarde para Vera Türmer: Beirute; *Starco area; Wadi abojumil, the building next to Alliance College; 4th floor*.

Quando cheguei ao quarto, Sheila já tinha ido embora de novo. Ela voltou bem depois da meia-noite. Perguntou-me onde é que eu estava, e por que eu não podia me acostumar de uma vez por todas a deixar meu celular ligado.

Na tarde seguinte – até então eu descera apenas para o café-da-manhã, vira Samir na rua e depois voltara a me recolher à cama –, eu participei, com dois colegas que não conhecia, de uma mesa-redonda em uma sala que não era muito maior do que uma sala de aula comum, as janelas eram bem altas, atrás delas se via um céu branco. Eu fui cumprimentado e parabenizado por alguma coisa, ouvi a palestra do meu vizinho, e por fim a de uma mulher muito bonita, que leu meu discurso em árabe. O ócio era suficiente para que eu contasse os espectadores, que mudavam constantemente. Ainda que eu pudesse compreender muito bem o fato de as pessoas saírem e entrarem sem parar durante os discursos monótonos de meus colegas, fiquei desconcertado quando os primeiros se levantaram enquanto meu texto era lido. Em nenhum momento houve mais do que dezoito ouvintes na sala. Samir e Sheila estavam sentados imóveis um ao lado do outro na primeira fila. Não ficar olhando constantemente para eles foi o maior entre todos os esforços. Para finalizar, Samir voltou a bater palmas com entusiasmo. Houve também dois comentários, mas não se referiam ao meu texto.

"O que você quer que eu faça com você?", gritou Sheila quando eu anunciei que iria ao hotel. Eu disse que ela deveria, caso Samir tivesse tempo, sair para jantar com ele, e entrei num táxi.

Nas escadarias do hotel, encontrei Hassan Dawud. Alguns de seus livros foram publicados em alemão. Ele é editor de um jornal em Beirute. Nós também nos conhecemos no Iêmen. Hassan pediu o meu discurso, ele queria imprimi-lo. Eu disse que ele deveria lê-lo primeiro. Não, ele riu, bastava que o discurso fosse meu. Por um momento, a pressão se afastou de minha cabeça, e eu acreditei que o pior havia passado. Dois minutos mais tarde, caí em minha cama.

O telefone tocou e era Hoda. Ela estava me convidando a ir jantar com ela e algumas amigas. Não, ela me contestou, eu tinha que ir junto, a saída me faria bem.

Tomar banho e vestir a roupa já foi um trabalho hercúleo, atravessar o corredor até chegar ao elevador era o golpe de misericórdia.

No lobby, Hassan Dawud acenou para mim, pedindo que eu esperasse, enquanto ele remexia em sua pasta, me estendia algumas folhas, minha palestra – ela era incompreensível, lamentavelmente. Talvez, disse eu, seja coisa da tradução. Talvez, disse ele. Eu mesmo fiquei surpreso em ver como aceitei aquilo sem a menor comoção. Mas, já nas escadarias do hotel, precisei fazer força para não me debulhar em lágrimas.

Que farsa era aquela na qual eu caíra? Eu mandei a conferência ao diabo, senti-me ludibriado e humilhado; odiei Sheila, odiei Samir, queria ir embora dali o mais rápido possível.

Ninguém vinha àquela conferência, disse Hoda, para ouvir discursos. O convite era um presente, os convidados voavam ao Cairo, encontravam amigos e se divertiam a valer, e isso era maravilhoso, ora. Se existiam ou não cabines de tradução simultânea – ela riu –, pouco importava. E a minha situação era a melhor de todas! Eu não precisava nem mesmo sentir peso na consciência por matar o trabalho, eu era livre e não tinha emprego!

Hoda, que desde sua chegada ao Cairo havia corrido de uma entrevista a outra – o atentado contra Hariri acontecera fazia só alguns dias –, apresentou-me quatro mulheres, entre elas Leila, uma escritora kuwaitiana, que me aquilatou pelas lentes tingidas de seus óculos como se desconfiasse que eu era um espião. Por fim, ela apagou seu cigarro e se apertou ao meu lado. Hoda e uma professora de literatura francesa e árabe do Cairo dividiram o banco do passageiro. A dona do carro havia colocado seu banco bem para a frente, o encosto literalmente a espremia contra o volante.

Na verdade, eu me recordo apenas do riso das mulheres. E de tê-las invejado pelo fato de eu provavelmente jamais em minha vida ter rido tanto quanto elas durante aquela simples viagem de carro. Nenhuma das mulheres, nem mesmo a cética Leila, conseguia concluir uma frase sem ser dominada pelo próprio riso antes disso. Até hoje não sei do que elas riam. Em dado momento, Hoda caiu entre os bancos para trás, contra meus joelhos, coisa que desencadeou novas levas de risos. Ela sempre tentava me explicar algo em inglês, mas o que era tão terrivelmente engraçado nas multidões no enterro de Nasser, das quais ela falou? Nas breves pausas que elas precisavam para respirar, a primeira palavra logo parecia ter o efeito de uma centelha que detonava a próxima explosão. Mesmo o policial, que estava parado ao lado do semáforo junto a uma praça gigantesca, sorriu amarelo quando vislumbrou as cinco mulheres amontoadas, chorando de rir e tapando as bocas.

Da mesquita Al-Ashar uma grade de isolamento foi empurrada para o lado, em seguida nos apontaram um lugar para estacionar. Passando por mulheres e crianças a mendigar, nós atravessamos a passagem subterrânea até aquela praça onde ficava a entrada para o Souk.[2] Lá nós fomos atacados por diversos garçons, que tentavam nos impingir seus cardápios e queriam que ocupássemos lugar em cadeiras bem determinadas, ao lado de mesas bem determinadas, naquele mar de mesas e cadeiras. Na companhia daquelas mulheres, os garçons, assim como os mendigos, vendedores e crianças que perambulavam por ali não pareciam mais nem um pouco incômodos.

Muito pelo contrário, eles faziam parte de tudo aquilo e serviam para dar à conversa, que de quando em quando tomava uma bifurcação inglesa em consideração a mim, novas inspirações. Mesmo um vendedor de tapetes, que eu a princípio tinha certeza que seria rechaçado – quem quereria comprar um tapete

2 O "mercado", o bairro comercial de uma cidade árabe (e normalmente seu centro comercial). [N.T.]

àquela altura? –, teve de se colocar à disposição das perguntas delas, o preço desceu de 160 libras egípcias a setenta, depois a sessenta, e a 55. E eis que agora o vendedor fazia de conta que se estrangulava, e deixou nossa mesa praguejando e balançando a cabeça, mas logo já voltava a nos cumprimentar de longe com toda a amabilidade – e em pouco tempo estava diante de nós de novo. Uma vez que elas eram mulheres maravilhosas, porque elas o eram de fato, 45 libras. Hoda gritou que vinte seriam suficientes, e ela o teria levado por vinte, mas acabaram por não deixá-la negociar. Leila acenou para que uma menina fortemente maquiada se aproximasse. Ela se defendia de um garçom que a escorraçara de sua mesa berrando alucinadamente. Leila permitiu que a menina chegasse bem perto, tentou convencê-la de alguma coisa, agarrou seu braço rápida como um raio quando a menina quis correr embora, segurou-a firme, e prosseguiu falando até que a menina assentiu várias vezes e abriu a boca para responder. Só então Leila a deixou ir. Dez minutos mais tarde, a menina voltou, e Leila enfiou algumas cédulas de dinheiro em sua mão. Um mendigo que perambulava por perto se curvou sobre Leila por trás, de repente, e sapecou um beijo em sua face. Leila deu um berro. Mas, em vez de se mostrar revoltada, riu e esfregou a face com um lenço.

Mesmo agora, depois de escurecer, chegava um ônibus turístico após o outro. Um guia após o outro levantava uma pequena bandeira e um grupo após o outro descia e desaparecia na direção do Souk. Algumas dessas pessoas, a maior parte senhoras e senhores de mais idade, aos quais as lentes de sol dobradas acima dos óculos emprestavam algo de inseto, olhavam nostalgicamente para nós, batiam um monte de fotos e seguiam na retaguarda das bandeiras.

Primeiro, eu voltei a sentir meu cansaço, depois a pressão na cabeça. Percebi que havia sido servido, as coxinhas minúsculas das pombas estavam atadas uma à outra. Enquanto nós comíamos – nas pombas não havia muito a roer, o importante era o recheio –, outras pombas procuravam por farelos de pão entre nossos pés. Depois das primeiras mordidas, eu passei a sentir repugnância, quase asco. Eu não podia mais, eu queria continuar, mas não conseguia. Eu tinha de me mandar, minhas forças estavam no fim. Um milagre, o fato de eu continuar sentado na cadeira.

Depois de ter conseguido convencer as mulheres a não me acompanhar, elas chamaram o garçom, e o garçom chamou um garoto, e o garoto chamou um taxista para mim. O preço foi negociado, e Hoda me recomendou em tom incisivo não pagar mais do que quinze libras.

Eu precisava apenas levantar e caminhar alguns passos atrás do motorista – e eis que então eu já os tinha a minha volta, um bando inteiro de garotos. Os mais jovens tinham mais ou menos oito, os mais velhos talvez doze ou treze anos de idade. Mas isso eu já contei, vezes demais provavelmente.

O pior, contudo, não eram aquelas crianças. No momento em que eu me despedira das mulheres e fui embora, a recordação voltou. Eu também poderia dizer, tudo caiu sobre mim. Sheila e Samir, a conferência, meu discurso malogrado, meus colegas desiludidos, o quarto de hotel com os travesseiros molhados de suor. Já me parecia a lembrança de um belo filme a hora e meia que havia passado com as mulheres. Mas eis que agora eu deixava o cinema e voltava à realidade.

Sento-me no carro. Ainda hoje sou capaz de ouvir o estrondo quando o garoto saltou sobre o automóvel. Eu pensei apenas, um amassado a mais, como se aquele tipo de dano na lataria fizesse parte do negócio, do risco habitual, quando se transporta turistas. Eu não queria ver mais nada, não queria ouvir mais nada. Queria que a farsa na qual eu havia caído terminasse de uma vez por todas.

Não tenho idéia de como ele conseguiu se segurar ali. Em uma fresta, com as unhas? Ou com as palmas das mãos, os pés sobre o pára-choque? O motorista de um carro que nos ultrapassou apontou para o garoto sobre nosso porta-malas e sacudiu a cabeça.

Eu não queria me deixar chantagear, queria impor minha vontade.

Será que precisei de um minuto, será que precisei de dois minutos até gritar "*stop, please, stop!*"?

O táxi reduziu a velocidade, até que nós já andávamos em marcha bem lenta, o garoto saltou e o taxista disse "*good idea*", assentiu para mim no retrovisor e preencheu o silêncio que até então imperava com queixas, dizendo que quinze libras era pouco demais.

Não sei se foi já no táxi que procurei imaginar qual teria sido o ruído se o garoto tivesse escorregado. Provavelmente nós nem tivéssemos ouvido nada com as janelas fechadas.

O taxista quis receber dez euros em vez de quinze libras. Eu lhe dei trinta libras para me livrar dele logo.

Sheila e Samir estavam sentados no lobby do hotel. Eu acho que a mão dela estava sobre o joelho dele. Mas isso já era indiferente para mim. Sim, preciso dizer que até me pareceu incômodo quando ela entrou no quarto dez minutos mais tarde. Ouvi como ela foi ao banheiro, como ela se deitou, ligou e logo depois desligou o abajur e pegou no sono.

No dia seguinte, ela em nenhum momento ficou mais de cinco metros longe de mim. Essa era, mais ou menos, a distância entre nossa mesa do café-da-manhã e o bufê, ou, à noite, no Instituto Goethe, a distância entre o púlpito onde eu lia e a primeira fila. Durante o café-da-manhã, eu havia contado a Hoda – fui obrigado a apresentar Sheila a ela – do garoto sobre o nosso porta-malas. Hoda fez uma careta. Aquilo era um jogo, uma espécie de prova de fogo. Mas, caso algo acontecesse, deixavam o taxista de lado e acusavam aquele que tinha algo a oferecer, do qual se podia arrancar algo.

Daquele último dia, eu mal consigo me lembrar. Tentei interromper a entrevista antes da leitura, porque eu simplesmente não conseguia mais falar, mas em inglês estranhamente acabei conseguindo. Durante a leitura, minha cabeça quase explodia.

Ainda no escuro, andamos na manhã seguinte pelas ruas vazias até o aeroporto. Eu não sabia como conseguiria dar conta do trecho até o check-in, até o controle de passaportes, até o controle de segurança, até o portão de acesso, por todos os lados correntes de ar, e depois ainda mudar de avião em Paris, quando tivemos de ficar parados durante minutos na passagem aérea aberta, exposta ao vento de fevereiro, Sheila com a boneca mulata nas mãos.

Depois da aterrissagem em Berlim, eu ouvi, enquanto esperávamos por nossa bagagem, os recados na minha secretária eletrônica. Talvez fosse um engano, talvez a Sheila a meu lado não tivesse nada a ver com a Sheila da secretária eletrônica do celular. Mas eu já não tinha mais forças para separar uma da outra.

É como eu disse, contei diversas vezes, diversas vezes mesmo, e cheguei até a anotar tudo, mas, contrariando toda e qualquer expectativa, o susto não passa, muito pelo contrário, às vezes acredito que ele se torna cada vez maior. Não aconteceu nada, eu digo a mim mesmo, não aconteceu absolutamente nada, eu tive sorte, é o que todo mundo diz. Eu, porém, temo ter perdido a única chance que tive para fugir desse instante, e que agora ficarei preso dentro dele, por tanto tempo... Eu não sei por quanto tempo, mas talvez até que aconteça um milagre e eu, sem hesitar um instante que seja, grite "*pare, pare, pare*!".

Nada de literatura ou epifania no domingo ao entardecer

Talvez eu apenas tivesse bebido demais. Essa seria a explicação mais simples, claro, mas uma outra explicação, como devo dizer...

Eu posso lhe descrever apenas os arredores, por assim dizer, mas aquilo que verdadeiramente importa – aí você haverá de pensar que estou lelé da cuca. Ou você conhece isso você mesmo, ou...

Vistas de fora, as coisas muitas vezes parecem bem simples.

Eis que agora já se passaram algumas semanas. Foi num domingo. Pela manhã, nós viajamos para nossa *datcha* em Prieros, para fugir do calor, pelo menos por um dia. Debaixo dos pinheiros, é sempre três ou quatro graus mais friozinho do que em Berlim, Clara e Franziska podem correr peladas por aí, nós podemos usar bermudas, enfim, todo mundo pode se comportar como bem entender, e o lago Fundo[1] fica só a um pulinho de distância.

Por volta do meio-dia, chegou minha mãe, no bagageiro uma bacia de salada de batatas – conheço aquela bacia de cor marfim desde que me entendo por gente. A bacia existiu desde sempre, podemos dizer. E, pouco depois de minha mãe ter

1 *Tiefer See*, no original. [N.T.]

chegado, também já vieram M. e E., as duas amigas, que eram esperadas apenas para vir à tarde. Me parecia desagradável saber que elas me viam juntar os cones de pinheiro e as agulhas das folhas com o ancinho entre o terraço e o galpão. Mas você pode acreditar em mim, é bem agradável caminhar de pés descalços sobre o musgo. Além disso, acabaria dando na vista se ramos, cones e agulhas não fossem recolhidos apenas no nosso pátio. O ancinho é algo indispensável quando se arrendou um terreno como esse.

Por causa do calor, a grelha elétrica era a única cogitável, as salsichas e espetinhos eram do supermercado, mas lá eles têm embutidos da melhor qualidade. Eu raramente tomo cerveja à tarde, nem de longe sou daqueles que bebem muito álcool. Mas um churrasco sem cerveja não é churrasco. Estava quente e eu estava com sede, e a cerveja, que ficara no porão desde a última vez, já estava fria. Bebi duas ou três cervejas perto da grelha, e mais uma ou duas na mesa. Todos beberam cerveja, fora as crianças, claro. O engradado ficou vazio num piscar de olhos. M. e E., as duas amigas, passaram a fazer gracinhas com a salada de batatas *diet*, assim como também fizeram troça da base quebrada da torta, que não desmoronava apenas porque o glacê sobre os morangos a mantinha unida. No final das contas, porém, elas devoraram toda a salada de batatas, e as salsichas também. Natalia e eu degustamos o bolo sem nos importar com seu estado.

Para que as crianças dormissem, Natalia e eu demos uma volta com o carrinho de bebê de dois bancos, mas os cachorros nos terrenos vizinhos latiram, e Franziska sempre gritava "au-au, au-au!" novamente, e Clara imitava Franziska. Nós desistimos de fazer as crianças dormir, juntamos as coisas de banho e fomos para o lago. Natalia e eu nadamos até a outra margem, enquanto M. e E. tomavam sol e minha mãe ficava com Clara e Franziska em um bote acorrentado à margem, navegando para os Estados Unidos, pra lá e pra cá, pra lá e pra cá.[2] Nos Estados Unidos, foi o que disse E., cujo filho vivia na Califórnia, nós não poderíamos deixar as crianças correndo assim peladas por aí. É possível, pensei eu, que as coisas aqui também sejam como nos Estados Unidos, logo mais. Primeiro nos Estados Unidos, depois aqui.

Antes de M. e E. partirem, nós ainda bebemos o *prosecco* que elas haviam trazido – *prosecco* é a bebida preferida das duas –, já que este enfim estava gelado, e comemos o resto do bolo com o que havia sobrado do chantilly. Em seguida M. e E., as duas amigas, foram embora. Nós ficamos parados no caminho da floresta e acenamos para elas, e elas acenaram com as mãos para fora das janelas em ambos os lados do carro. O sol atravessava os pinheiros caindo sobre o pó levantado, e Natalia disse que nós deveríamos pernoitar ali, já que podíamos viajar apenas na manhã seguinte, bem cedo, de volta a Berlim.

"Poderíamos ter nos lembrado disso antes", disse eu, como se tudo aquilo até agora não tivesse sido exatamente um domingo. "Venham, crianças", disse minha mãe, "já que é assim, vamos aproveitar."

2 Trecho de uma canção infantil alemã, que diz, no original, "*Wir fahren nach Amerika...*". [N.T.]

Ninguém queria tirar a mesa ou lavar a louça. Minha mãe apenas colocou o leite na geladeira. “Oh, ainda temos uma garrafa de *prosecco*”, ela gritou lá de dentro.

“Essa nós vamos tomar agora, pra recompensar”, eu disse. Não sei mais por que eu falei em recompensar, mas estava quente e o *prosecco* era de fato muito bom.

Já posso imaginar como isso soa a ouvidos estranhos, ficar enchendo a pança e beber até cair.

Clara e Franziska espalharam pelo chão as velhas formas de plástico para a caixa de areia, que elas haviam encontrado no galpão. Minha mãe estava deitada na rede, encafifada com a variante difícil do Sudoku na edição do *Tagesspiegel*, que M. e E., as duas amigas, haviam deixado para ela depois de breve discussão. Natalia estava sentada à mesa, as pernas cruzadas uma sobre a outra, e recostada para trás, com o resto do jornal sobre o colo, e tentava ler. Mas Clara perguntava sem parar: “O que é que a Rainha da Noite diz quando nenhuma criança quer brincar com ela? Ela fica triste quando descobre que a Bela Adormecida é mais bonita?” Às vezes aquilo durava horas.

Em vez de me sentar no carro e ligar o rádio, eu telefonei para nossa amiga S., para perguntar como havia terminado o jogo entre a Inglaterra e o Equador, e quem jogaria à noite. Ela queria saber de mim por que tantos escritores consideravam o genitivo pretensioso e não o usavam mais. Eu não tinha explicações para tanto, mas quis anotar a expressão que ela usou: “Danoso ao bom gosto”.

Com o volume de contos de Ayala, que eu ainda não lera, numa das mãos, na outra a garrafa com o resto de *prosecco*, que entrementes já estava bem morno, eu me deitei sobre uma coberta estendida para arejar.

De repente, tive desejo de sentar num desses balanços que se vêem nos filmes de Hollywood. E considerei de fato onde é que se poderia comprar um balanço de Hollywood e quanto ele poderia custar, e pensei que o transporte provavelmente fosse tão caro quanto o próprio balanço em si.

Através dos óculos de sol, o céu era tão azul quanto na Itália, e os galhos de pinheiro pareciam ramos de limoeiro, de repente. Às vezes se ouvia um farfalhar. Para mim, era sempre como se um trem atravessasse a floresta, assim como acontecia no passado na charneca de Dresden. Então imaginei mais uma vez que o céu era água, e que os pinheiros eram plantas aquáticas. Eu devo ter pegado no sono por alguns segundos – e despertei quando Franziska passou correndo bem perto da minha cabeça. Ela ria, sim, soltava gritos de puro júbilo. Corria tão rápido que eu achei que ela logo levaria um tombo, e, uma vez que lá onde ela sapateava eu não varrera o chão, temi que ela pudesse se machucar. Cheguei até mesmo a me lembrar da raposa que no ano anterior havia ousado se aproximar até a vala de lixo e nos observara, uma raposa hidrófoba.

Franziska ficou parada, se inclinou à frente, esticou o braço e gritou: "O que é iiisso, iiisso?".

E era de fato maravilhoso o que ela via, uma casca de laranja das grandes, absolutamente inteira, que alguém havia jogado por cima de nossa cerca. "Uma casca de laranja", eu disse. "O quêêê?", ela perguntou. "Uma casca de laranja", eu repeti. "O quêêê?"... "Uma casca de laranja", eu gritei. "O que é iiisso?"

Uma casca de laranja e logo mais uma vez, uma casca de laranja. E de repente eu compreendi: uma casca de laranja! Franziska me entendeu imediatamente. Ela percebeu no meu tom, ou sei lá em quê, que eu enfim havia lhe dado a explicação correta. Nós dois observávamos a casca de laranja e com ela o milagre de existir a casca de laranja, o milagre de nós existirmos, o milagre de todos e o de tudo existir, o milagre por inteiro, na lata. Mais do que isso não há a dizer, não me pergunte por explicações. Nós compreendemos o milagre de nossa existência. Ponto. Você quer que eu diga que eu nos vi sentados no colo do universo? Mas eu não vi apenas nós, eu vi todos e tudo. E qualquer pessoa, qualquer coisa, mas não como a gente costuma passar os olhos por algo, e sim como se qualquer pessoa, qualquer coisa, como se tudo estivesse bem próximo. Nós estávamos abandonados a tudo que é terrível e a tudo que é humano, a tudo que é feio e a tudo que é bonito. Eu não estava separado disso, não havia nada no meio, entre mim, nós e tudo.

Não estou lelé da cuca a ponto de afirmar que vislumbrei nuvens de elétrons ou o espaço de Einstein. Mas que era parecido com isso, lá isso era, tenho certeza.

Mas assim que o digo, tudo se transforma em *nonsense*. Um pestanejar durante o qual eu compreendi tudo. Nada, absolutamente nada havia sido perdido. Eu vi, e um átimo mais tarde sabia que já não via mais nada, que as cortinas haviam caído.

Na parte de trás da casca de laranja havia formigas, que provocaram Franziska a dar nova risada e perguntar de novo “E iiisso, o que é?” e “O quêêê?”. “São formigas”, disse eu, “formigas”, e dei meia-volta. Depois de alguns passos, eu me virei.

"Formigas", eu disse, voltei para onde ela estava e quis lhe tirar a casca de laranja das mãos. "Não! Não!", ela gritou. Eu deixei, pois, a casca de laranja com as formigas nas mãos dela, e voltei a me deitar sobre o cobertor.

Não posso dizer que eu estivesse profundamente emocionado, ou feliz, ou triste. Eu apenas pensei que seria de fato muito bonito se, pouco antes de morrer, a gente pudesse ver a vida toda passando acelerada mais uma vez, pois nesse caso também aquele momento estaria no filme, aquele momento, naquela tarde.

Mas é como eu disse, talvez eu apenas tivesse bebido demais; estava de fato muito quente. Quando olhei para o termômetro pela última vez, pouco antes das dez, a coluna azul de mercúrio ainda mostrava vinte e nove graus centígrados. Você tem que imaginar o que isso significa, vinte e nove graus centígrados às dez da noite!

As confusões da noite de ano-novo

Antes, eu sempre temia a noite de ano-novo. De um modo geral, aliás, eu levava uma vida impossível. Só os negócios funcionavam. Funcionavam até melhor do que eu gostaria que eles funcionassem.

Sempre que procuro um começo para esta história, me vejo recostado ao espaldar de minha cadeira de escritório, o pé direito sobre a maçaneta da gaveta do meio da escrivaninha, a ponta do sapato presa embaixo da quina. Na mão esquerda, seguro o fone, com a direita aperto o fio espiral como se fosse uma corda de instrumento musical sobre meu joelho. A fumaça sobre o cinzeiro forma imagens, um lenço em frangalhos, uma casquinha de sorvete invertido, o castelo encantado de um desenho animado.

Depois que o prefixo de Berlim me assustou, eu, como sempre, fiquei desiludido ao reconhecer o número de Claudia. E Claudia só ligava quando não conseguia encontrar Ute em nossa filial no centro antigo da cidade. Dessa vez, contudo, ela começou a bater papo. Falou da noite de ano-novo e eu não entendi por que me contou quem iria convidar, os nomes não me diziam nada. Depois de uma breve pausa, porém, ela acrescentou, acentuando cada palavra: "E também a sua querida Julia!".

Isso foi no dia 9 de outubro de 1999, pouco depois das cinco da tarde.

Talvez também exista na sua vida uma pessoa que significa o mundo para você, por quem você sacrificaria dez anos, por quem você deixaria mulher, filho e negócios sem titubear. Para mim essa pessoa era Julia, aquela Julia que eu conheci em 1989, em Dresden, no carnaval da Academia de Belas-Artes. Quem a visse poderia de fato pensar que ela, tida como um verdadeiro "João Felizardo", era um garoto, não fosse seu jeito de andar. Ela pediu uma cerveja e eu pedi uma cerveja, e juntos esperamos até que elas chegassem. Eu fiz um elogio aos trajes dela e ainda disse que gostava de mulheres que bebiam cerveja, uma observação que até hoje me faz enrubescer. Brindamos. Julia achava que eu falava com tanto entusiasmo sobre o teatro de um modo geral e sobre *A Catarininha de Heilbronn*[1] em particular, uma encenação no Palco de Ensaios da Leipziger Strasse, apenas porque eu a havia reconhecido da peça. Quando a música começou, nós dançamos. Julia dançou a noite inteira apenas comigo.

Eu era estudante de física na TU, a Universidade Técnica, e estava no meio de meu trabalho de conclusão; Julia concluía seu estágio no grupo do Staatsschauspiel.

Em nosso segundo encontro, quando estávamos sentados um diante do outro na leiteria junto à fonte Gänsediebbrunnen, Julia colocara suas mãos no meio da mesa, sim, até mesmo as

1 *Das Kätchen von Heilbronn*, no original. Referência à peça histórica e de cavalaria em cinco atos – que leva ainda o subtítulo *A prova de fogo* (1807-8) –, de Heinrich von Kleist (1777-1811). [N.T.]

empurrara mais um pouco em direção ao meu lado, de modo a não me deixar outra alternativa a não ser colocar minhas mãos sobre as dela.

Ela acabou não sendo contratada em Dresden, apesar das grandes promessas que lhe haviam feito. Julia achava que era tudo culpa da avaliação da Escola de Atores de Berlim, segundo a qual ela tinha problemas em "reconhecer o papel vanguardista da classe trabalhadora".

O teatro do distrito de A., em contrapartida, aceitou Julia beijando suas mãos. Isso me magoou quase mais do que a ela. Uma vez que eu estava convencido de que qualquer um seria vítima de suas graças mais cedo ou mais tarde, contudo, acabei por achar A. melhor do que Dresden. O fato de uma estudante de teatro se meter com alguém da TU era no mínimo incomum, na época. Quando se tratava de *Físicos*, à turma dela do teatro ocorria no máximo Dürrenmatt. Eles não tinham a menor idéia do que significava agüentar cinco anos de TU e – sem se tornar um camarada do partido – receber a autorização para fazer uma pesquisa, ainda que apenas na TH, a Escola Superior de Estudos Técnico, em B.

Descrever Julia não é fácil para mim até hoje. É como se eu tivesse de fundamentar meu amor ao fazê-lo. Sempre me incomodei quando diziam que ela era original, assim como se chama uma criança de original. O mais espantoso nela, pelo menos na condição de atriz, era que mal parecia ter consciência do efeito que causava nos outros. Ela me acusava de deslumbramento quando eu lhe dizia que nunca vira em nenhuma outra mulher um andar tão leve e ao mesmo tempo tão decidido. Pela manhã, não havia nada mais importante para Julia do que me contar seus sonhos, como se ela sentisse necessidade absoluta de confessá-los. Julia não perdia quase nenhuma festa, mesmo que, quando resolvia ir, na maior parte das vezes parecesse que ela estava se entediando. Seus papéis, ela muitas vezes decorava no trem, ou colocava o despertador para as quatro horas da manhã. Eu gostava de tudo em Julia, menos de seus isolamentos! Julia podia se fechar de uma hora para outra, aparentemente sem o menor motivo. Enquanto eu nesses casos me tornava um mero objeto para ela, do qual a necessidade nos obriga a se desviar, ela flertava com um vendedor ou conversava durante minutos com um operário de palco que nós encontrávamos na rua.

Em junho de 89 eu torci o pé esquerdo ao correr na floresta, rebentei um tendão e acabei precisando engessar. Julia abriu mão de sua festa de formatura em Berlim por minha causa, cozinhou para mim e cuidou de minha saúde, e por fim ainda me chamou um táxi, que me levou para a banca de defesa do meu trabalho de conclusão.

Com o gesso, veio nossa época mais bonita. Nós quase não nos desgrudávamos mais. Quando voltei a andar sem dificuldades, viajamos para Budapeste e Szeged e voltamos em meados de agosto, motivo que fez com que os outros nos ridicularizassem. Julia e eu nem sequer cogitamos a possibilidade de fugir para algum país ocidental, assim como também não falávamos sobre filhos ou em uma casa para nós dois.

Mais tarde, me perguntei várias vezes se eu amava Julia por ela ser atriz. A idéia de que aquela criatura que todos admiravam de olhos fixos iria comigo até o meu alojamento horrível depois dos aplausos finais e adormeceria aninhada ao meu lado, de que aquela voz me sussurraria palavras ao ouvido, de que a mão dela... – ah, para terceiros isso soa tão insosso.

Mas você pode acreditar em mim: por mais que amasse a Catarininha de Heilbronn, eu amava Julia ainda mais, aquela Julia que não queria outra coisa a não ser estar comigo, com a qual tudo era fácil e natural e corria sem que fosse necessário o menor esforço.

Certa vez, no trem, nós viajávamos para a casa de meus pais, Julia estava sentada à minha frente e lia, fui tomado de assalto pela idéia de que nós não nos conhecíamos, uma visão terrível, que me deixou realmente com um frio na barriga. Sem Julia, tudo era triste, ou pelo menos incompleto. Mesmo quando estava com meu amigo C. ou meu irmão, depois de no máximo uma hora eu era torturado pelas saudades dela.

Em setembro começou a primeira temporada de Julia em A., e, para mim, as atividades na vaga de professor assistente em B. Em B. todo mundo era menos certinho do que na TU. Eu poderia desaparecer já na quinta-feira. Mas Julia dizia que ela agora precisava de tempo e de sono suficiente, pois tinha que se concentrar completamente em seu trabalho.

Uma semana sem ela era interminável, duas semanas eu mal podia agüentar. Eu não compreendia a mudança no jeito dela. Quando ela me escreveu – nós dois não tínhamos telefone, e ligar para o teatro ou a universidade era possível apenas em casos de urgência – dizendo que também no final de semana seguinte ela teria de ensaiar e estudar, eu viajei para A.

Julia tinha ensaio à noite. Eu esperei por ela no Café do Teatro, do outro lado da rua, acabei não vendo a saída dela, e a arranquei da cama tocando a campainha – ela morava num apartamento quarto-e-sala sublocado, sem banheiro. Isso aconteceu cinco dias antes do seu aniversário de vinte e seis anos. Perguntei a ela onde nós iríamos comemorar, em A. ou em B.? Julia disse que não havia o menor clima para comemorações estando tão próxima do dia da estréia. Eu naturalmente viajei para A. mesmo assim.

Só a misericórdia explica o fato de a porteira ter me deixado entrar. Quando pisei na cantina, parei – a sacola com os presentes numa das mãos, as flores na outra – diante de mais ou menos uma dúzia de pessoas que discutiam se deviam ou não viajar para Leipzig na segunda-feira seguinte, dia 2 de outubro, para participar da manifestação.

Já passava da meia-noite quando nós enfim partimos. Com toda a pressa, eu preparei para ela uma mesa de aniversário. Julia, já de pijama, disse: "Você está com cara de quem logo vai cair no choro!".

Eu estava de fato desesperado. Mas tinha esperanças de quebrar o feitiço que dominava Julia de uma hora para outra com uma de nossas palavras mágicas, e mesmo assim sabia que daquele jeito eu não podia continuar.

Na quarta-feira, dia 4 de outubro, eu fui à igreja de B., disse algo no sentido de que em nosso país a profissão de fé pelo partido significava muito mais do que nosso desempenho no trabalho, coisa que configurava um lugar-comum ridículo, mas acabou me rendendo muitos aplausos. Depois dois homens me perguntaram se eu não queria colaborar com o Novo Fórum[2] de B. Preciso acrescentar que eu estava arriscando muito. Meu trabalho de conclusão, "Novos experimentos acerca da alta ductilidade de ligas de alumínio e zinco", havia me proporcionado alguns louros adiantados, os preparativos para as primeiras seqüências de experimentos se desenvolveram sem problemas, e o professor Walther, da Universidade Martin-Luther, em Halle, havia me falado sobre a perspectiva de talvez me aceitar em seu grupo de pesquisas.

A estréia da *Antígona* de Sófocles foi aquilo que se chama de um sucesso estrondoso. Sem me queixar, agüentei a festa interminável da estréia e me contive à força. Mas apenas quando contei a Julia da minha apresentação na igreja, na manhã seguinte, é que ela amoleceu.

Ser admirado por ela era bonito, mas eis que então ela disse que minha ação com certeza teria agradado a Fulana de Tal – esqueci o nome da diretora dela. Eu disse que estava longe de querer agradar a Fulana de Tal, ao que Julia respondeu que também pouco adiantava, pois eu mal teria alguma chance, já que Fulana de Tal era lésbica.

Se você agora está acreditando que a palavra decisiva já foi dita, comete um engano. Eu naturalmente não sei ao certo, mas exatamente porque a relação entre Fulana de Tal e Julia não era transparente, ela me deixava com uma pulga atrás da orelha.

2 *Neues Forum*, no original. Também conhecido como *Forum*, é um pequeno partido, que teve sua origem na Alemanha Oriental e cumpriu papel importante durante o processo de reunificação das Alemanhas. [N.T.]

Em B., as coisas correram como no resto do país, só que as manifestações de B. jamais eram mencionadas no rádio, coisa que sempre acabava provocando desilusão e um sentimento de inutilidade, em última instância.

Antes que o Novo Fórum recebesse a máquina copiadora contrabandeada da cidade-irmã de K., na Alemanha Ocidental, nós datilografávamos o manifesto de fundação do Novo Fórum com quatro cópias de papel-carbono e em seguida voltávamos a repetir o procedimento. Ute, que trabalhava como técnica de laboratório na policlínica, e eu éramos os únicos que sabiam datilografar usando os dez dedos. Muitas vezes ficávamos sentados a dois até a meia-noite no "Porão dos hobbys" de uma mansão decadente, e datilografávamos sem parar. Para mim, aquela atividade era quase ideal. Eu estava na companhia de alguém e não precisava pensar em nada.

É provável que fosse devido a nosso zelo no trabalho, que o "conselho representante" do Novo Fórum achou que a máquina copiadora estaria mais protegida se ficasse sob a minha guarda e a de Ute. Mas, uma vez que de repente todo mundo tinha algo a copiar – nós pedíamos vinte centavos por folha como contribuição –, a partir do começo de novembro, quando não precisávamos mais ter medo de nada, passamos a estabelecer um verdadeiro horário de escritório, no qual eu e Ute nos dividíamos.

Ute se apaixonara por mim desde o princípio. Na viagem a Coburg – com nosso "dinheiro de saudação"[3] nós compramos

3 *Begrüssungsgeld*, no original. Dinheiro dado a moradores da Alemanha Oriental, quando estes visitavam o lado Ocidental. [N.T.]

cartuchos para a máquina copiadora –, eu contei a ela de Julia e do verão maravilhoso que havíamos passado juntos. Mas isso não mudou nada em seu comportamento.

Quando a gente tem certeza de que pode tocar a mulher que está ao nosso lado a qualquer momento, sim, quando se sabe que ela até espera por isso, a gente acaba fazendo a coisa em alguma oportunidade. Eu fiquei surpreso ao constatar como o sexo com ela foi apaixonado, simples e bonito. Agora aquilo acontecia quase todos os dias, e depois tudo voltava a ser como era antes. Em algum momento, eu me perguntei em que medida não seria possível viver com Ute. Foi apenas um momento, um único instante, e é óbvio que a idéia de que eu poderia deixar Julia por causa de Ute me pareceu absurda.

Eu fui a A. para ver a estréia de Julia na peça de Shakespeare, dia 26 de novembro. O teatro estava quase vazio. Mesmo assim parabenizei Fulana de Tal, que logo perguntou por que minhas mãos estavam geladas. "Então minhas mãos estão de fato geladas?", eu perguntei, surpreso, e coloquei uma das mãos na face, ao que Fulana de Tal riu e lançou um olhar cheio de significado a Julia.

Em meados de dezembro, aconteceu o que tinha de acontecer: Julia veio pela primeira vez a B., havia aproveitado uma carona, conforme disse. A carona fora dada por Fulana de Tal. Mais tarde, Julia disse que havia percebido imediatamente que alguma coisa não estava em ordem comigo. Ela não dá as caras por três meses e meio e depois fica parada diante de minha porta com Fulana de Tal! Por acaso eu devia dar pulinhos de alegria? Preparei um café, coloquei bolo sobre a mesa e desejei que Fulana de Tal fosse para os quintos dos infernos.

Fulana de Tal delirava com as manifestações de Leipzig e também com o fato de eles terem colocado não apenas o teatro, mas A. inteira de pernas para o ar. Eu perguntei a quem ela se referia quando dizia "nós". "Ora, nós todos", ela exclamou, e abriu os braços. "O teatro inteiro." Julia falou da união entre os colegas e de como a certeza de poderem confiar uns nos outros era uma experiência inacreditavelmente maravilhosa. "Se eles tivessem arrancado um de nós do palco, nós iríamos todos juntos para a cadeia."

Sendo assim, como é que eu poderia contar de nosso "serviço de cópias"?

Enquanto Fulana de Tal falava, passei a sentir medo da idéia de ficar sozinho com Julia. Ela estava sentada no sofá, envolvida em seu sobretudo, as mãos nos bolsos – eu abrira a janela, porque estávamos fumando como chaminés –, e provavelmente sentia a mesma coisa que eu. A despedida de Fulana de Tal foi extremamente cordial. Ela se desculpou por ter roubado uma hora e meia do tempo que nós teríamos juntos, e no final até me abraçou.

No fundo, tudo poderia ficar bem a partir daquele momento, mas quando Julia disse como estava feliz com o fato de Fulana de Tal e eu enfim termos encontrado algo em comum, que o trabalho com Fulana de Tal significava muito para ela, e que eu talvez agora entendesse por que ela, Julia, não pudera vir, eu devo ter ficado vermelho de tanta raiva.

Perguntei se nosso caso continuaria daquele jeito. E quando Julia me olhou totalmente pasma, eu exclamei: "Não consigo viver assim!". Eu mesmo estava surpreso com a fúria e a amargura de minhas palavras. Queria uma decisão. Queria minha Julia de volta! Ou o paraíso ou então nada. Hoje em dia isso me parece totalmente desprovido de qualquer sentido, mas na época eu achava que tinha sofrido o suficiente. Em seguida, Julia disse aquela frase, que já tinha sentido algo estranho quando ainda estava diante da porta.

"Eu traí você", repliquei eu, e quis me explicar. Quis dizer que eu enlouquecera com a retirada dela, que ela continuava sendo minha vida apesar de tudo, que sem ela eu morreria de frio, que eu não queria outra coisa a não ser estar junto dela, como antes! Mas me calei, como se temesse o esforço necessário para falar.

Lágrimas correram pelas faces de Julia. Nós estávamos parados no corredor minúsculo, ouvíamos os passos acima de nós, um interruptor sendo ligado, e como uma das lágrimas dela caiu sobre o revestimento do chão fazendo um "tac" bem baixinho.

Julia disse que não tinha nenhuma censura a me fazer, que ela também percebera que jamais havia conseguido me satisfazer de verdade sexualmente.

Não, eu retruquei, isso era bobagem.

Nós não nos movemos do lugar.

Ela não levaria a mal o que eu fiz, ela disse, isso era apenas um deslize bobo que por certo não tinha nada a ver com amor.

E eis que então aconteceu algo que eu até hoje não entendo. Eu pensei, naquele momento de reflexão, se eu não poderia viver também com Ute. E, em vez de assegurar a Julia que a idéia de deixá-la por causa de outra me parecia absurda, eu disse que também houvera um pouco de amor na questão.

Por que eu mentia? Sim, pois isso era uma mentira, eu juro que era mentira!

Julia olhou para mim. "Se é assim", ela disse. Sua voz soou estranha. Pela primeira vez, ela soou completamente estranha. Julia atravessou o quarto para pegar sua bolsa. "Se é assim", foi a última coisa que eu ouvi dela.

No caminho para a estação ferroviária eu a cobri de juras de amor. Eu amava Julia, eu amava apenas Julia, e por isso não tinha dúvidas de que poderia fazê-la mudar de idéia. Tinha certeza que nós nos abraçaríamos e beijaríamos já no instante seguinte, que voltaríamos a ficar juntos e jamais iríamos nos separar de novo. Na estação, quando Julia me pediu um cigarro, eu pensei que o momento salvador em que eu acordaria do pesadelo havia chegado.

Julia não respondeu minhas cartas. Eu fui a A. para ver suas apresentações. Ela não queria falar comigo. Algum dia eu com certeza a entenderia, ela disse, agradeceu as flores e me estendeu a mão. Suas colegas e seus colegas me olhavam sem me ver, como se eu fosse um estranho.

Primeiro achei que Julia havia me colocado de quarentena, mas nem na noite de ano-novo, nem no dia 13 de janeiro, meu aniversário, ouvi notícias da parte dela. Comecei a beber, ficar sozinho era insuportável.

Na universidade, quase todos haviam se desligado da SED.[4] Meu orientador, o professor K., contava por aí quanto havia

4 Sigla do *Sozialistische Einheitspartei Deutschlands* (Partido da Unidade Socialista Alemã), que surgiu na Alemanha Oriental e foi dissolvido com a queda do muro. [N.T.]

arriscado no começo de outubro para impedir o cancelamento de minha matrícula. Eu ficava sentado a maior parte do tempo no escritório do Novo Fórum e copiava trabalhos de conclusão, bilhetes de propaganda e manifestos de todo tipo até anoitecer. Dez por cento do valor da nota nós exigíamos em marcos alemães. Isso tinha sido idéia de Ute, que aliás tomava conta de tudo que dizia respeito aos negócios. Ela estava sempre pronta para me ajudar. Eu poderia dizer até mesmo que ela estava à minha disposição, e isso embora eu muitas vezes tenha me comportado de modo grosseiro com ela. Eu não suportava quando, na minha frente, ela fazia de conta que éramos um casal.

Nós doávamos dois mil marcos mensais ao Novo Fórum, o resto ficava conosco. Esse resto crescia de semana a semana, de modo que Ute aos sábados enfiava em minhas mãos uma quantia várias vezes superior ao que eu ganhava com a minha bolsa de estudos.

Mas do jeito que estou contando agora causo uma impressão falsa. O dinheiro na época me interessava exatamente tão pouco quanto todo o resto. Além disso, nós passamos a entender apenas paulatinamente o que estávamos fazendo. Para Ute estava claro aquilo com o que eu não queria gastar um pensamento sequer, ou seja, que nós estávamos trabalhando ilegalmente.

Em meados de março, na semana que antecedeu as eleições à Câmara do Povo, uma empresa se apresentou a nós. Nós fundamos uma sociedade de direito civil. É como eu disse, eu não tinha de me preocupar com nada. Assinava os papéis que ela colocava à minha frente e fazia o trabalho, mais que isso eu não queria saber. Vivia à espera do primeiro sinal de Julia, que me faria largar tudo e segui-la para onde ela quisesse.

Desisti de minha tese de doutorado porque não conseguia ficar sentado no alojamento e me concentrar para parir idéias em forma de letras. Diante de meus pais, me justifiquei dizendo que todos meus orientadores e incentivadores, assim como acontecera com o professor Walther, em Halle, haviam sido demitidos ou receberam férias compulsórias.

Os dias de Ute na policlínica também estavam contados. Nós lidávamos com a "Copy 2000" como se fosse um hobby. Eu aprendi a fazer bloquinhos de moedas, passei a levar a bolsa à Sparkasse[5] em lugar de Ute, e via como os números cresciam nos extratos da conta. Viajei mais duas vezes para A., depois decidi nunca mais colocar os pés naquela cidade.

Uma vez que a maior parte daqueles com os quais havíamos começado no Novo Fórum tinha se mudado para outros partidos, ninguém, a não ser Ute e eu, sabia a quem realmente pertenciam as máquinas – nós havíamos recebido uma segunda copiadora em dezembro. E, assim, nós as transportamos para a pequena loja no andar térreo, para a qual Ute recebera um contrato de aluguel da Solidariedade Popular[6] de prazo indeterminado, a partir de 1º de julho de 1990. Perto das três copiadoras, que nós compramos tomando um empréstimo, as máquinas antigas já pareciam peças de museu.

5 A Caixa Econômica alemã, presente em todas as cidades. [N.T.]

6 *Volkssolidarität*, no original. Organização de ajuda a carentes fundada na Alemanha Oriental em 1945. [N.T.]

Em B. nós fomos, desde o princípio, os donos do pedaço. Não recusávamos nada, trabalhávamos no turno da noite, enquanto a concorrência acreditava que o grande negócio eram computadores e equipamentos de escritório e acabava fazendo tudo errado. Nós investimos em máquinas de encadernar.

Ute e eu dormíamos juntos quase todos os dias, às vezes também no escritório, enquanto esperávamos que as máquinas cuspissem as últimas folhas. No que dizia respeito ao sexo, Ute e eu parecíamos feitos um para o outro. Com Julia, talvez ela tivesse razão afinal de contas, eu sempre havia sido um pouco travado.

"Nós trepamos loucamente", disse Ute certa vez. Ela o disse como se dissesse "Nós estamos ganhando um dinheiro e tanto". Mas ela também poderia ter afirmado o contrário, sem que por isso sua voz soasse um pingo diferente. Você está entendendo? Quero dizer que para ela a única coisa que importava era que ficássemos juntos. Ute teria, sem piscar os olhos, deixado tudo de lado para me acompanhar no que desse e viesse. Não digo isso por vaidade. Comigo acontecia exatamente a mesma coisa, só que em relação a Julia.

No final de agosto – acabava de amanhecer, a cabeça de Ute estava deitada sobre meu peito e eu quase adormecera de novo –, ela sussurrou: "Estou grávida". Ela não esperava que eu me alegrasse. No dia 28 de fevereiro de 1991 nasceu Friedrich, ele recebeu o nome do avô de Ute. O segundo nome, assim como o sobrenome, ele recebeu de mim, Friedrich Frank Reichert.

Mesmo assim Fritz foi e continuou sendo filho apenas de Ute. O garoto no fundo não mudou minha vida. Mas fez com que eu me reconciliasse com meus pais, que ficaram furiosos comigo por muito tempo por causa da tese abandonada. E eu tinha mais trabalho, ainda que Ute já estivesse de volta à loja depois de poucas semanas.

Logo passei a evitar ficar sozinho com Fritz. Na presença da mãe dele, porém, tudo o que eu dizia não valia um centavo. Quanto mais velho ficava, tanto mais irritadiço ele reagia a mim, porém tanto maiores se tornavam seus cuidados em relação a sua mãe. Fritz tinha um jeito charmoso com Ute, de um modo que quase poderia ser caracterizado como intimidante, quero dizer, pouco infantil.

Já antes de seu nascimento nós tínhamos empregados. Contratávamos sobretudo estudantes, que faziam fila para trabalhar conosco. Mas assim já estou indo muito longe. Como precedente talvez isso baste. Todo esse ir-e-vir dos negócios não vem ao caso. Eu era de fato um bom chefe, de qualquer modo um chefe melhor do que sou hoje; sei do que estou falando. Na época, todo mundo me considerava realmente descolado e, no que diz respeito aos negócios, eu por certo o era. Eu não queria sucesso, na verdade.

Você está entendendo? Nada daquilo que eu fazia, eu fazia por convicção. Entre mim e meu trabalho não havia nenhuma relação, as duas coisas apenas se adequavam uma à outra, e uma era, por assim dizer, conseqüência da outra, como um jogo coletivo no qual eu tivesse caído por desgosto, por estar confuso e totalmente por obra do acaso.

É claro que eu a qualquer momento poderia ter ido a Berlim e tocar a campainha da casa de Julia (em 1991 ela fizera alguns papéis menores no Teatro Górki, depois disso trabalhara apenas em encenações amadoras). Mas isso me parecia pouco apropriado, arbitrário, e de alguma maneira também simples demais. Eu esperava, se você assim o quiser, por um sinal do destino, em último caso pela insolvência da "Copy 2000". Hoje em dia isso soa ridículo, mas eu via em Ute e em mim sobretudo duas pessoas que conduziam um negócio, parceiros de negócios, que por acaso também viviam juntos.

Sim, eu esperava que nós fôssemos à falência. Mesmo assim não me mostrava capaz de cometer erros intencionalmente. Eu não queria perder para nenhum concorrente, e sim para as circunstâncias. E, ao que parece, nós sempre reagíamos acertadamente.

Em 1993, depois que os últimos entenderam que o milagre econômico não aconteceria, nós desmoralizamos os outros completamente com nosso serviço de entregas. Quando, um ano mais tarde, nós perdemos a concorrência para dirigir a loja de cópias da universidade, eu pensei que tudo chegara ao fim. Mas então passamos a dar descontos para estudantes e desempregados, mantivemos os preços lá embaixo, e, veja só, não nós, e sim a copiadora da universidade acabou indo ladeira abaixo.

O que eu desejo hoje em dia é ser capaz de contemplar as dificuldades com a facilidade de outrora, como se elas fossem problemas matemáticos, como se fossem uma equação que pode muito bem ser resolvida. Eu sabia que nós precisávamos crescer, não porque nós tivéssemos feito alguma pesquisa de mercado, mas porque B. é constituída de três áreas, cidade antiga, cidade nova e universidade. E, além disso, três é um número ótimo, o melhor, se você quer saber. Quando se tem três lojas copiadoras em uma cidade como B., a coisa começa a ficar preta para os outros. Mesmo assim, eu me mostrava surpreso todas as vezes que meus cálculos provavam estar certos.

Os contatos com os amigos, e até mesmo a relação com meu irmão, que é dois anos mais novo do que eu e trabalha como ortopedista, praticamente foram anulados depois que me separei de Julia. De repente, todo mundo tinha muito o que fazer, se mudou ou simplesmente sumiu, assim como eu. Eu não queria precisar explicar a ninguém por que eu agora, em vez de viver com Julia, vivia com Ute.

É óbvio que a dor diminuiu, eu mentiria se afirmasse outra coisa. Mas ela continuou sendo uma companheira fiel, uma sombra, às vezes um demônio que me atacava saindo do nada. Bastava apenas o cheiro de morangos, ou que alguém falasse em húngaro, ou que tocasse determinada música (eu tinha de me proteger sobretudo de Brahms e de Suzanne Vega); muitas vezes, contudo, eu nem sequer descobria o que atraíra o demônio. Os meses de verão eram os mais difíceis de agüentar, o outono estranhamente era a melhor estação. Mas a noite de ano-novo era terrível. Quando alguém anunciava que faltavam mais duas horas para a meia-noite, eu pensava, mais duas horas para encontrar Julia. Quando os minutos, e por fim os segundos, eram contados, eu teria preferido dar um berro. O que eu estava fazendo ali, em meio a pessoas estranhas, numa vida totalmente desprovida de sentido? Cada vez eu ficava convencido de que seria minha última noite de ano-novo, que eu não agüentaria aquilo mais uma vez. Eram necessários dias, às vezes semanas, até que eu voltasse a me acalmar. Certa vez, deve ter sido em meados dos anos 90, eu estava deitado de costas à noite, desperto, ao lado de Ute. De repente, ela me perguntou se eu ainda pensava muito em Julia. Eu mal tive tempo de cobrir meu rosto com as mãos, e em seguida já estava soluçando. Como Ute suportava aquele teatro, é um mistério para mim.

Uma outra mulher? Como assim? Se apaixonar em B. era difícil, na verdade impossível. Ter algum caso com as estudantes que trabalhavam conosco eu não queria, provavelmente por conta disso nunca rolou nada. E de resto? Era complicado publicar um anúncio para conhecer pessoas, ainda que eu os lesse continuamente procurando por alguém com o perfil de Julia.

Mas eis que então ouvi de fato notícias dela.

Ute acreditava que Claudia, sua amiga do jardim-de-infância e do colégio em Döbeln, era, do seu círculo de amigos, a pessoa com quem eu melhor me entendia. Claudia trabalhava como contadora num teatro de Berlim, o nome pouco importa, e se relacionava, foi assim que Ute o disse, com o pessoal do palco. Ute deve ter falado com Claudia sobre Julia. E assim fiquei sabendo, em fevereiro de 1997, numa visita de Claudia, vinda de Berlim, que Julia tivera uma criança, uma menina. Isso me tocou menos do que quando alguém ousava falar o nome de Julia na minha frente para chamá-la, ainda que em tom levemente insinuante – Claudia falava quase apenas em tom levemente insinuante –, de "o grande amor da sua vida".

Até a mencionada ligação de Claudia, em outubro de 1999, eu jamais soubera ao certo se Julia, quero dizer, se o pouco que Claudia me contava sobre ela, era uma espécie de segredo entre mim e Claudia, ou se Claudia também mantinha Ute informada. Quero dizer com isso que não fui pego totalmente de surpresa ao ouvir o nome de Julia da boca de Claudia. E mesmo assim era como se eu acordasse de uma anestesia profunda. "E também a sua querida Julia!"

Eu estava, pois, sentado em minha cadeira no escritório, o pé direito sobre a maçaneta da gaveta do meio da escrivaninha, a ponta do sapato presa embaixo da quina, ouvia Claudia falar e enquanto isso olhava pelas persianas abertas para dentro da loja. Mesmo quando o tumulto chegava ao máximo, como no princípio do semestre de inverno, nossos funcionários podiam continuar a ser reconhecidos pelas camisetas brancas. Eu sempre achara um pouquinho obsceno ver nosso "Copy 2000" sobre os seios das estudantes. Mas isso foi idéia de Ute, e nenhuma delas se queixou disso até agora. Naquelas que já estão há mais tempo conosco, o vermelho já está desbotado, nas novas ele brilha como um sinal. Eu contei quatro de nossas camisetas, contei de novo sem conseguir descobrir quem estava faltando. Tentei me acalmar de algum jeito. Quando Claudia mencionou Julia pela segunda vez, eu não consegui mais agüentar. "Julia?", eu perguntei. E nisso agarrei o envelope de cartolina dentro do qual estavam os esboços para o nosso novo logotipo, sem o 2000 no nome da firma.

"Ora, finalmente!", gemeu Claudia. "Já estava pensando que você estava com os ouvidos tapados." Seguiram-se frases que eu seria capaz de repetir palavra por palavra; a última soou assim: "Ela te ama mais do que nunca, tão simples são as coisas".

E eu... acreditei nela.

Claudia perguntou como iam as coisas conosco. Eu contei do aborrecimento com a mudança do software para o 2000, e que estávamos pensando em mudar o nome de nossa firma.

"É mesmo", disse Claudia, "do contrário vocês poderiam se chamar novecentos logo de uma vez."

Por fim, ela perguntou: "Quer dizer que vocês vêm, então?".

"Sim, nós iremos", disse eu, e senti que voltava a adentrar o presente. De repente, percebi a dor nos dedos e tirei o pé da maçaneta da escrivaninha. Me ajeitei na cadeira e coloquei o fone no gancho. Eu estava contente, sim, estava orgulhoso por ter agüentado aqueles anos todos, e entrei na loja mancando.

À noite, eu cheguei em casa quase na mesma hora em que Ute chegou. Ela estava bem-humorada, porque pouco antes do fim do expediente recebera uma encomenda da Secretaria da Educação, e logo em seguida uma ligação da prefeitura de Gotha, que nem sequer estava em nosso âmbito de atuação, de modo que nós poderíamos ter esperanças de conseguir um polpudo negócio extra.

Mencionei o convite de Claudia, e Ute disse: "Por que ela fica te importunando? Ora, ela tem o meu número!".

"Você quer ir?", Ute perguntou mais tarde.

"Coisa melhor por certo não encontraremos mais", disse eu. Ute de fato havia se esforçado em conseguir algo especial, mas para Viena as reservas já estavam esgotadas, e o mesmo acontecia com Praga.

"Então pode deixar comigo", disse Ute, pegou o telefone, e foi para a sala com uma laranja descascada pela metade.

Minha disposição de ânimo dos dois meses e meio seguintes poderia ser caracterizada da melhor maneira possível com as palavras "Boas-vindas e despedida". Eu lamentavelmente só me lembro do título do poema e do entusiasmo de nossa professora de alemão, mas se eu tivesse de descrever meu sentimento eu o descreveria exatamente assim: boas-vindas e despedida.

Eu tinha quase cem mil marcos na poupança, dirigia uma Mercedes SL quase quitada, e não era casado.

Arrumei minha escrivaninha, respondi toda a correspondência, tratei das pendências a resolver, entreguei alguns casos a um escritório de cobranças e rasguei um monte de papel. Entre as cartas de meu pai, havia tomadas de preço das quais eu não conseguia mais me lembrar.

Tudo que encontrei de quinquilharias relativas ao outono de 89, levei ao museu da cidade, e joguei o recibo que me deram em troca num contêiner de papel.

Passei em casa duas vezes antes do meio-dia, para colocar tudo em ordem também por lá. Além do meu passaporte e das apólices de seguro, encontrei um pequeno livro vermelho da editora Heyne: *Como satisfazer uma mulher – todas as vezes/ Como é que dá certo de verdade/ Como ela acaba pedindo mais*. Na contracapa, a foto de Naura Hayden, belos olhos, dentes impecáveis. "A vitamina C é ácido ascórbico, e o vencedor do Prêmio Nobel Linus Pauling recomendava uma dose diária mínima de 3 mil miligramas. Eu tomo todos os dias pelo menos 15 mil miligramas, e isso já há muitos anos", escreve Naura Hayden na página 74. Ute com certeza teria ficado admirada se soubesse por que eu possuía um livro como aquele, mas isso também não tinha nada a ver com ela.

Enfiei meus documentos em invólucros de plástico transparente, coloquei tudo numa sacola do supermercado Lidl e fui para a porta. Como alguém que não pode deixar rastros, olhei à minha volta. O que naquele apartamento pertencia a mim, de fato? Não havia nada que me prendia, nada do que sentiria falta, com exceção da pirâmide natalina de quatro andares da cidade de Seiffen, que eu recebera de presente ao completar dez anos.

Desde a decisão-Berlim, conforme ela a chamava, Ute comia apenas frutas e verduras à noite, porque Claudia a convidara a ir à sauna e a nadar com ela. Eu me contentava com pães ao meio-dia, abria mão de bolos e no restaurante pedia cozidos ou refogados com muito arroz. Quando havia arenque frito, eu tirava a pele. Ute até passou a freqüentar uma academia de ginástica, fazendo cursos como *fatburner* e *power-yoga*, e ainda acabou indo a um curso de maquiagem na Universidade Popular, no qual a fizeram comprar cosméticos por um valor absurdo.

Nós levamos dois sacos de calças, casacos, saias e pulôveres para o contêiner de roupas usadas, e eu por fim joguei fora minhas meias e cuecas velhas, que por costume sempre guardava para limpar os sapatos. O tempo mudava como se estivéssemos em abril. Nevou bem cedo, e houve muitas tempestades, e depois a temperatura amena da primavera mais uma vez.

Foram semanas alucinadas. E, além disso, o negócio bombava como nunca. A sensação era que a vida perdia escória, gordura e ganhava músculos em seu lugar.

Durante esse tempo, Ute falou muito de Claudia e de seu novo marido, Marco. Disse que Marco trabalhava com cinema e se entendia bem com Dennis, o filho de Claudia. Além disso, Ute sabia que Claudia só conseguia dormir com Ohropax,[7] e que ela enfiava pedaços inteiros do troço nos ouvidos, à noite.

7 Marca de protetor auricular anti-ruídos. É a junção da palavra *Ohr*, em alemão "ouvido", com *pax*, "paz" em latim. [N.T.]

E que Marco era muito ciumento, mas um grande amante, e que ele tinha um pau pequeno, mas grosso.

Perguntei a Ute se ela dava informações a meu respeito também nesses termos. "Não", disse ela, mas de alguma forma aquilo soou ralo e pouco convincente. Só quando lhe perguntei pela segunda vez é que ela gritou: "Quem você pensa que eu sou?".

Claudia achava que Marco estava forte. Ute disse, espero que você jamais fique tão gordo. Marco devia ter faturado muito no passado, do contrário eles não teriam cacife para comprar aquele apartamento dúplex, com terraço e vista para o Friedrichshain.

Na televisão não paravam de falar da contagem regressiva. E eu quase acabei me traindo. Um número simbólico foi mencionado, acho que o 666, e eu disse "mais 666 horas aqui". Ute não reagiu, porém.

Só no dia de Natal é que comecei a desconfiar da traição que Claudia estava planejando. Ou será que ela apenas estava fazendo um joguinho comigo? Você haverá de objetar que um cara como eu tem de tomar conta do próprio nariz no que diz respeito a isso. Eu, porém, jamais fiz falsas promessas a Ute. Ela sabia que não era o amor da minha vida. Quando ela me obrigava a falar mais claro – ora o assunto girava em torno de se casar, ora de ter um segundo filho –, eu sempre respondia com um não.

Além de Julia, não havia nada que poderia me interessar em Claudia. Sim, eu suportava Claudia, que eu considerava anoréxica, apenas com muita dificuldade. De seus lábios, não saía nenhuma palavra que não fosse alta demais, e quando as pronunciava seus cabelos pretos semilongos sempre executavam algum movimento impetuoso, acompanhado de algum gesto. Eram só seus gestos, aliás, que pareciam conseguir fazer com que as palavras rompessem a barreira dos lábios. Sobretudo quando ela ria, a gente sentia que sem dúvida havia algo vulgar nela; para não falar da quantidade de homens que ela já teve.

"Assim são as coisas", disse Ute. Ela falou que na verdade admirava Claudia, ainda que uma vida como a da amiga não servisse para ela.

"Quando a quinta luzinha se acende, pronto, o Papai Noel dormiu no ponto",[8] disse Claudia na última vez em que ligou. Dessa vez o Natal foi de fato mais como um Quinto do Advento.[9] Eu dei uma mala a Ute de presente e comprei outra pra mim. Nossa contribuição para a festa seria o champanhe, do qual mandei reservar quatro caixas no supermercado Aldi.

No dia 30 de dezembro, nós fomos nos pesar de manhã. Eu emagrecera cinco, Ute quatro quilos. Ainda não clareara completamente quando partimos. Isso acabou tornando a despedida mais fácil.

Não, eu não me preocupava com a idéia de onde e como eu encontraria um trabalho novo, e naturalmente sabia muito bem do que estava abrindo mão.

E era justo isso que a atitude representava: um sacrifício! Um grande sacrifício, você está entendendo? Eu queria sim-

8 Referência a uma rima infantil da época natalina. A quinta luzinha refere-se ao dia do Quinto do Advento. [N.T.]

9 A noite da véspera de Natal, quando é acesa a quinta vela do Advento e são distribuídos os presentes; as outras quatro velas são acesas nos quatro primeiros domingos do Advento. [N.T.]

plesmente dizer "sim" a Julia, pouco me importava o que viria a acontecer.

Na viagem, comemos pedaços de maçã e de pimentão doce, para só tomar o café-da-manhã como príncipes no Mövenpick quando já estávamos bem perto de Berlim. Nós percorremos a Avus, depois descemos a Kaiserdamm em direção ao Leste, pois é lá o primeiro lugar em que se tem a sensação de estar chegando a Berlim.

Claudia nos recebeu num vestido amarelo-cheguei sem mangas – como se estivéssemos em pleno verão. Depois das boas-vindas, ela me lançou um olhar que parecia dizer: nós somos cúmplices. Quando ela se abaixou para calçar suas botas, vi que aquele vestido, ao que tudo indica, era a única coisa que ela estava usando sobre a pele. Marco me ajudou a carregar o champanhe do Aldi para o elevador e acondicioná-lo numa geladeira alta, completamente vazia, no andar do sótão.

O apartamento, no qual deveríamos pernoitar, não ficava nem a duzentos metros de distância, na Käthe-Niederkirchner-Strasse, nos fundos do prédio. Uma vez que a linha dos prédios do outro lado apresentava uma lacuna, da sala se via, em linha reta passando por sobre uma escavadeira, a loja de flores na Hufelandstrasse, em cima da qual Claudia e Dennis haviam morado antes. Enquanto Claudia, que mais se libertou de seu sobretudo do que o tirou, ia de um quarto a outro a fim de ligar os aquecedores, eu observei como a escavadeira sob a nossa janela de repente baixou seu braço mecânico e começou a trabalhar.

O apartamento pertencia a um amigo de Marco, que havia fugido para as ilhas Maldivas. "Mas aqui está tudo limpo como um espelho", disse Ute, depois que Claudia lhe apresentou cozinha e banheiro. A roupa de cama, eu pensei primeiro que fosse de seda, transformava o quarto num aposento oriental.

Fritz ficara com Dennis, Ute e Claudia queriam ir logo às termas, próximas ao Zoo. Eu as acompanhei até o ônibus. Na parada diante do cinema, Claudia aproveitou o momento em que Ute olhava os cartazes de filmes para sussurrar a mim: "Vai passear um pouco no parque. Talvez você acabe tendo sorte".

Em seguida, chegou o ônibus, e Ute gritou, como se fosse uma saudação de despedida: "Esses cartazes não dizem absolutamente nada sobre os filmes".

Em vez de atravessar a rua e ir ao parque, eu voltei pelo mesmo lado da calçada em que viéramos, e numa drogaria deixei que um homem extremamente simpático me recomendasse um remédio contra o suor nos pés, conhecido já na época da Alemanha Oriental. Na esquina seguinte, comprei café, leite, bananas e pão na loja de um vietnamita, e, na loja italiana ao lado, biscoitos, vinho tinto e mortadela. Por fim ainda adquiri rosas a um preço escandalosamente caro, e gostei de ver que a vendedora me admirava por causa disso. Enquanto ela preparava o buquê, eu olhava pela vidraça e observava a escavadeira, que já havia conseguido juntar uma pequena montanha de terra. Quando em seguida caminhei pelas ruas com as sacolas e as rosas, algo que talvez tivesse a ver com a felicidade se elevou dentro de mim, porque os outros poderiam me considerar um morador natural daquele lugar, exatamente como se fosse Julia que estivesse me esperando na Käthe-Niederkirchner-Strasse.

Mal retornei ao apartamento, voltei a descer as escadas correndo. Um minuto mais tarde, eu estava no Friedrichshain. O parque parecia abandonado, o café estava fechado. Alguns cachorros eram levados a passear, de quando em vez passava alguém praticando jogging. Eu percorri o caminho diante do lago, acima e abaixo, depois subi a colina da direita, um pouco mais alta, da qual eu via a Karl-Marx-Allee e a Strausberger Platz, depois mudei para a colina menor, que era só um pouco mais alta do que a linha de janelas iluminadas do apartamento com sótão de Marco, do outro lado. De repente, admirei Marco e Claudia. Senti necessidade de dizer que eles tinham razão em viver esbanjando como eles viviam, e que na vida era preciso arriscar. Nesse momento, eu não desejei nada mais profundamente do que uma placa de Berlim em meu carro.

Desci uma longa escadaria e depois voltei para o nosso apartamento, comi toda a mortadela e em seguida fiquei olhando por muito tempo para a escavadeira, que abria para si mesma as encostas nas quais penetrava cada vez mais fundo.

À noite, convidamos Claudia e Marco para irem conosco a um restaurante italiano, grande, numa esquina, exatamente na metade da distância entre nossos apartamentos. O proprietário, murmurou Marco, tivera de fugir da Itália, ele teria sido um ativista de esquerda no passado. Me incomodava o fato de Ute assentir com a cabeça, como se ela soubesse disso. Claudia havia colocado um pulôver grosso sobre o vestido amarelo e dividiu o pão branco com seus longos dedos. Sem levantar os olhos, ela fez seu pedido e ficou estendendo, enquanto falava conosco, o cardápio sobre os ombros, até que o garçom o pegasse. Nós comemos peixe e bebemos uma garrafa de vinho após a outra. O proprietário perambulava de mesa em mesa, beijou as duas mãos de Claudia, deitou um braço em volta dos ombros de Marco e sorriu tão inerte enquanto o fazia, que era como se estivesse posando para uma foto.

Naquela noite, Ute sofreu de uma autêntica mania de concordar com tudo, usou expressões como "ramo do cinema" e "pessoas normais", e queria saber de onde Marco tirava sua inspiração e se ele também não precisava de pausas criativas. A palavra preferida de Marco era "sustentar". A UFA havia "sustentado" a série, ele não poderia "sustentar" o filme sozinho, isso eles "sustentariam" juntos. O restaurante, nosso apartamento e o parque seriam "*locations* e tanto", e no dia anterior ele dera "*green light*" a mais um projeto. Ele teria dado, conforme me explicou, seu *ok*, ou seja, teria aberto o caminho para o filme, coisa que ele acompanhou com um salamaleque, como se com isso tivesse a intenção de realçar o caráter antiquado das palavras que escolhia. Marco naturalmente também sabia qual era o papel da escavadeira. "O começo da construção tem de ocorrer ainda em 1999, por causa dos empréstimos."

Nós fomos buscar Fritz, que estava com Dennis, já demasiado tarde. Ute queria saber o que havia comigo. Eu disse que o desvelo e as perguntas estúpidas dela me davam nos nervos. Quando fomos nos deitar, eu tive certeza que aquela seria a última noite que passaríamos juntos.

Quando voltei a me levantar e fui ao banheiro – uma série de bombinhas detonadas nas escadarias haviam me arrancado do primeiro sono –, eu vi a escavadeira iluminada como se estivesse sobre um palco, as garras levantadas e abertas. Ainda que já fosse por volta de uma hora da madrugada, talvez uma dúzia de pessoas estivessem correndo apressadas em volta dela, na rua havia diversos carros da polícia.

Então aconteceu algo que, para ser contado, requer um bocado de superação. Eu observava a correria em volta da escavadeira, pensava na explicação de Marco e desconfiava de uma espécie de batida policial, quando percebi um movimento na única janela iluminada em linha diagonal à minha frente, uma cabeça que subia e descia regularmente. Eu soube logo o que estava acontecendo ali, ainda que não quisesse acreditar naquilo. Em nosso quarto, que cheirava a tatame, e dentro do qual Ute roncava baixinho, fui pegar meus óculos. Agora eu via apenas o homem, meio deitado, meio apoiado, bem parecido com o Adão de Michelangelo. Na janela ao lado, surgiu a silhueta de uma mulher nua, que depois de poucos passos voltou a desaparecer de meu campo de visão. O homem a seguiu, eles se encontraram no meio do quarto, e se abraçaram. Depois caminharam um ao lado do outro no corredor, de modo que eu podia reconhecer à contraluz como ela tinha pernas delgadas, mais que isso, como seu corpo era bonito. O momento em que eles voltaram para o quarto iluminado eu acabei perdendo, porque também eu agora queria ir ao quarto contíguo, para estar mais próximo deles. Já estava com a mão na fechadura quando me lembrei que Fritz dormia ali dentro.

De volta à minha janela, a mulher já estava sentada sobre o homem; com uma das mãos, ela afastava os cabelos longos de seu rosto, com a outra se apoiava às coxas dele, inclinada de leve para trás. Eu segui os movimentos da mulher, e como as duas mãos do homem seguravam sua cintura.

Os seios dela pareciam exageradamente grandes, como os de uma dessas caricaturas da *Playboy*. Para ver seu rosto, precisei me ajoelhar, porque do contrário ele ficava encoberto pela estrutura de madeira da janela.

Você pode até achar estranho, mas só no momento em que compreendi que eu não tinha um vídeo à minha frente é que senti a fisgada no coração. Aquilo não era encenado. O que estava acontecendo do outro lado era a mais pura realidade! Ainda por cima me senti humilhado, porque não conseguia me livrar da visão da mulher.

Depois de ter me masturbado, me lavei e fui para a cama – mas alguns minutos mais tarde eu já estava outra vez junto à janela. Agora eu via as costas dela, sobre as quais caíam os cabelos. Ela se inclinava para a frente e para trás, e sempre aquelas mãos que envolviam a sua cintura. Eu não queria me submeter àquilo por mais tempo, e investiguei as fitas de vídeo uma a uma, fila por fila. Os títulos, quase todos em alemão, não me diziam nada. Quando voltei a olhar pela primeira vez a fim de ver se eles ainda "estavam em ação", uma expressão que não me sai mais da mente, ela se encontrava sentada mais uma vez de rosto voltado para ele, inclinada à frente, com as mãos dele sobre seus seios. Na cozinha, eu bebi um copo d'água e me obriguei a ficar sentado à mesa.

Você não é capaz de acreditar como fiquei aliviado quando vi que do outro lado só brilhava mais uma pequena lâmpada. Sem reconhecer o que quer que fosse, fixei os olhos naquela luz até ela enfim se apagar.

Em torno da escavadeira, o movimento havia se acalmado, ainda que o número de pessoas quase não tivesse diminuído. Fui para a cama me deitar, estranhamente destroçado. Dormir, nem pensar.

Se o espetáculo não tivesse começado às sete, mas uma hora e meia mais cedo, teria sido uma salvação para mim. Assim, porém, ele me atingiu justamente quando eu estava adormecendo. A campainha foi tocada várias vezes, depois bateram à porta do apartamento e gritaram algo. Marco dissera que nós não deveríamos nos preocupar com o telefone. Mas, se tocassem a campainha, poderia ser alguma encomenda.

Quando Ute voltou ao quarto e disse, você pode vir aqui um instantinho, sua voz soou como se ela tivesse descoberto rastros de minha aventura noturna.

Nós deveríamos deixar a casa até as oito e meia, no pátio haviam encontrado uma bomba de avião, sim, uma bomba de duzentos e cinqüenta quilos, conforme logo ficamos sabendo. Ainda que eu não tivesse a mínima vontade de levantar, aquela notícia me causou uma alegria pueril. Durante o café, Fritz e eu tentamos convencer Ute a ficar no apartamento, na pior das hipóteses explodiriam algumas vidraças ali onde estávamos. "Que jeito de falar", disse ela, e foi difícil fazê-la desistir de arrumar nossas malas.

No apartamento da noite anterior, uma janela estava semiaberta. Ou os dois haviam saído, ou ainda não haviam pulado da cama. Na rua, muitas pessoas corriam com malas e cobertores numa enorme confusão, como se estivesse sendo rodado um filme sobre fugitivos. Um repórter de rádio perguntou a Ute como ela iria festejar o ano-novo. Do prédio em frente, uma mulher saiu trazendo uma bandeja com garrafas térmicas e xícaras, das quais o repórter e dois bombeiros se serviram. No princípio de maio, ela disse, a rua inteira virava um mar de pétalas de rosas, nós deveríamos vir no princípio de maio.

No prédio de Marco, a porta estava apenas encostada. Nós subimos, tocamos a campainha, eu pensei ter ouvido passos no apartamento.

A porta ao lado se abriu. Um homem de mais idade, com uma sacola de lixo em cada uma das mãos, apareceu. Ele perguntou se poderia nos ajudar em algo. Ute contou da bomba, e que nós por certo havíamos chegado cedo demais. No começo, nem sequer percebi a mulher que aparecera atrás dele pelo corredor escuro. Ela ficou em pé diante da soleira. Enquanto seu marido repetia a informação de Ute, ela nos olhava com seus olhos fundos, boca e nariz eram de uma fineza quase doentia, à qual também se adequou o gesto que ela fez nos convidando a entrar. Nós não deveríamos nos acanhar, disse o homem, e perguntou se morávamos mesmo em B. – ele disse ter visto a placa de nosso carro. Ele freqüentara a escola em B. durante um ano, pouco depois do final da guerra. A casa e eles exalavam um cheiro de roupas que ficaram muito tempo no armário, de limpeza sem desodorante nem perfume.

O homem estremeceu de leve quando o assoalho atrás da porta de Marco estalou. E logo em seguida desceu as escadas fazendo estardalhaço, com o impulso de um grande esquiador, que se precipita encosta abaixo. Sua mulher já desaparecera na escuridão do outro ambiente quando os serralheiros começaram a mexer na porta de Marco.

O aspecto de Marco era intimidante, olhos inchados e avermelhados, seu roupão de banho sujo deixava uma fresta aberta na barriga. Ele pediu que entrássemos. Nós nos desculpamos e logo saímos, com o pretexto de buscar pão. Naquele momento nós poderíamos ter feito um belo passeio matinal pelo parque, mas de algum jeito a situação era desoladora. Ute e Fritz trotavam atrás de mim e subiam a grande montanha contrariados. Em meio aos praticantes de jogging e os donos de cães, nós éramos os únicos a passear. Ute disse que só diante dos vizinhos de Claudia e Marco ela percebera que naquela região quase não havia velhos.

Compramos pão na loja do vietnamita. Involuntariamente, tentei ver se encontrava a mulher da noite anterior. Eu queria vê-la de perto e ouvir sua voz.

No café-da-manhã, Marco disse que ali havia um número significativamente maior de bombas na areia do que “deuses dos frangos”[10] na praia. Ele nos explicou o sistema adotado para bombardear Berlim. É provável que fosse obra do acaso o fato de as bombas terem atingido primeiro aquele distrito, que fora justamente o primeiro a se declarar livre de judeus. Lamentavelmente, apenas um acaso, acrescentou Marco. Ali, em Prenzlauer Berg, mal chegou a acontecer alguma coisa mais grave. Eu não sabia nada a respeito, também jamais ouvira falar naquela teoria, e esperava apenas que Ute não começasse a contar de novo sobre Dresden e seus avós.

10 “Deus do frango” (*Hühnergott*) é o nome de uma pedra com um furo no centro, encontrada nas costas do mar do Norte. Segundo uma crença eslava antiga, essas pedras protegeriam as aves domésticas de um espírito malévolo chamado Kikimora (que, entre outras coisas, impede as aves de pôr ovos). [N.T.]

Claudia se esforçava em distrair Fritz, que esperava apenas que Dennis enfim saísse da cama. Ute disse que, por algum motivo, a bomba a deixava deprimida, ao que se seguiu um silêncio longo demais na mesa.

Eu sentia que nós já começávamos a incomodar os dois com a nossa presença, e inclusive acreditava saber qual a palavra que Claudia, segundo todas as probabilidades, usaria para falar de nós depois, "azedos".

Marco perguntou sobre o meu trabalho. Eu falei do sistema de descontos, das diferentes maneiras de encadernar e de como os contratos de concessão permanente de serviços eram importantes para nós, pois era com eles que faturávamos um bom dinheiro de acréscimo. "Isso é sempre muito bom", disse Marco. Claudia disse que, se nossa loja fosse em Berlim, nós certamente ganharíamos uma grana preta com eles. "Marco sempre tem tantas quinquilharias de escritório a resolver, não é verdade?" Marco assentiu, de boca cheia. Depois disso, Claudia contou como tudo agora era diferente na UFA, e que nas pontes de comunicação dentro do prédio havia café e frutas de graça, das quais podiam se alimentar suficientemente pessoas frugais como eles. E então ela disse: "Eles disputam Marco a tapas".

Eu perguntei quem mais eles haviam convidado. Claudia conseguiu mencionar Julia entre todos aqueles nomes de modo tão passageiro que eu não me vi obrigado a demonstrar nenhuma reação.

Ute disse que nós não tínhamos nada planejado, e que teríamos tempo o dia inteiro para dar uma mãozinha a eles. Lá fora, de quando em quando se ouvia um estrondo, e em dado momento houve um estrondo tão grande que Ute exclamou: "A bomba!".

Quando saímos, sem Fritz, por volta de uma da tarde, todo o fantasma da bomba era passado. Ninguém nos impediu de voltar ao apartamento. Eu considerei um verdadeiro privilégio possuir a chave de uma casa em Berlim.

"Vamos ficar com as rosas", disse Ute, e ligou uma música e se livrou de seu pulôver e de sua calça. Ela se movimentava com tanta naturalidade naquele ambiente estranho, que eu de repente me senti como se fosse hóspede dela, exatamente como se estivesse visitando uma mulher que não conhecia. Ute perguntou se eu gostei do novo sutiã dela, aliás, se as roupas de baixo novas que ela comprara me agradavam mesmo, pois eram muito confortáveis.

Ela deixou a porta do banheiro aberta atrás de si. Eu a segui. Ela sorriu para mim no espelho, e fechou os olhos ao meu primeiro toque. É como eu disse, no que diz respeito ao sexo, nós parecíamos feitos um para o outro.

Ute se segurou no parapeito da janela, de modo que eu podia ver o apartamento da noite anterior por cima de sua cabeça e, eu tinha apenas de me deslocar um pouco à esquerda, também o canteiro de obras. A escavadeira estava na beirada do terreno, a faixa de interdição branca e vermelha estranhamente passava direto pelo meio da cabine do motorista da máquina.

Mais tarde, nós estávamos deitados debaixo da coberta oriental, Ute não parava de acariciar meu cabelo. Eu já via a primeira imagem do sono quando ela disse: "Eu fui pra cama com Claudia uma vez".

"Você foi... Com Claudia...?"

"Sim", disse Ute. "Só uma vez e depois nunca mais." Eu senti o hálito morno dela em meu pescoço, a ponta de seu nariz estava fria.

“Quando?”, eu perguntei.

“Antes de te conhecer.”

Eu me ergui e sentei.

“A única bobeira é o fato de eu”, disse ela, “nunca ter te contado isso.”

Por um instante, eu esperei que a confissão dela pudesse mudar algo entre nós. Considerei se eu não deveria aproveitar a oportunidade para levantar de um salto e gritar: “Por que você fez isso? Acabou!”.

“E por que”, eu perguntei, “você está confessando isso agora?”

“Quero que deixemos tudo neste século. Agora já passou, não vamos nunca mais falar sobre isso, tá bom?”

Eu teria preferido interrogá-la para saber como foi que elas chegaram ao ato, o que Claudia fizera, qual fora a sensação de estar com ela e assim por diante.

Perguntei se Claudia de fato tinha mamilos tão grandes quanto eu pensava ter visto no dia anterior em seu decote.

“Você só precisava ter ido junto conosco à sauna”, disse Ute. E com isso a questão estava resolvida para ela.

Nós dormimos demais, e apenas às oito nos pusemos a caminho. Primeiro acreditei que a névoa fosse o resultado da fumaça dos fogos de artifício, mas era neblina de verdade, a gente mal via os contornos do Friedrichshain, um verdadeiro clima de fim de mundo pesava sobre a cidade.

Claudia aparentava não ter tido tempo de trocar de roupa. Ela usava uma espécie de casaco fino de tricô, muito estiloso, quase esfiapado, e não exatamente à prova de olhares, e além disso uma saia comportada, que ia até a altura dos joelhos.

Em comparação a ela, Ute, com seus cabelos presos no alto da cabeça, a saia longa e um decote generoso, estava para lá de extravagante. Ute haveria de encontrar um novo homem o quanto antes.

Que Claudia não tirava os olhos de mim, só percebi mais tarde, quando ela colocou um café diante do meu nariz. "Assim você pára de bocejar quando Julia estiver aqui", ela sussurrou.

Todo mundo estava esperando um ator, cujo nome não me dizia nada, mas que eu certamente iria reconhecer, conforme assegurou Marco, assim que o visse. Ou seja, ele era da televisão.

Claudia sempre me apresentava como aquele que havia sido expulso de casa pela bomba, hoje pela manhã, bem cedo. E com isso eu precisava contar tudo de novo, e Marco, que vestia uma camisa branca pregueada e um terno preto, repetiu várias vezes sua comparação com os deuses dos frangos, na praia. Claudia ria alto, beijava Marco e dizia que naquela imagem havia um tratamento de cinema.

Se era por causa do café ou do álcool, ou simplesmente pelo fato de que Julia a qualquer instante estaria diante da porta do apartamento, trancada com a segurança de três fechaduras, eu não sei – mas as palmas de minhas mãos estavam tão úmidas como já não ficavam fazia uma eternidade.

Fui lavar minhas mãos e meu rosto e ouvi, enquanto procurava por uma toalha adequada, a campainha. Me vi sorrir no espelho e fui ao corredor. Diante de mim, estava a mulher da noite anterior. Não havia dúvida. Ela prendera o cabelo do lado da cabeça numa trança grossa que lhe chegava até a altura do peito.

Eu a cumprimentei por certo um pouco alegre demais.

"Nós nos conhecemos?", ela perguntou.

"Frank Reichert", disse Claudia. "Deixe-me apresentá-los. Sabine, minha colega predileta, e seu marido, Mathias." Eu quase explodi numa gargalhada. Por mais belo que fosse o homem com seu crânio de corte zero, o cara da noite anterior não era ele. E Sabine de fato enrubesceu, quando perguntei se eles também não moravam naquele bairro. "Não, em Hellersdorf." A voz dela era agradável, e abaixo de sua orelha direita uma mancha vermelha, que o pulôver de gola alta encobria apenas pela metade, chamou minha atenção.

"Onde você anda metendo os olhos, heim?", sussurrou Claudia, e seguiu os dois até a sala. Eu me posicionei de modo que Sabine, respeitando a coreografia dos cumprimentos em roda, teria de passar por mim de novo. Ute ficou o tempo inteiro apoiada a uma janela, conversava com Renate, a amiga maternal de Claudia, que nós já havíamos encontrado numa outra vez.

Quando Sabine estava mais uma vez na minha frente, o que eu mais queria era ter sussurrado coisas picantes ao ouvido dela. Eu não estava me reconhecendo. Tinha vontade até mesmo de sair no tapa com o marido dela, ainda que ele fosse nitidamente maior e mais atlético do que eu.

"Pode ser", eu me ouvi dizendo, "que eu tenha visto você por aqui ontem?"

"Ah, então é por isso que você está se comportando assim!" Eu juro que a voz de Sabine soou decepcionada. "Ontem nós estávamos nos Erzgebirge", disse ela baixinho. "Onde foi que você me viu?"

Nesse momento, Claudia enfiou seu braço embaixo do meu, ela lamentavelmente tinha de me levar consigo. No corredor, ela trancou a porta atrás de nós e apontou em direção à cozinha.

"Lá", disse ela, e esperou de braços cruzados que eu seguisse suas ordens.

Eu estava totalmente calmo quando caminhei em direção à porta e a abri.

"Ora, aqui está você", disse Julia, sorriu e se levantou.

Eu jamais imaginara como os dez anos a transformariam, mas agora estava assustado. Nada, absolutamente nada havia mudado. Diante de mim estava exatamente aquela Julia que me abandonara dez anos antes.

Nós nos abraçamos, primeiro com cautela, depois mais forte, ela me apertou junto a si, eu senti seu corpo quente.

"Você veio correndo?", eu perguntei.

"Tenho de confessar que me apressei", disse Julia. Nós nos beijamos, ela colocou seus braços em volta de meu pescoço. "E justamente aqui", ela sussurrou.

"Melhor aqui do que em lugar nenhum", disse eu. Tudo era como eu havia sonhado que fosse ao longo daqueles dez anos.

Não sei mais como foi que conseguimos nos sentar à mesa. Eu segurava suas mãos entre as minhas e Julia contou que viera tão tarde porque ainda tivera de levar Alina, sua filha, a Mecklemburg.

"Mas o que você anda fazendo hoje em dia?", ela perguntou, riu e olhou para o lado, como se sentisse vergonha da pergunta que fizera.

“Serviço de cópias”, eu disse. “E você?”

“Uma coisa parecida com serviço de cópias, só que com um pagamento pior.”

Sempre que nossos olhares se encontravam, nós tínhamos de sorrir. Eu beijei as mãos dela.

A coisa mais estranha era que eu, ainda que tivesse pensado diariamente em Julia, não imaginara jamais a forma das pontas de seus dedos, as cutículas sempre um tanto avermelhadas ou a cicatriz minúscula sobre seu polegar esquerdo.

“Vocês não podem ficar se agarrando aqui!”, exclamou Claudia, que estava parada à porta. “Vamos, venham, do contrário todo mundo vai perceber!”

Obedientes, nós nos levantamos, eu caminhei atrás de Julia e já estava quase passando a soleira quando o braço de Claudia trancou meu caminho. “Guardar distância, bem bonitinho”, ela disse, “e nada de perder a cabeça.”

“Estou apertado”, eu disse e apontei, inseguro como um colegial antes da prova, em direção ao banheiro.

“Ah é mesmo?” Claudia não se mexeu de onde estava. Ela olhava para o chão. Quando voltou a levantar a cabeça, eu esperei ser censurado ou receber novas instruções. Mas Claudia apenas deixou o braço cair.

“Obrigado”, eu disse, e segui adiante.

No banheiro, eu coloquei minhas mãos debaixo da água morna e olhei no espelho. Ouvi baterem à porta, e em seguida Claudia já vinha entrando. Ela girou a chave, levantou sua saia e sentou no vaso. Eu estava quase perguntando qual era a toalha destinada aos hóspedes, quando o jato dela atingiu a água.

"Tudo certo?", ela perguntou, arrancou papel do rolo, tocou suas partes de leve e deixou a saia cair ao levantar.

"Tudo certo", disse eu, e me sequei em uma toalha grande e branca.

Pensei primeiro que Claudia queria passar pela porta e dei um passo para o lado. Mas então ela colocou as mãos em volta do meu pescoço.

"Eu te agradeço", disse eu. Eu me sentia realmente grato a Claudia, por isso também eu a abracei – e senti como as costas dela, os ombros, o corpo inteiro estremeceram ao meu toque. Eu me senti como se fosse um urso. Eu jamais havia abraçado uma mulher tão delicada como aquela. Será que ela se aninhava a mim ou era eu que a puxava a meu encontro? Senti sua boca em meu pescoço, ouvi sua respiração, ouvi meu nome, eu ouvia como que anestesiado os sons que eram tão íntimos, tão queixosos e tão carregados de desejo a ponto de me fazer perder o controle, ou será que seria melhor se eu dissesse, perder a orientação? Minhas mãos levantaram a saia dela estabanadamente, apalparam suas nádegas, se enfiaram entre as pernas dela. Nós nos beijamos. Claudia era tão leve, tão inacreditavelmente leve.

Antes mesmo de eu sequer ter conseguido abrir o botão de minha calça, a coisa aconteceu. Claudia deu uma mordida em meu ombro, agarrou minha mão e ficou paralisada. Se isso não soasse tão desatinado, eu afirmaria que ela parou de respirar. Eu não ousava me mexer, até que Claudia acordou de novo e, cautelosamente, como se temesse me machucar, apertou minha mão para baixo e recuou.

"Mais tarde você terá sua chance", sussurrou Claudia, me beijou na boca, repuxou seu pulôver, ajeitou a saia, lançou um olhar de sobrancelhas erguidas à sua imagem no espelho e destrancou a porta.

Eu me sentei no vaso, quer dizer, eu afundei sobre o tampo do vaso e fixei os olhos na estampa quadriculada dos azulejos diante dos meus pés. A cena – ou o ataque – de Claudia não durara cinco minutos. Eu ainda sentia o corpo dela junto a meu peito, em minha mão esquerda havia fios de seu casaco de tricô grudados. Eu teria permanecido sentado ali, se um homem não tivesse adentrado a porta num arranco, um homem do qual eu aliás só consegui ver o terno cinza e uma gravata vinho, tão rapidamente ele voltara a desaparecer.

Mais uma vez lavei minhas mãos e meu rosto, observei a mancha úmida que a boca de Claudia havia deixado em meu casaco, descobri também as pequenas toalhinhas dobradas num nicho da parede, e debaixo delas o cesto para jogar as usadas. Concentrado em me manter ereto e mostrar passo firme, deixei o banheiro.

Ute continuava conversando com Renate. Claudia estava sentada ao lado de Julia no sofá e acenou pedindo que eu me aproximasse. "Agora ela já está totalmente diferente", disse Julia, enquanto eu observava a foto de Alina. "De quem", eu perguntei, "ela herdou esses cabelos?"

"De mim obviamente não!" Julia pinçou a foto de minhas mãos com os dedos e guardou-a na carteira. Eu precisava tomar cuidado, já não tinha mais controle sobre mim mesmo. Claudia contou que por causa do trecho da linha férrea que havia sido desativado era necessário um dia inteiro até chegar ao povoado em que morava a mãe de Julia. Eu perguntei se Julia não tinha carro, e se os pais dela haviam se separado.

"Meu pai morreu há um ano e meio", disse Julia, e sorriu para mim.

Quando Marco passou servindo vinho tinto, eu segurei um copo abandonado para que ele o enchesse e em seguida o esvaziei de um só gole.

De repente, Fritz estava ali. Ele se enfiou entre mim e o canto do sofá.

"Ele é mais velho do que Alina", disse Julia.

"No máximo dois anos", eu disse. Julia colocou a mão sobre meu joelho, mas logo voltou a tirá-la.

Marco veio se sentar à nossa frente e passou a falar e falar. Eu guardei apenas a história do uísque, porque ele a contou mais de uma vez: no jardim da mansão do ator que todos estavam esperando, eles estavam deitados em espreguiçadeiras e bebiam uísque. "A embalagem, um desses invólucros de papelão duro, estava ao lado da minha espreguiçadeira", explicou Marco. "Quando eu quis botar a garrafa dentro dela de novo, ela não serviu mais, ficava sempre com a ponta pra fora. Tentei três ou quatro vezes, em seguida apertei com violência." Marco fez um movimento como se estivesse parafusando algo sobre o piso de tacos. "Quando fui tirar o uísque ali de dentro na noite seguinte, alguma coisa estava colada nele." Marco fazia de conta que estava segurando de fato uma garrafa na mão. Com dedos cuidadosos, ele tocou no fundo imaginário da garrafa e exclamou triunfante: "Um sapo amassado!". Claudia, que parecia até estar vigiando o marido enquanto ele contava sua história, suspirou ruidosamente.

As gargalhadas ainda não haviam amainado quando um homem de terno cinza se aproximou da mesinha de centro, levantou seu copo e gritou para Marco: "Um brinde para que eles não te demitam!". Eu achei que fosse uma piada, mas Marco ficou petrificado e Claudia colocou seu copo de lado. Isso não impediu o compridão de esvaziar o seu em vários goles. O colarinho de sua camisa se destacava do casaco e conduzia o olhar à ponta de seu pomo-de-adão, que subia e descia. Em seguida, ele assentou seu copo como se fosse uma peça de jogo de xadrez na jogada decisiva, bem no meio de nossos copos. Estalou a boca num ruído, estufou o peito e deixou o ambiente.

Sabine, a amiga de Claudia, que por fim parecia não ser a mulher da noite anterior, disse que conseguira um táxi apenas para as três horas. Ela disse que numa noite como aquela o dinheiro não tinha a menor importância, e que ela mesma não trabalharia por nada neste mundo, pois uma mudança de milênio não podia ser comparada a absolutamente nada. Julia perguntou quanto ela pagaria ao taxista no dia de hoje, já que era assim. O dobro ou dez vezes mais?

De algum jeito, tudo estava dando errado. Mais tarde Julia passou a dizer apenas uns troços totalmente estranhos. No passado, pelo menos ainda podíamos gozar uma educação de verdade, sobretudo se comparada com a escola de hoje. Em dado momento, ela também falou do pai, e a impressão que deu foi de que dificuldades financeiras o haviam levado à morte. Marco disse que ela devia era estar feliz por enfim poder viver em liberdade, e Sabine, a colega de Claudia, acrescentou que não trocaria essa liberdade por nada no mundo.

“Que liberdade?”, perguntou Julia, coisa que levou Marco a se levantar balançando a cabeça e se servir no bufê.

Apenas quando Ute estava em pé à minha frente é que percebi que Fritz havia adormecido em meu braço. Ute estendeu a mão a Julia. Uma vez que precisou dobrar um pouco os joelhos, parecia que ela fazia um salamaleque ao cumprimentá-la. Claudia apresentou suas duas amigas uma à outra.

Para levar Fritz à cama, no quarto, o tempo era demasiado curto. Eu o deixei deitado no sofá e fui ajudar Marco a abrir o champanhe. Pouco a pouco, todos os convidados subiram a escadinha de caracol que dava para o sótão, a porta do terraço estava aberta.

À meia-noite, eu brindei com Ute, brindei com Julia, brindei com Claudia, brindei com a sósia da noite anterior e seu marido, desejei até mesmo ao compridão de terno cinza um “Saúde, feliz ano-novo!”. Ute e eu descemos para acordar Fritz e lhe mostrar o espetáculo dos fogos de artifício, ou pelo menos aquilo que podia ser visto em meio à névoa.

Depois disso, tive de ajudar Marco e Dennis. Ainda que sempre acendêssemos vários foguetes ao mesmo tempo, nosso público no terraço logo achou que estava frio demais, ou demasiado entediante. Também fiquei com vontade de ir lá para baixo, onde alguns estavam dançando. Ute levou Fritz para onde estávamos alojados.

Julia dançava sozinha. Nossos olhares se encontravam a toda hora. Quando ela deixou a sala – Julia tinha o mesmo andar inconfundível do passado –, considerei que o gesto fosse uma intimação. Em frente à cozinha, ela esperava por mim. Eu a peguei pela mão, e abri uma porta no fim do corredor – o quarto. Ele estava frio e cheirava como se estivesse pouco arejado, para dizer o mínimo. Nós nos abraçamos, nos beijamos, eu acariciei sua nuca.

Minha vida de repente era como uma equação que dá certo. Aquilo que eu fazia parecia ser o resultado necessário daquilo que eu havia sonhado, como se eu já não precisasse mais de força de vontade nem de coragem. Ter chegado ao final, era essa a sensação que me dominava, o final havia sido alcançado, e tudo estava bem.

"Eu não sabia", sussurrou Julia, "que você estava casado."

"Eu não estou casado", disse eu, e olhei para o feixe estreito de luz que vinha da porta e caía sobre a cama desfeita e o criado-mudo, sobre o qual havia dois pacotes de Ohropax.

"Pouco importa, vocês moram e vivem juntos."

Nós nos segurávamos, dois atores num ensaio, que esperavam pela próxima ordem do diretor. Eu ainda tentei enfiar minha mão debaixo da blusa de Julia, mas logo desisti.

"Agora vou embora", disse Julia. Nós nos beijamos mais uma vez e voltamos juntos para a sala.

Demorou um bom tempo até Julia se despedir. Claudia a levou até a porta.

Quanto mais tempo durava sem Ute aparecer, mais certeza eu tinha de que ela ficaria com Fritz.

Claudia me convidou a dançar. Não precisei de muito tempo para me soltar de vez.

Eu nem mesmo sabia quando havia dançado pela última vez.

Sabine, a colega predileta de Claudia, não saía do meu lado. Ao dançar, ela se movimentava com uma pachorra surpreendente e sempre do mesmo jeito, pouco importava qual a música que estava sendo tocada. Claudia, ao contrário, dançava maravilhosamente, ela devia ter feito aulas de dança. Marco estava pra lá de Bagdá. Ele passou a atacar o ator que não viera, e logo em seguida desapareceu no quarto.

Desde que dançava, Claudia parecia estar se sentindo livre de seu papel de anfitriã. Ela não acompanhou mais ninguém até a porta, e não ajudou mais ninguém a procurar seu sobretudo.

Toda vez que alguém ia embora, nós acenávamos um ao outro, como se estivéssemos contando os convidados restantes.

Às quatro e meia, só o compridão de terno cinza com o pomo-de-adão pontudo continuava ali. Ele havia se aproximado de nós dançando e girando sobre a cabeça a gravata vinho – que agora pendia de seu bolso – como se esta fosse um laço. Ele passou a nos observar de sua poltrona. Não era difícil perceber quais eram as intenções minhas e de Claudia.

Eis que então Claudia disse que a festa estava no fim, e desligou a música. Eu a ajudei a recolher a louça. O compridão segurava sua taça com ambas as mãos e sorria consigo mesmo. De repente, ele disse: "Acho que ainda vou poder ver uma coisinha". Ele mal podia ser compreendido, tão enrolada estava sua língua.

"Você já viu mais do que o suficiente", disse Claudia.

Ele a mediu de cima a baixo, balançou a cabeça em tom de avaliação, e empurrou o lábio inferior à frente, aprovando.

"Vai pra casa!", disse ela.

"Ainda quero ver uma coisinha", balbuciou ele.

Nós tentamos convencê-lo, quer dizer, Claudia já estava tão irritada que eu mal conseguia dizer uma palavra.

"Eu quero foder", ele vociferou. "Eu quero te..."

A ponta do sapato de Claudia o acertou direto na canela. Ele emudeceu, se curvou à frente, esfregou a perna, levantou a cabeça e sorriu amarelo. "Ai-ai-ai", disse ele. "Menina malvada."

Claudia deu mais um chute, mas ele, como se estivesse esperando, agarrou o pé dela, Claudia caiu, ele agarrou o outro tornozelo dela, se ergueu de um salto e a levantou de ponta-cabeça, como se quisesse pendurá-la pelos pés.

Jamais esquecerei de seu aspecto, aquele olhar, aquele sorriso, aquele esgar. Era a coisa mais nojenta que eu já havia visto.

Golpeei-o no rosto, em seguida dei um soco em sua barriga. Eu conhecia aquilo tudo apenas do que vira nos filmes. Nós caímos sobre o sofá, as pernas de Claudia entre nós. Ele não a largava. Escorregamos para o chão. Se era pânico, se era raiva, não posso dizer, mas eu não sabia o que devia fazer com o pescoço e com a cabeça dele. Eu não podia simplesmente começar a estrangulá-lo, ou lhe quebrar o nariz e os dentes. Por isso, fiquei aliviado quando ele enfim largou os tornozelos de Claudia e nós começamos a lutar. Em situação normal – quero dizer, se ele já não tivesse bebido todas –, eu não estaria à altura dele. Claudia saltou à nossa volta e chutou suas costelas, várias vezes, e a cada vez ele berrava como um boi no abate. Foi então que Marco apareceu.

Em três, nós empurramos o compridão para fora, ajeitamos seu corpanzil dentro do elevador, jogamos o sobretudo em cima dele e apertamos o botão do T. Marco não batera nele, precisara apenas levantar seu punho maciço. Do elevador que descia, soaram xingamentos. A porta do vizinho se fechou com um estalo.

Marco me agradeceu diversas vezes. Ele estava ainda mais inchado do que pela manhã. Não parava de colocar a mão debaixo do casaco de seu pijama e de se coçar.

Nós tomamos, cada um, meio copo de uísque, e Marco mais uma vez fez o movimento com o qual apertara a garrafa dentro da embalagem.

Depois esperamos, os três, diante do elevador, Claudia me beijou nas faces ao se despedir, Marco me acompanhou até embaixo sem deixar de se coçar um momento que fosse. Ele saiu do prédio e acenou para mim, como se eu estivesse deitado num esconderijo bem distante. "O ar está limpo", disse ele, "tudo de bom!"

Eu estava sem a chave e tive de tocar a campainha, a porta do prédio abriu imediatamente. Ute veio a meu encontro nas escadarias. Ela usava um vestido que eu não conhecia. Todo seu aspecto parecia declarar que ela estava querendo sair. Na sala, havia velas acesas, sobre a mesa estavam minhas rosas e duas taças de champanhe.

"Eu te amo", disse eu, e naquele momento isso me pareceu como uma saudação, a saudação de alguém que volta para casa. Ute fez uma careta. Provavelmente ela acreditasse que eu estava bêbado. Ela tentara, disse, ligar para Claudia, mas nós ao que parece estávamos todos muito ocupados. Fritz teria vomitado diversas vezes, e por isso ela ficara com ele.

Só quando peguei a taça de champanhe é que senti que minha mão direita doía. Ela estava inchada. Em solidariedade,

Ute também brindou com a esquerda. No freezer horizontal, ela encontrou gelo, enrolou-o num pano de prato e atou o pano em volta de minha mão, enquanto eu contava do compridão.

Na cama, Ute disse: "Meu herói". E estava falando sério.

Eu acordei por causa das carícias dela. Ela não queria que eu ficasse bravo com ela por isso, mas ela sentira tanto a minha falta. Ainda não de todo desperto, eu levantei a cabeça. Os prédios diante da janela ainda estavam todos em pé, e seu aspecto ainda era o mesmo do milênio passado, uma circunstância que me deixou ainda mais satisfeito, por acreditar que tinha alguma participação naquele milagre.

"Eu te amo", disse eu, e a acariciei com as pontas dos dedos de minha mão machucada. Ute sorriu, radiante como uma criança. À tarde, bem tarde, nós seguimos mais uma vez a caminho de B.

Claudia cumpriu sua promessa no princípio de março, em Erfurt. Ela estava num curso de treinamento de pessoal, nós nos encontramos no hotel durante a pausa após o almoço. Sempre que uma oportunidade se oferecia, nós a aproveitávamos. Certa vez eu cheguei a ir a Warnemünde, para retornar uma hora mais tarde. Por que eu fazia isso? E por que não? É bonito e não tem nada a ver com Ute. É um jogo, uma brincadeira. Não estou falando das brincadeiras, dos papéis que Claudia inventa, mas sim da outra vida que eu vivo nas horas em que passo com ela. Por que eu deveria abrir mão dessa felicidade, desses instantes nos quais uma fêmea caprichosa, impertinente, anoréxica e levemente vulgar se transforma numa menina cheia de ternura e paixão profunda, numa mulher que eu imagino ser o único a conhecer de verdade?

Apesar de tudo isso: eu sou feliz com Ute! O dia 1º de janeiro de 2000 assinalou o princípio do meu amor por ela. Em 2001 nós casamos e até mesmo iríamos ter, se tudo tivesse corrido conforme planejávamos, um segundo filho.

Ainda que Fritz já estivesse perto de completar dezesseis anos na época, não posso dizer que eu tenha a sensação dele se sentir atraído a sair de casa ou se tornar um rebelde. Pelo contrário, nós nos entendemos cada vez melhor, ano a ano. E, quem sabe, talvez ele um dia tome conta dos negócios. Ele já está ajudando hoje, quando falta pessoal, e não se interessa pelo dinheiro. O amor por ele e por Ute não apenas me reconciliou com minha vida, muito mais que isso, só ele foi capaz de fazer com que minha existência me pareça cara e querida.

Mas é justamente este o meu problema. Não preciso mais me preocupar com as noites de ano-novo. O que me preocupa são coisas muito diferentes.

Em minha euforia, eu comprei ações por cem mil marcos no princípio de 2000. Você sabe muito bem o que foi que aconteceu então. Mesmo assim, cada hora um desses tipinhos telefona pra me encher os miolos tentando me convencer a aplicar meu dinheiro com ele. Normalmente eu digo sim, com prazer, eu teria aí uns trezentos euros, e até que gostaria de arriscá-los. Mas às vezes eu perco a paciência. Posso lhe mostrar, se você quiser, onde meu celular arrebentou em cacos, do mesmo jeito que o tinteiro de Lutero no castelo de Wartburg.

Eu já me daria por satisfeito se possuísse pelo menos a metade da leveza que eu tinha no passado, pois essa capacidade de jogar, de apostar se divertindo, a mão jeitosa na lida com a sorte, isso tudo é necessário nos negócios. O medo não é um bom conselheiro. Com todos os problemas, é um milagre que eu tenha conseguido manter o peso que tinha naquela noite estranha de ano-novo.

Mais que isso não posso dizer. Esta é a minha história. Nós festejamos o ano-novo em Berlim por mais três vezes. Julia não foi mais convidada porque Marco assim o desejou, o comprido perturbador da paz naturalmente também não. Ele e Marco foram despedidos da UFA no mesmo dia. Desde que Claudia se separou de Marco e Dennis estuda direito em Leyden, na Holanda – ele diz que se interessa por direito espacial –, ela vem nos visitar muitas vezes. Pois agora somos nós que fazemos as grandes festas. Eu preciso disso para pensar em outra coisa, para esquecer os negócios pelo menos por um final de semana. No meio tempo, nós sabemos como festejar de verdade. Não esperamos pela ida de nossos convidados e muito menos mandamos alguém para casa. Mas, ao final, somos sempre só nós três que ficamos dançando até o dia amanhecer.

Uma noite com Boris

Se eu conto agora sobre aquela noite, sobre aquela madrugada, tenho de adiantar que Boris, que se referia a si mesmo como sendo meu mais velho amigo, já não está mais vivo. Mas não estou escrevendo o que escrevo porque Boris está morto. Eu não pensaria diferente sobre ele se ele ainda estivesse vivo, e também não preciso me censurar por não lhe ter dito o quanto aquela noite, aquela madrugada significa para mim, pouco importa quão confusos e envergonhados nós todos tenhamos ido para casa ao final.

Foi de fato a festa mais estranha que eu jamais presenciei, ainda que meu papel nela tivesse sido apenas marginal.

"Você pode ter tudo novo, menos um velho amigo", dizia Boris muitas vezes. E Susanne dizia: "Melhor nenhum do que um desses". Ela achava que Boris e eu éramos amigos apenas por uma questão de hábito.

E isso que Boris nem sequer era meu amigo antes. Ele estava uma série à minha frente e sempre chegava à escola vindo da direção contrária, pela manhã. No exército, nós acabamos nos encontrando, passamos algumas folgas juntos – e depois da dispensa logo perdemos o contato. Só em Berlim, depois que Susanne e eu nos mudamos para o apartamento onde fomos morar juntos, eu voltei a ver Boris, no terceiro andar de um prédio detonado na Esmarchstrasse, do outro lado da rua, exatamente na nossa frente. Nós tínhamos o sol da manhã. A sacada dele, sobre cujo parapeito tanto no verão quanto no inverno se destacava um suporte de secar roupas dobrado, recebia um tiquinho do sol do entardecer, e apenas de março a abril.

Nós nos encontramos pouco antes do Natal perto da máquina de garrafas recicláveis do mercado Extra, que aliás estava defeituosa. Boris ficou exageradamente excitado, conforme me pareceu, e me convidou dizendo que queria cozinhar. Foi uma situação das mais estranhas quando, depois disso, nossos caminhos se cruzaram diversas vezes entre as prateleiras e nós não sabíamos o que devíamos dizer, e esbugalhávamos os olhos em direção ao carrinho de compras um do outro sem abrir a boca. Na época, eu pensei que talvez a máquina de garrafas recicláveis também tivesse alguma culpa em sua reação, pois o cheiro dela era exatamente o mesmo da nossa loja de material usado, no passado.

Depois que eu revelara a Boris que nós olhávamos diretamente para dentro de suas janelas, eu às vezes via como ele espiava nosso apartamento de sua sacada. Quando nos descobria, ou pensava ter nos descoberto – no inverno as persianas se mexiam ao sabor do ar quente que saía dos aquecedores –, ele começava a acenar e a chamar, até que eu abrisse a janela. Boris afirmava, até, que eu e ele havíamos freqüentado a mesma creche, a Käthe Kollwitz, em Dresden-Klotzsche.

Susanne e eu mudáramos em 1997 para o lado oeste da cidade, para escapar dos eternos canteiros de obras e dos bonés dos homens. Mas continuávamos indo regularmente às festas de aniversário de Boris. Ele ligava já meses antes, e nos pedia que reservássemos aquela única noite para ele.

É claro que muita coisa depunha contra Boris. Lições como: "Você tem que me olhar nos olhos ao brindar, pois do contrário o sexo vai ser ruim por sete anos!" ou expressões bobas ("O que os olhos não vêem o coração não sente") faziam Boris merecer ser reprovado por Susanne. Mas o que mais importava era a desconfiança dela diante de homens que constantemente mudam de mulher. Eu disse que tínhamos motivos para agradecer a Boris, afinal de contas se não fosse ele nós não saberíamos que essa maneira de viver não fazia ninguém feliz. Mas para essas coisas Susanne não entende brincadeira.

Boris morreu de um derrame cerebral tomando banho no lago de Schwielow, em meados de maio do ano passado, três semanas antes de seu aniversário de quarenta e quatro anos. No começo dos anos 90, ele havia se tornado treinador de badminton (professor de peteca, dizia Susanne) e "estava bem no negócio". Ele havia alugado e mais tarde comprado um velho galpão inflável no Leste, e conhecia as mais diversas pessoas. Mas raramente encontrávamos alguém em sua casa pela segunda vez. Isso valia também para suas namoradas, que eram todas assustadoramente jovens e magras. À nossa casa, ele veio apenas uma ou duas vezes. É que ele gostava de cozinhar.

Nossa última visita a Boris não foi numa festa de aniversário, mas sim numa, como ele a chamou, "*house-warming-party*".

Susanne achou decididamente demais sacrificar duas noites a ele no decorrer de apenas três meses – estávamos no princípio de setembro. Apesar disso, havia sido ela mesma que dissera ao telefone que iríamos, pois supostamente não tivera outra saída. Boris estava tão orgulhoso de sua casa, que ela não conseguira partir seu coração... Já durante a festa de aniversário, o único assunto havia sido o apartamento que ele comprara no condomínio. Para mim, ele mandara um e-mail, no qual me pedia para avaliar a menina a seu lado, ele dava muita importância ao veredicto de um velho amigo. Ele já pedira minha "avaliação" tantas vezes que fiz de conta que não percebi a expressão "menina", em vez de entendê-la como um alerta ou pelo menos como uma indicação a que eu preparasse meu espírito.

Como presente de mudança ao apartamento, Boris desejara receber vinhos de Saale-Unstrut, e assim Susanne e eu havíamos subido ao quarto andar com uma caixa de Müller-Turgau e uma caixa de Silvaner. O elevador subia apenas até a cobertura, que agora é ocupada pelos antigos moradores da casa.

Boris veio a nosso encontro, e suas pernas pareciam ainda mais compridas do que antes, e seus sapatos absurdamente finos nos bicos demasiado grandes para os degraus da escada.

Dois casais haviam chegado antes de nós. Eles ainda seguravam flores, papel embolado e pacotes nas mãos. Desnecessário dizer que nós não os conhecíamos.

Boris pediu que deixássemos tudo em cima do sofá e caminhou todo orgulhoso a nossa frente pelo conjunto dos cômodos, os saltos dos sapatos fazendo estrondo sobre o piso de madeira.

Fora os poucos móveis novos – sobretudo uma longa mesa de jantar e dois grandes sofás de quatro lugares, de cor areia, mereceram nossa admiração –, os ambientes estavam vazios, em parte faltavam até mesmo os rodapés. Boris mostrou o que seria o escritório, o que seria o quarto de hóspedes, e ressaltou o fato de o apartamento ser voltado para o sul. Banheiro, cozinha e quarto – no último caixas com a mudança estavam empilhadas umas sobre as outras – davam para o pátio de trás.

Boris xingou as ambulâncias, que sem o menor motivo e razão, mas com um uivar de sirenes cada vez mais alto, voavam pela Greifswalder, embora a Marienburger fosse relativamente tranqüila, segundo ele. O que mais agradou a Susanne foi o banheiro gigantesco com o chão de azulejos em preto e branco. Ela disse que em sua próxima vida também jogaria peteca, pois com isso pelo menos se conseguia alguma coisa.

"O nome do jogo é badminton, bad-min-ton!", gritou Boris, e enveredou pelo caminho de volta. De repente, ela estava parada diante de nós, exatamente sobre a soleira larga entre sala e antesala, os ombros curvados à frente, uma pilha de pratos grandes e brancos nas mãos.

"Esta é Elvira", disse Boris, e colocou um braço em volta dos ombros da menina. O olhar de Elvira voou por cima de nós, as comissuras de sua boca estremeceram. Susanne a ajudou e carregou a pilha quase inteira de pratos até a mesa. De todas as mulheres que Boris havia nos apresentado no decorrer dos anos, Elvira era a mais jovem e a mais transparentemente magra.

Como se quisesse explicar o motivo das olheiras dela – ele por certo percebeu nossa insegurança –, Boris disse que Elvira viajara de trem a noite inteira, pois sua mãe se mudara recentemente para a região do Allgäu. Elvira nos estendeu a mão seguindo a roda, e voltou a desaparecer na cozinha, sem que tivéssemos ouvido uma só palavra de sua boca.

Eu já estava temendo que Susanne pudesse fazer alguma observação sobre a diferença de idade na presença de Boris, que enchia nossas taças. Mas ela apenas aceitou a bebida sorrindo e assentiu com benevolência, quando Boris se desculpou e foi para a cozinha atrás de Elvira.

Como sempre no princípio dessas noites com Boris, nós ficávamos abandonados a nós mesmos, coisa que era um tanto incômoda. De ano a ano, eu tinha cada vez menos vontade de me apresentar a pessoas absolutamente estranhas, que eu de qualquer modo não voltaria jamais a ver.

Os dois de cabelos pretos se chamavam Lore e Fred, ela era marceneira de formação, ele engenheiro calculista, com o andar pesado de um camponês. Pawel ganhava seu dinheiro como professor de piano na escola de música de Spandau, e além disso era pianista de uma banda chamada The Wonderers, ou alguma coisa assim. Pawel jogava badminton apenas por amor a sua namorada ruiva, Ines. Ines, assim ela nos foi apresentada por Boris, seria uma colega minha, que recentemente até manifestara o plano de escrever um livro.

Lore e Fred haviam trabalhado para Boris. Lore construíra a estante preta dos CDs, na qual cabiam cinco fileiras, umas sobre as outras, e que ocupava todo um dos lados da sala. Fred calculara o tamanho dos suportes de aço, que tinham se tornado necessários por causa da biblioteca – Boris colecionava toda sorte de dicionários, boa parte deles em edições estrangeiras. Ele de fato não lia outra coisa além de dicionários, e supostamente levava alguns volumes consigo até nas férias.

Fred disse que ele jamais conhecera uma pessoa tão interessante e multifacetada como Boris. E Lore achava avassaladora a coleção de CDs de Boris, ela queria pedi-la emprestada aos poucos. A idéia de um dia possuir uma coleção semelhante a deixava completamente feliz, ainda que o aspecto de CDs copiados em casa naturalmente nem de longe fosse tão bonito quanto o dos originais de Boris.

Pouco antes do jantar, apareceu Charlotte – que nós já havíamos visto na festa de aniversário, em junho –, uma colega de Boris no passado, que agora dava cursos no Jopp, uma academia de ginástica para mulheres. Ela usava o mesmo vestido lilás, e seu penteado rabo-de-cavalo, que acentuava sua testa alta e abaulada, também não havia mudado.

Pawel, de quem Susanne gostou e de quem ela disse mais tarde que o rosto era tão marcante como se ele tivesse refletido profundamente sobre cada uma das notas que havia tocado, inspecionou os CDs, mas logo concluiu sua inspeção. Ele nos perguntou de onde conhecíamos Boris e Elvira. Em vez de responder, Susanne revelou que Boris nos apresentara outra mulher poucas semanas antes, uma observação sobre a qual ninguém disse nada. Apenas Charlotte, que estava parada à janela fumando, fez as pulseiras em seu braço chocalhar de leve e assentiu significativamente. Boris apareceu um instante depois e fez de conta que não percebeu nosso silêncio. Com a bandeja diante da barriga como se fosse um tabuleiro de ambulante pendurado ao pescoço, ele seguiu Elvira, que colocou os pratos cheios em seus devidos lugares. Quando eles haviam contornado toda a mesa, ela quis voltar à cozinha com ele. "Fica aqui, ora", disse Boris, um tanto impaciente, "eu me encarrego do resto."

Eu logo senti que a coisa não dava certo entre os dois. Mas ter de presenciar como Elvira ficou sobressaltada, se voltou para nós, levantou a cabeça e exclamou: "A mesa está posta!", era difícil de agüentar. Em boa parte do tempo, eu estou ocupado demais em imaginar o que Susanne está pensando e como ela irá reagir. Desta vez, porém, eu também considerei a situação um verdadeiro desaforo. Qual era o papel daquela criança ali, entre nós? Qual era o seu papel ao lado dele?

Estranhamente, havia cartões designando os lugares e Boris alegou ter tido a idéia por causa da letra bonita de Elvira. Mesmo Boris mal conseguia disfarçar sua intranqüilidade. Para ele, o anfitrião perfeito, já significava uma falha e tanto ter aberto apenas uma garrafa de vinho tinto. Na segunda, ele acabou quebrando a rolha e praguejou um pouco alto demais por causa disso. Pawel se ocupou da garrafa, e Lore disse que ninguém acreditaria, dois meses antes, que nós estaríamos sentados ali, juntos, em tão pouco tempo. No princípio de julho, acrescentou Fred, eles ainda haviam se equilibrado sobre vigas e escoras. Pawel colocou um CD, um tango que mal podíamos ouvir.

Eu estava sentado diretamente à frente de Elvira, ou seja, na melhor posição imaginável para um observador. Ela havia pintado os lábios e colocado um pouco de sombra nas pálpebras. Em cada um de seus braços se desenhava uma fina listra clara.

Na presença de Boris, a gente logo acredita ser espirituoso e divertido, porque ele aproveita quase tudo como mote para uma história, ou pelo menos responde com uma gargalhada, que nos encoraja a prosseguir falando.

Naquela noite, porém, ele próprio, ao que tudo indica, estava precisando ser encorajado, pois do contrário não teria agradecido tão entusiasticamente a Pawel por este ter colocado a música e aberto a garrafa. Mais de uma vez, ele perguntou: "E então, que tal a comida?", embora todo mundo já tivesse elogiado ostensivamente o jantar.

Sobretudo por causa das perguntas de Pawel, porém, Boris acabou pegando no tranco. "Cada metro quadrado daqui", ele observou, "tem uma história." Tratava-se, em resumo, das chateações com pedreiros, eletricistas, ladrilheiros, pintores. A metade dessas querelas eu já conhecia.

Durante o prato principal, um peixe – o supermercado em frente, na diagonal, teria um balcão fantástico de peixes –, Boris descreveu como nas últimas três semanas instigara os operários com notas de cinqüenta euros, uma vez que ele mesmo precisava sair de seu outro apartamento; mas isso não ajudara em nada, pois o pessoal da primeira empreiteira não fora pago e simplesmente não apareceu mais. Boris, como eu bem sabia, era um contador de histórias nato – um tagarela, conforme a opinião de Susanne. Quando ele mais uma vez falou dos trincos da janela roubados e depois reencontrados, executou seu conhecido gesto de jogar os braços para a frente, um sinal de que ele voltara a ter controle absoluto sobre si mesmo. A Elvira, ele dava exatamente tão pouca atenção quanto a Susanne e a mim, porque nós não fornecíamos motes para suas histórias.

Ao contrário de Susanne, eu não me sinto mal numa roda como aquela. Susanne sempre afirma que eu sou viciado em harmonia, e que aquilo que me parece uma briga, na verdade são apenas discussões absolutamente normais. E de fato preciso dizer que nos últimos tempos acho muito bom quando não há disputas nem brigas. Antes, nós, estou me referindo a nosso círculo de amigos, nossos conhecidos, falávamos diferente uns com os outros. Não que nós sempre tivéssemos a mesma opinião. É claro que não gostávamos das mesmas coisas e não achávamos as mesmas coisas importantes, mas isso nunca era algo da ordem dos princípios ou até mesmo uma questão pessoal, incluindo os casos em que um acreditava em Deus ou era do partido e o outro não. Mas isso acabou, pelo menos desde a guerra do Kosovo e desde o Afeganistão. Eu achei que a coisa iria melhorar a partir do momento em que todo mundo viu no que deu a questão do Iraque. Além de Susanne, ninguém sabe em quem eu voto. E ela sempre encosta o dedo na têmpora sinalizando que devo estar biruta. Não quero dizer que amizades tenham acabado por causa disso, mas elas já não são mais as mesmas. Hoje em dia a gente precisa pensar no que pode e no que não pode dizer.

Até deixarmos a mesa e nos sentarmos nos sofás de quatro lugares, na verdade não aconteceu nada digno de nota. Eu poderia dizer que me acostumei com Elvira durante o jantar, sim, que de certa maneira até passei a achá-la bonita, e que meu olhar sempre voltava a cair sobre as duas listras claras em seus ombros. Dela, eu até então não ouvira nada, a não ser "obrigada, igualmente" e "que tal um pouco mais de peixe?" – expressões que mostravam que ela não sabia se devia me tratar como um senhor mais formal ou simplesmente por você. Elvira ajudara Boris a tirar e a botar a mesa, coisa que não era permitida a seus convidados. Boris dizia que devíamos conversar, o que se mostrava bem difícil sem a presença dele.

Com a mudança para o canto da sala em que ficavam os sofás, o embaraço geral voltou. Era como se ocupássemos lugar para ouvir um discurso ou ver um filme. Pawel colocara música de novo, uma dessas coisas de Pink Floyd que faziam sucesso no passado e que todo mundo conhece, mas cujo efeito é anestesiante e melancólico.

Susanne, porém, toda resoluta, havia garantido para si o meio do sofá de quatro lugares, bem diante da janela, depois escorregara um pouco, se deslocando para ceder lugar a Pawel e Ines a seu lado, e me mandou embora dali de novo, de modo que Elvira, quando enfim apareceu com palitinhos salgados e mix de passas e castanhas, teve de se sentar obrigatoriamente a seu lado, caso não quisesse empurrar a segunda poltrona para perto do grupo. E, assim como cai o alçapão de uma armadilha, Susanne principiou a envolver Elvira numa conversa. Eu admiro Susanne por ações como essa, sobretudo porque ela sempre consegue fazer com que tudo pareça obra do acaso.

No começo, Elvira se manteve ereta e imóvel, um punhado de palitinhos na mão, e olhava para Susanne tão fixamente como se fosse surda e muda. Aos poucos, no entanto, seu rosto se avivou e, quando ela sorriu, seus olhos azul-claros se fecharam brevemente; parecia que ela estava tendo um belo sonho. E logo as duas haviam se virado tanto uma para a outra, que seus joelhos quase já se tocavam.

Me parecia que nós, os outros, apenas falávamos alguma coisa para que as duas mulheres pudessem conversar sem ser perturbadas. Boris fez questão de contar mais uma história dos ladrilheiros. Ele voltara para casa por volta das dez da noite, vira que tudo estava torto e fora de ordem, havia pegado o carro e tocado a campainha da casa dos ladrilheiros até arrancá-los da cama, "para salvar o que ainda podia ser salvo, enquanto ainda podia se arrancar o troço!". E mais uma vez ele lançou um braço para o alto. "Pode parecer loucura, mas o melhor mesmo é a gente fazer tudo sozinho."

"Ou não tirar os olhos deles!", disse Lore. Ela e Fred sorriram um para o outro, qualquer um poderia pensar que os dois eram irmãos. Os cabelos pretos de Lore eram mais curtos que os dele, e pareciam salpicados com cristais de gelo minúsculos. O corte em franjinha dele, que parecia mais uma peruca, e seus dentes, que eram separados por pequenas lacunas, lhe davam um aspecto antiquado. (E uma colega de Susanne da agência de fato havia contratado Fred para um espetáculo medieval em Frankfurt an der Oder.)

Susanne olhava para o chão a sua frente ao falar. A taça de vinho sobre seus joelhos, ela a segurava com dois dedos. Elvira continuava com o punhado de palitinhos na mão, dos quais ela não comia nenhum, no entanto.

"É isso que pode acontecer", disse Pawel.

"Com certeza", disse Boris, "é isso que pode acontecer." Ele enxugou o suor de sua testa com o antebraço, os pelinhos de seu punho colaram na pele.

Quando Elvira percebeu que todos os outros estavam em silêncio, passou a falar ainda mais baixo. Ninguém, além de Boris, que era quem estava sentado mais próximo dela, soube por que Susanne se jogou para trás de repente e colocou a mão diante da boca.

"Podemos participar das risadas?", perguntou Pawel.

"Claro que podem", disse Boris, e foi até a porta da sacada. Ele levantou a persiana, mas o fez de maneira tão descuidada que do lado direito ela pendeu como se fosse um leque. Elvira continuou falando em voz baixa.

"Posso?", perguntou Pawel, e mostrou a garrafa. Elvira assentiu. Mas ela nem tinha taça. Logo houve diversos candidatos, entre eles eu, se oferecendo para buscar uma taça para Elvira na cozinha. Lore ganhou a disputa. Pawel ficou parado, sorrindo, diante de Elvira e Susanne.

"Ele quer participar das risadas", disse Boris, e tentou colocar a persiana na horizontal. "Agora você conseguiu, enfim. Todos querem te ouvir!"

"Ora, deixa ela em paz", exclamou Susanne.

Quando Lore apareceu com uma taça de vinho, Pawel inclinou cuidadosamente o gargalo da garrafa sobre a borda da taça e serviu. "Eu não bebo vinho tinto", disse Elvira, sem se mexer. Pawel pediu desculpas, tirou a taça das mãos dela e foi até a cozinha.

"Agora eu vou lhes oferecer uma coisa fina", disse Boris, "uma coisa das mais especiais."

"Ela contou tão bem", disse Susanne, como se aquela história já fosse parte do passado.

Elvira parecia sentir a falta de sua taça desaparecida. Eu tinha a convicção de que ela se recusaria a contar só para obedecer à ordem de alguém. "Pois é", disse ela então, porém, deitou o punhado de palitinhos sobre a mesa e esfregou uma mão na outra, limpando-as. “Vou começar tudo do início, fazer o quê.”

“Tudo do início”, disse Boris sacaneando, entreabriu a janela, e voltou à sua poltrona. “Tá todo mundo louco pra te ouvir!”

“Eu pensei”, disse Elvira, “que, se quisesse morar aqui, eu teria de fazer alguma coisa...”

“Escutem só, escutem só!” chamou Boris. “Uma atitude das mais razoáveis!”

Agora Pawel estendia uma taça com o nosso vinho branco a Elvira e, uma vez que ela não reagia, colocou-a diante dela.

“Então passei a fazer café todos os dias, cinco vezes, seis vezes, porque Boris só tem um desses vidros nos quais a gente precisa empurrar o café pra baixo, como um êmbolo de seringa...”

“Da marca Alessi...”

“... sim, mas não uma cafeteira, e nesse troço cabem no máximo quatro xícaras. Um pacote inteiro de Prodomo dava apenas pra dois dias. Nossa comida preferida era carne moída com cebolas e ovos com presunto...”

“Ela está falando dos operários”, disse Boris.

“E coca-cola, café e coca-cola, sempre um litro e meio de coca-cola. A maior parte deles bebia o café preto, puro. Primeiro eu pensava que os do leste bebiam café com leite e açúcar, e os do oeste café preto, mas de repente os do leste começaram a beber café preto e os do oeste completo, com tudo dentro. Eles eram todos muito amáveis e simpáticos, mesmo os pintores, que sempre eram obrigados a voltar. Boris mandou que eles repintassem as portas de madeira...”

“Eu não queria morar no mato, ora”, disse Boris, e assentiu em minha direção. “Não é?”

“Eles aceitaram a ordem sem o menor protesto.”

“Também não havia o que protestar, estava escrito no contrato!”

“Mas, quando perguntei a eles se isso os incomodou, todos eles concordaram com gestos de cabeça. Mas simpáticos eles sempre foram.”

“Mal se tirava os olhos deles”, disse Boris, “e eles já desapareciam, e a gente precisava telefonar milhões de vezes pra conseguir que eles voltassem, horas e horas.”

“Eles continuaram sempre amáveis e tinham marmitas de metal tão velhas, azuis e vermelhas, que eram iguais às que eu tinha quando ia para escola.”

“Mas do que você está falando?”, perguntou Boris.

“Só quero dizer que aqui dentro sempre havia algum tumulto, ora assim, ora assado, e...”

“O que você quer dizer com ora assim, ora assado?”

“Agora parem, vocês dois”, exclamou Susanne. “Não dê atenção a ele, simplesmente o ignore.” Ela pegou um dos palitinhos da mesa com tanta cautela que era como se estivesse jogando pega-varetas.

“Aqui dentro era a vida normal de sempre”, disse Elvira, “até que eles apareceram na sacada.” A voz dela soou um tanto rouca, como se ela a qualquer momento tivesse de engolir seco ou pigarrear. “Aquele barulho do soldador, eu só queria saber que barulho era aquele que se ouvia de repente ali fora. Primeiro pensei realmente que eles haviam subido pelas árvores, que haviam chegado até ali usando os galhos.”

Susanne deu uma gargalhada.

"Se algum de vocês estiver enxergando uma árvore, poderia por favor me dizer onde", falou Boris e se voltou para a janela. "Isso é totalmente absurdo."

"Eles não estavam apenas na sacada. Eles caminhavam sobre os andaimes, pra lá e pra cá, como marinheiros quando recolhem as velas."

"Eu pensei", disse Boris, "que você iria contar... Por que não conta logo de uma vez..."

"Eu precisava cuidar dos que estavam aqui dentro, fazer café, passar geléia nos pãezinhos, a coisa toda..."

"A coisa toda! Sim, toda essa história do macaco", disse Boris, levantou-se e saiu.

Elvira o seguiu com os olhos, assustada. Ninguém disse nada. Toda a atenção estava dirigida a ela, como se cada um ali estivesse apenas esperando para ouvi-la falar.

"Ele me pareceu realmente um macaco", disse ela meio teimosa, meio intimidada.

"Quem?", perguntou Charlotte.

"O homem que eu deixei entrar... Que fez as chapas de ferro. Eu não podia simplesmente fazer de conta que não o estava vendo. Se faço café e passo geléia nos pãezinhos, eles lá fora também têm de ganhar alguma coisa. Eu bati contra a vidraça. Ali estava ele, sentado com seu soldador como se fosse ao redor de uma fogueira. Ele nem sequer ouviu que eu abrira a porta. Cheirava tudo a conserva de peixes, só que mais forte. Tive de gritar para que ele me escutasse. A boca dele estava aberta, a pele absolutamente intacta, cabelos grossos como cordas, lisos, só algumas mechas grisalhas, e olhos azul-claros. E nem um grama de gordura em seu tronco. Ele brilhava de suor. Levantou as duas mãos, não queria entrar. Então botei o café dele sobre os ladrilhos, o leite e o açúcar do lado, e fiquei observando através da vidraça como ele segurava a colherinha entre seus dedos grossos e colocava açúcar dentro da xícara, como se estivesse brincando com talheres de boneca, ele era todo jeitoso, como um relojoeiro. A xícara desapareceu em sua mão, e eu pensei, isso é muito pouco pra ele."

"Era o King Kong, por acaso?" perguntou Fred, mas ninguém riu.

"Ele não começava nunca antes das três. Havia trabalhadores sobre o andaime e dentro do apartamento o dia inteiro. Tudo começava às seis, seis e meia da manhã. Mas ele nunca aparecia antes das três. À tarde e ao anoitecer, ele sempre estava sozinho nas sacadas, nessa aqui e na do quarto de hóspedes."

"E que tipo de chapas de ferro ele estava fazendo?", perguntou Susanne.

"As chapas de ferro sobre o parapeito e aquelas que ficam entre os azulejos e a parede."

"E então ele entrou."

"Sim, no terceiro dia ele entrou. Eu não estava preparada para isso, não sabia o que devia fazer. Ele bateu na porta da sacada e entrou. Caminhou de ombros erguidos por aí e observou a sala como se estivesse num museu. De repente, ficou parado e descobriu os rastros dos pés que havia deixado pra trás. 'Desculpe', ele disse. Foi a primeira coisa que ouvi dele. Até então eu apenas via como ele gesticulava ou balançava a cabeça. 'Tudo muito bonito', ele disse em seguida. 'Tudo muito bonito, mas quando a gente trabalha e dorme não se vê essas coisas.'"

Eis que agora também Elvira pegou um palitinho, mas não o comeu, e sim ficou com ele entre os dedos como se fosse uma caneta. Além de Boris, que dava um jeito na cozinha, tudo estava no mais absoluto silêncio.

"Aquele homem era um gigante. Primeiro eu pensei que ele gaguejava, mas ele não gaguejava nada, apenas ficava piscando sem parar. E isso sem se mexer do lugar em que estava. Então ele disse que estava apertado. O banheiro de visitas ainda não estava pronto, e só restava o nosso banheiro, portanto. Era estranho deixá-lo entrar ali. Quando ele saiu, secava as mãos nas pernas das calças. Ele disse: 'Chamo isso de crosta, sabe, isso já tá dentro da pele, crosta, é esse o nome que eu dou para isso.' Suas mãos eram da cor do chumbo, como grafites de lapiseira. 'Arrancar cano de ferro e água, é o que basta', ele disse. Eu não entendi o que ele estava querendo dizer com aquilo. Ele continuou deixando as marcas de seus pés atrás de si e não parava de me olhar, como se eu tivesse dito alguma coisa, mas nada me ocorria. Eu me sentei com ele à mesa da cozinha. Ele não queria pão, só café e cigarros. 'Juno', ele estava se referindo à marca de cigarros, 'é a minha preferida.' E então ele sempre olhava a sua volta e dizia coisas como: 'O ruim é que isso também precisa ser pago, mas quando a gente só trabalha e dorme a gente nem aproveita isso'. Ele falou de 'hora da Mercedes'[1] e

1 *Mercedesstunde*, no original. Refere-se ao preço cobrado nas oficinas da Mercedes por uma hora de trabalho. [N.T.]

‘um dia inteiro pelo salário de uma hora de um operário’ e dizia: ‘Trabalhar três semanas só pra pagar o aluguel? Não preciso olhar enquanto as coisas estão cozinhando!’”

“Mas ele não te fez nada, não é?”, perguntou Pawel.

“Era disso que eu também tinha medo”, disse Susanne, e anuiu em direção a Pawel em tom de reconhecimento.

“Ele foi, segundo me contou, pro exterior logo em 90. Não cometeu nenhum crime, nem fez nada, mas quando voltara, depois de alguns anos, a casa em que morava havia sido vendida e a conta do aluguel encerrada, e só por isso ele havia chamado a atenção das autoridades, sim, ele disse ‘das autoridades’. Mas conosco ele tomara tempo suficiente para o trabalho. ‘As quinas’, ele disse, ‘as quinas eu sempre faço tirando nota dez, o cliente dá muito valor a isso.’ Quando ele saiu de novo, passando pela televisão, pelo aparelho de som estéreo e pelo vídeo, ele disse: ‘Vídeocassete, a gente precisa estimular a economia, eu comprei cinco fitas pra mim e até treinei com elas, mas depois acabei dando o aparelho de presente, não sou desses que pensam assim’.”

“Ela sabe tão bem as frases do seu mestre!”, exclamou Boris, que entrou com uma bandeja. “E eis que agora ela vai querer balançar de cipó em cipó e viver como a menina dele na floresta virgem. Ela quer morar num muquifo de estudante e não num castelo como este aqui. Fim da história. Próximo tema!”

Boris depôs a bandeja com a garrafa térmica de chá sem tomar muito cuidado. Susanne disse mais tarde que ele simplesmente jogara a bandeja sobre a mesinha. Pensei que eu era o único que poderia acalmá-lo, e disse que nem de longe se estava pensando nisso, e que nós queríamos ouvir a história de Elvira até o fim.

Mas isso foi a gota d'água para Boris mostrar todo o seu lado selvagem. Eu jamais tinha visto ele daquele jeito. Todos nós, por certo, havíamos subestimado o quanto aquele apartamento significava para ele, e como ele desde sempre trabalhara de maneira decidida para consegui-lo, e como se sentia atingido pelo fato de Elvira desprezar sua oferta. "Isso tudo é também pra ela, ora!", exclamou ele. "Pra ela, e pra ninguém mais! Não sei por que ela precisa falar essas coisas!"

Imóveis, nós ficamos sentados ali, como uma turma de alunos diante de um diretor furioso. Pensei que Elvira talvez se levantasse, ou que Boris a colocaria da porta pra fora. Nosso silêncio, e isso era o pior, parecia estar provocando algo assim.

Eu já estava querendo dizer que conseguia entender Elvira, quando Charlotte se inclinou à frente, apertou seu cigarro, rompendo o silêncio com o chocalhar de suas pulseiras, e disse: "Eu conheço isso muito bem, também já vivenciei uma coisa dessas quando ainda estava com Paul. Ele pretensamente sempre sabia como é que se fazem as coisas, e acabou dando – sem, é claro, dizer palavra a mim – nosso endereço a uma agência, se eles por acaso estivessem precisando de uma locação para gravar comerciais ou coisa do tipo".

Eu fiquei tão aliviado com o fato de alguém falar, que no começo nem ouvi muito bem o que estava sendo dito. Boris, apanhado de surpresa pela mudança, ficou parado ali por um momento, serviu-se de chá, botou muitas pedras de açúcar, mexeu a colherinha fazendo barulho em sua xícara, e por fim se recolheu em sua poltrona. Charlotte segurou o cinzeiro com ambas as mãos, como se fosse uma preciosidade, e não olhou para nenhum de nós, como se precisasse de toda a atenção para sua história.

"... então alguém ligou e perguntou se podia dar uma passadinha agora mesmo, dizendo que eles tinham algo que podia ser adequado. Ele ficou nervoso porque precisou me explicar tudo primeiro, já que eu não sabia de nada. Mas no dia seguinte voltou a ligar, dizendo que estava parado diante de nosso prédio. De modo que não me restou outra coisa a não ser abrir a porta pra ele. Mas quando vi o jeito como ele entrou marchando, como ele colocou seu pé ultrapassando a soleira de nossa casa, ficou claro pra mim que aquilo era um erro, que eu não deveria estar fazendo aquilo. Foi realmente isso que me passou pela cabeça naquele momento. Mas a gente não dá ouvidos ao que dizem nossos próprios sentidos. E muito menos a nós mesmos, tão cheios de dúvidas e considerações nós estamos, tão bem educados nós somos. E então o tipo passeia pela nossa cozinha, passa do corredor à janela, da janela à porta, senta-se, como se quisesse ver se o pó foi tirado de nossa mesa, rodeia o sofá e nem sequer responde às minhas perguntas, tão concentrado está em sua missão. E de repente ele diz: 'Ok, vocês ganharam'. Eu lhe pergunto o que foi que ganhamos. E ele: 'O filme! Vocês receberão o filme. Na próxima segunda, às oito'. Ele diz que nós devemos procurar um hotel e ficar lá por três dias, quatro estrelas, se possível, portanto não exatamente o Interconti, mas mesmo assim alguma coisa boa. E só aí compreendi: nós temos que sair, mudar de nossa própria casa, e por três dias. O que havia de tão ruim nisso?, ele me pergunta. Nós iríamos viver no hotel, e além disso faturar três mil marcos. Se ele tivesse um muquifo como aquele, faria o mesmo todas as semanas. Martha achou a idéia maravilhosa, ficou alegre com o hotel, e Paul sempre me perguntava de novo se eu conhecia outro trabalho no qual se poderia ganhar três mil marcos em três dias. Até me ocorreu um, mas não ousei dizer o que era, pois ele com certeza teria soltado os cachorros."

Charlotte se recostou no sofá, o cinzeiro sobre o colo. E nós olhávamos para ela, como se nosso bem-estar e nossa desgraça dependessem do fato de ela continuar falando. Apenas Boris esticara as pernas; fitava, ausente, o bico de seus sapatos e continuou remexendo em sua xícara.

"Nem mesmo Paul imaginava", prosseguiu Charlotte, "no que nós havíamos nos metido, nós não pensávamos nem em sonhos que as placas de 'proibido estacionar' em ambos os lados da rua tivessem algo a ver conosco. Na segunda-feira, pois, eles estavam ali, um carro junto do outro, vinte ou trinta ao todo, alguns deles dos bem grandes. Eles nem se dignaram a tocar a campainha, e já apareceram diante de nossa janela, sobre uma plataforma móvel, holofote atrás de holofote. Pra mim, estava mais do que claro que aquilo daria problemas. Nós não tínhamos nem sonhado que eles iriam enrolar o prédio todo. Eles revestiram as escadarias com tecido, paredes, degraus, corrimões, tudo! Pretensamente, tinham de fazê-lo por causa do seguro. Portanto, tudo revestido em toda parte, também dentro de nossa casa. Ah, sim, desculpem, não, primeiro eles fotografaram tudo, até mesmo o quarto de Martha, eu ainda pensei, por que isso, se eles querem filmar apenas nossa cozinha e a sala."

Charlotte se inclinou à frente, depôs o cinzeiro, pegou sua taça e bebeu. As pulseiras chocalharam. "Líquido de primeira", ela disse e brindou apontando para Boris, que no entanto não levantou os olhos.

"Eu já fiquei doente", prosseguiu ela, "só pelo fato de ter de ir ao hotel depois do trabalho. Num quarto desses não se pode ter nenhuma idéia razoável. Martha e eu nos pegamos pelos cabelos por causa da lição de casa que ela tinha de fazer, pois ela pensava que estávamos de férias. E, no restaurante, quando esperávamos pelo cardápio e ele simplesmente não vinha, eu abri o berreiro. Eu tinha uma saudade de casa tão grande como jamais sentira. Me sentia realmente como se tivesse vendido meu corpo, e então nós tivemos que rir, porque isso na verdade era a maior besteira. E Paul pediu que eu lhe mostrasse uma família que ganhava seu dinheiro dormindo. Nós poderíamos ter voltado já depois de duas noites, mas o homem que nos ligou, o mesmo que havia marchado pra dentro de nossa casa no princípio, disse que, caso nós ficássemos, ele mandaria pintar nossa casa, que isso estava escrito no contrato, ainda que não fosse necessário, pois eles não haviam lambuzado nada – é que no comercial eles lambuzam tudo –, mas eles mesmo assim fariam a reforma, nós não nos incomodaríamos nem um pouco com isso, tudo voltaria a estar em seu devido lugar quando eles estivessem prontos. E Paul perguntou, porque não queria cometer mais um erro: você concorda? E eu disse: sim. Ainda pensei em Martha, mas Paul disse que nós poderíamos apresentar tudo a ela como se fosse uma surpresa, ou alguma coisa do tipo. Mal nós estávamos com nossas malas diante da porta do nosso prédio, porém, eles logo nos atacaram, os queridos vizinhos, porque nós não havíamos dito nada a eles. Pois é, não vou contar tudo isso agora. Eu só pensei: finalmente em casa, nada mais de alegria antecipada e nervosismo, simplesmente, enfim em casa. E então estamos aí, em nossas quatro paredes, e tudo está como era antes, só que recém-pintado. De algum jeito, isso é estranho. Paul o percebe, eu o percebo, mas nós não falamos sobre isso. Dizemos, simplesmente, "até que ficou bom", e coisas do tipo, e caminhamos pelos quartos, enquanto eu penso: exatamente como o homem, quando estava analisando nossa casa. E de repente Martha abre o berreiro, ela está na soleira da porta que dá para seu quarto e chora cada vez mais alto. Eu olho pra dentro, nenhum motivo pra tanto alvoroço, eu penso, as fotos e os pôsteres estão todos pendurados mais ou menos onde estavam pendurados antes, só um pôster foi rasgado, e eu pergunto, quem será que fez isso? – mas havia sido a própria Martha. Sim, foi ela que o rasgou, e já começava a rasgar o seguinte, um após o outro, ainda que estivessem todos pendurados no lugar certo. Não sei como devo descrever a cena."

"Como arrombadores de casa", disse Susanne.

"Não faltava nada", disse Charlotte, puxou o cinzeiro para perto de si e pegou o cigarro. "Pelo contrário, tudo na mais perfeita ordem, mas era justo isso que nos parecia sinistro, sim, de verdade..."

"Eles tocaram em tudo, eles pegaram tudo nas mãos", disse Pawel.

"Alguma coisa aconteceu", disse Ines, "mas você não consegue entendê-la, não consegue tocá-la, não consegue nem mesmo vê-la, mas ela está aí."

"Por favor, não vá me lembrar disso", falou Pawel, se recostou no sofá, as mãos cruzadas à nuca, e balançou a cabeça.

"Mas eu sei o que você está querendo dizer, Charlotte, eu conheço isso", disse Ines. "Nós tivemos uma dessas aventuras de horror nas férias, agora em junho, na Croácia..."

"Dalmácia...", disse Pawel, "realmente um horror. Mas você sabe contar melhor."

"Não há muito o que contar. E é justamente isso, não dá para se aproximar da coisa." Ines fixava o vazio à sua frente.

Elvira se adiantou um pouco para poder ver Ines na outra ponta do sofá de quatro lugares.

"Vamos, manda brasa", disse Susanne.

"Essas ilhas Kornati", disse Ines e balançou a cabeça. "Já haviam nos falado delas em Zagreb. Quando dizíamos que queríamos viajar para Zadar, todo mundo começava a falar das ilhas Kornati, onde quer que alguém abrisse a boca, sempre essas ilhas Kornati, e Roman, que providenciara a hospedagem pra nós, contou até que Oscar Wilde falara das ilhas Kornati como se elas fossem o paraíso. Da sacada, nós víamos o mar, e, bem à esquerda, um pouco encoberta por árvores e por uma península, a gente podia adivinhar Zadar, a Zadar de dois mil anos de idade. No guia turístico, estava escrito que Hitchcock vira em Zadar o mais belo nascer do sol de sua vida, ou algo parecido; de qualquer modo, Hitchcock também esteve por lá, e depois de 1945, quando os escombros foram removidos – os aliados haviam bombardeado a ilha por causa dos alemães ou italianos –, eles acabaram encontrando um fórum romano debaixo de todo aquele entulho. Zadar não é tão espetacular quanto Split, não tem um palácio de Diocleciano, mas as igrejas são mais bonitas, e aos sábados acontecem vários casamentos de uma só vez em cada uma das igrejas. E na frente da igreja há músicos e homens que agitam a bandeira croata. A mim, Zadar agradou desde logo, até por causa de Anja, nossa locatária. Ela esperou duas horas no estacionamento do supermercado. Anja andou com sua Vespa vermelha e o capacete branco na frente de nós, mostrando o caminho. Pawel se apaixonou por ela na mesma hora, por seus grandes peitos e por seus cabelos longos e negros."

"Ela era incrivelmente amável", disse Pawel.

"Ela deve ter tido seus três filhos quando ainda era muito jovem, o maior já tem catorze anos. Eu vi de cara que Anja tinha filhos. Dava pra ver, por causa de seu carisma."

"Ela falava alemão, um alemão maravilhoso..."

"Ela sempre perguntava a Pawel se era correto dizer algo como ela dizia, mesmo que os dois estivessem se entendendo perfeitamente. Polonês e croata, é quase a mesma coisa..."

"Ela disse que o marido poderia nos levar às ilhas Kornati. E nós pensamos, por que não? Da terra firme, as ilhas parecem montanhas, uma visão impressionante."

"Você logo perguntou se ela iria junto..."

"Não, não perguntei", disse Pawel.

"Mas Anja não queria ir junto. Sempre que nós nos víamos, ela começava o lero-lero sobre essas ilhas Kornati, dizendo que o marido dela podia chegar até lá com seu próprio barco. Todos os hóspedes deles faziam assim, isso me deixou desconfiada, não me agradou nem um pouquinho. E então a revelação: trezentos euros, e era um preço de amigo. Pawel concordou imediatamente. Trezentos euros! Eu disse não. Serei sempre lembrada pelo não. Mas comida e bebida estariam incluídas, e todo o resto que nós quiséssemos, e além disso nós partiríamos dali, quer dizer, quase em frente da casa, e também poderíamos decidir quando preferíamos fazê-lo. Então ela descreveu os vapores, com os quais nós teríamos de viajar para as ilhas Kornati se não quiséssemos ir com o marido dela, como se fosse uma obrigação ver essas ilhas estúpidas. Eu disse, não, a metade, cento e cinqüenta, cento e cinqüenta é o máximo, mais do que isso não temos disponível em nosso caixa de viagem. Está bem, diz Anja, cento e cinqüenta euros. Esse pechinchar foi horrível."

"O alojamento não nos custou nada", disse Pawel, "podíamos usá-lo de graça por dez dias, tudo por conta da firma de Roman, em Zagreb."

"Com o vapor de passeio, a viagem custa trinta e cinco euros por cabeça...", disse Ines.

"Deve ser um inferno, nós mesmos vimos. Mas o marido dela, e esse é que é o ponto, nós não chegamos a ver em nenhum momento, ainda que ele morasse na casa ao lado da nossa. Anja vinha todos os dias em sua Vespa e cozinhava, e depois ela voltava a ir embora, ela não ficava jamais, nunca passava a noite por ali."

"Como você acha que poderia saber disso..." Ines riu.

"Porque nunca vi a motoneta dela parada ali, ela sempre chegava na motoneta por volta das onze..."

"Sempre por volta das onze? Isso eu nem percebi, que era sempre por volta das onze, mas pouco importa. De qualquer modo, nós só vimos Peter quando chegamos ao ancoradouro. Como um mastro de vela, ele estava em pé na chalupa, pelo menos dois metros de altura, com óculos sem aros, desses que dão a volta...” Ines tocou suas têmporas. “Um cara que está sempre de rosto imóvel, parado como um réptil, você nem sabe se ele está vendo as pessoas ou não. E, para completar, tinha o seu inglês estranho.”

“Guuhd morrrning”, imitou Pawel, “uon-hanntert fiftiii, uon-hanntert fiftiii iurrro, guuhd morrning, maddaaam.”

“Eu pensei que para um tipo daqueles até cento e cinqüenta era demais. Mas nós estávamos bem sentados e sozinhos, e quando ele nos perguntou se queríamos ouvir música, e nós dissemos não, não teve problema. Já bastava o motor roncando do seu *Kalypso*, era esse o nome do barco, sim, *Kalypso III*. Tinha algo de místico, aquele homem mudo e grande, que nos levava entre as ilhas por aí, ao sabor do ruído engasgado do motor de seu barco. Nós sempre nos assustávamos quando Peter se virava e berrava pra nós uma sabedoria de guia turístico. Passamos por uma igreja, para a qual em todo mês de agosto havia uma romaria, porque lá teria nevado algum dia no mês de agosto, essa foi a única coisa que eu guardei. Invejei os moradores das ilhas, casas suntuosas, todas com vista para a água, e invejei as pessoas nos barcos a vela, e mesmo aquelas nos veleiros de excursão, e quanto mais saíamos para o mar aberto, tanto menos coisas havia a ver, as ilhas se tornavam cada vez mais desoladas e parcas, pedras empalidecidas, rochas inabitadas, sobre as quais se via apenas as linhas da fronteira que separavam a terra de um da terra de outro, e às vezes uma estampa, como se alguém tivesse passado uma pá de pedreiro sobre ela, um semicírculo, um arco petrificado, só que a gente não via a abertura coberta pela água embaixo dele. Assim seguíamos adiante, sempre adiante, ouvindo o ruído engasgado do motor, e eu perguntei, quase berrando, é claro, quando chegaríamos enfim às ilhas Kornati, pois à direita havia apenas mar, nem uma única ilha. Eu imaginara as ilhas como se fossem uma selva, Anja havia falado de animais raros. '*This is Kornati, all this are the Kornati-Islands!*', exclamou ele e sacudiu a cabeça. Ele riu da nossa cara, riu a valer de nossa cara. E cento e cinqüenta euros por isso! Em seguida, chegamos a uma enseada, a um ancoradouro com barcos como o nosso e os vapores de excursão. Nós iríamos visitar um lago de água salgada por lá. Depois, haveria comida. Então todos se amontoaram em volta do lago salgado, um horror. O lago só recebe água quando chove ou quando há tempestade, e as ondas do mar o atingem, mas como é possível que isso aconteça continua sendo um enigma pra mim. Nós ficamos sentados por lá, bastante desnorteados, olhamos para as estudantes em seus rituais para mudar de roupa, que demoram tanto, até que também o último cara grude nelas seus olhos esbugalhados, e observamos caranguejos minúsculos e mexilhões que têm uma concha espiralada tão alta que parece um penteado barroco. Pouco a pouco, comecei a ficar de bom humor, porque sabia que logo voltaria, que o pior havia passado, e a comida que Peter serviu foi realmente boa, bifes gigantescos, salada e pão, depois peixe, pretensamente pescado na hora. Para provar, ele atirou pão na água – e num piscar de olhos todo um cardume se apresentou. Peter apontou para a rede, como se apenas precisasse transferir os peixes da água para lá. A coisa se passou de um jeito bem civilizado, havia até mesmo guardanapos de tecido, guardanapos de tecido passados e engomados, e vinho branco, um galão cheinho. Nos vapores das excursões o pessoal também comeu. O fedor de peixe frito chegava até nós. Em seguida, vimos como os excursionistas seguravam as espinhas com as cabeças de peixe sobre a amurada do navio. As gaivotas vinham e lhes arrancavam os restos da mão, as gaivotas grasnavam e as pessoas grasnavam. Um espetáculo e tanto. Mas agora estávamos alegres por não ter ido parar num vapor como aquele. Eu perguntei a Peter qual era sua profissão. 'Cientista', ele respondeu, 'mas não daqui, não aqui', e ele apontou a mão para algum lugar..."

"'*Far away*', disse Peter, '*far away in the past*'", completou Pawel.

"Eu não me atrevi a continuar fazendo perguntas, a gente nunca sabe onde pode acabar metendo o bedelho. Mas somente essa pergunta já foi demais, ou talvez tenha sido o espetáculo com as gaivotas ou simplesmente o álcool. Ele não economizou no vinho branco. E grapa, também havia grapa que ele mesmo destilava. Então de repente a coisa começou, uma curva fechada em frente a um dos vapores, as gaivotas levantaram como a neve tocada pela ventania. Peter agora andava bem mais rápido do que antes, e também não voltava, mas ia em direção ao Sul. No princípio, até nos divertimos, voar assim pela água e ser jogado para cima pelas ondas. Nós vestimos uma malha e nos seguramos firme. Criminosa era apenas a distância a que passávamos voando perto dos outros barcos. Nós sempre víamos apenas os rostos, os rostos chocados e no instante seguinte furiosos. Como um avião kamikaze, ele se lançava sobre os outros para desviar apenas no último instante..."

"Eu tentei", disse Pawel, "ir para junto dele, na frente..."

"Não achei isso nem um pouco bom", interrompeu-o Ines, "e talvez Peter tenha visto Pawel no retrovisor, ele fez uma curva tão acentuada que eu cheguei a ver Pawel voando para fora do barco."

"Só bati minha cabeça".

"'Só' é muito bom", disse Susanne.

"Sim, só é muito bom, mas poderia ter acontecido coisa bem pior", disse Ines. "Nós ficamos sentados ali, atrás de nós a bandeira croata – e de repente tudo havia passado. Eu pensei primeiro que o motor quebrara ou que o combustível terminara, mas Peter havia apenas diminuído a marcha e, com o motor do barco mais uma vez fazendo seu ruído engasgado, deu uma volta em grande arco. Eu gritei com ele e Pawel gritou com ele. Não me veio nada melhor do que '*We want to live! We want to live!*'. Não sei quantas vezes gritei aquilo. Peter apenas fez um gesto de desdém, mostrando desprezo, verdadeiro desprezo, e em seguida deu um piparote e gritou: '*It's like nothing, like nothing*'."

"Não, '*life is nothing*' foi o que ele disse, '*life is nothing*!'", corrigiu Pawel.

"Ele disse, '*it's like nothing*', e ao dizê-lo deu um piparote."

"Sim, deu um piparote, mas disse '*life is nothing*', do contrário poderia estar se referindo a sua correria desenfreada, como se ela não tivesse sido nada."

"Ora, merda, pouco importa", disse Boris. "De qualquer modo, o sujeito tinha um parafuso a menos! Vocês deviam ter pedido seu dinheiro de volta, pouco importa se foi *like* ou não foi *like*."

"Foi tudo tão irreal", disse Ines. "Primeiro kamikaze, e logo em seguida nada mais, como se nós tivéssemos fantasiado. Nós demos um piparote de volta, aquilo durou uma eternidade. Visto do mar, não há nada de especial em Zadar, não é como em Greifswald ou em Stralsund. Eu pensei primeiro que Anja estaria esperando por nós na praia, em todo caso havia alguém ali com um capacete branco e uma motoneta vermelha. Mas quando nos viu ela se mandou. Pois é, e então o momento diante do qual me cago de medo, a despedida de Peter. Eu queria lhe dizer um punhado de verdades. Entrementes meu berreiro de '*We want to live*' me parecia constrangedor. Eu queria dizer a ele que era o fim, realmente o fim da picada, colocar pessoas em situações como aquela. Eu só não sabia como isso tinha de ser dito em inglês. E Pawel não abre a boca numa hora dessas, fica sempre tudo por minha conta. Nós ancoramos, Peter saltou em terra, nós avançamos cuidadosamente, Peter estava parado com um dos pés sobre o barco e com o outro no cais, ele me estendeu a mão, eu a agarrei, e então olhei para ele, direto em seu olho avariado, um olho terrível e morto, uma caverna, não era nem um olho de vidro. Senti seu bafo de álcool. Peter me puxou para o alto, me apoiou ao cotovelo, e eu saltei para a terra firme."

"Eu também me assustei com o olho...", disse Pawel.

"Ficamos parados ali, um ao lado do outro, como estátuas de sal, e olhamos para Peter, como ele soltou a corda, voltou para o barco e deu a partida. Ele acenou para nós e gritou '*ciao ciao*'.

Já estava com os óculos de sol de novo. O mais estranho na história toda é, porém, que isso de algum modo me tranqüilizou, o olho, eu quero dizer...”

Boris deu uma gargalhada.

“Não é o que você está pensando, é claro que se eu imaginar que ele não tem visão espacial e corre como um alucinado com seu barco... Mas estou falando de outra coisa, quero dizer que foi bom que tivéssemos pelo menos aquele olho, que existisse algo, algo que visivelmente estava detonado, um rastro. Talvez isso soe perverso, mas, quando eu vi aquela órbita de olho costurada, eu me acalmei, era como se fosse uma explicação, ainda que eu não tenha a menor idéia do que acontecera com aquele olho, pode bem ter sido um acidente, ao final das contas, pode não ter nada a ver com a guerra.”

“Espera só um pouquinho”, disse Pawel. “Do jeito que você está contando ninguém vai entender. Zadar foi sitiada e bombardeada por dois anos, dois anos. O exército iugoslavo saiu das casernas, foi para as montanhas, e de lá começou a disparar, atirar em tudo, casas, igrejas, bibliotecas, em tudo. E os que ficaram na cidade não tinham nada, pelo menos no começo, mas sobre isso ninguém fala, quase ninguém. Roman contou como ele correu com seu irmãozinho menor às costas, sem saber se conseguiria escapar ou não. E, quando chegou em casa, sua mãe estava limpando as janelas. Ela o proibiu de lutar, mas ela mesma foi ao front, como médica. E quando ele disse que aquela guerra não tinha nada a ver com ele, que ele nem sequer percebia porque deveria lutar, ela o expulsou de casa. Isso embora ela o tivesse proibido, vocês estão entendendo?”

"E Anja?", perguntou Lore. "Ela ainda estava com esse tal de Peter?"

"De algum jeito, sim. Em todo caso, ela falava dele como se fosse seu marido. Só não passava as noites com ele. Vinha às onze, e depois voltava a ir embora, em algum momento."

"E como se poderia viver com alguém como ele?", disse Susanne.

"E se alguém dissesse isso de você?", perguntou Fred. Susanne recuou e fez de conta que a pergunta de Fred era bem genérica, nada específica.

"Muitas vezes nem se tem culpa", disse Fred, "assim como esse Peter talvez também não tenha culpa. Comigo aconteceu uma coisa dessas certa vez, não uma guerra, obviamente, mas uma coisa dessas pode acontecer bem rápido, uma brincadeira boba, um descontrole, um tesão incontrolável, é o que basta." Fred fez uma pausa como se não tivesse certeza se devia ou não continuar falando.

"Nós nos conhecemos na aula de dança, em Dresden", começou ele em seguida. "Eu tinha dezessete, ela dezesseis anos. Os pais dela gostavam de mim e até me convidavam a viajar com eles, eles tinham carro. No final dos anos 60, isso ainda era algo bem especial. Mas, por amor a ela – ela também se chamava Ines –, eu inventava desculpas. Eu amava Ines de verdade, e acredito que ela me amava também. Nós ainda não havíamos dormido juntos. Eu sempre pensava que isso era a única coisa que faltava entre nós, depois nós seríamos totalmente íntimos um do outro."

Fred estava inclinado para a frente, sentado no sofá, juntou suas mãos e baixou a cabeça.

"Foi no final de agosto, pouco antes do início do novo ano letivo, ela voltou com seus pais do mar Báltico. Estava bem bronzeada e seu cabelo estava quase loiro. Ela me escrevera vários cartões, mas trouxera os cartões todos juntos. No próximo ano, ela disse, nós viajaríamos juntos, ela e eu. Eu estava feliz, mas precisei de um pouco de tempo para voltar a me acostumar a Ines, ainda que tivesse pensado nela o tempo inteiro. Quando eu disse a Ines que meus pais viajariam no final de semana, ela quis ir junto comigo pra minha casa. Ines veio, pois, e eu sugeri que nós fôssemos de bicicleta em direção ao castelo Moritz, passando pelos campos depois da colheita e os lagos na floresta. No lago mais distante, havia um pequeno prado com acesso para a água diante do campo de nudismo. Nós éramos os únicos ali. Tiramos nossas roupas e fomos nadar. Não ficamos muito tempo na água, mas quando saímos havia quatro homens sentados no lugar em que nós deixamos nossas roupas, todos eles perto dos trinta, portanto nada de garotões púberes. Ines ficou na água e eu saí. Mas eles não deram as coisas a mim, disseram que minha pequena Ines teria de vir buscá-las ela mesma. Eles falaram bem baixinho, e como se fossem meus amigos. Haviam achado nossas identidades, e me chamavam o tempo inteiro de Friedrich. Eu não sabia o que devíamos fazer. Então Ines saiu da água, e os homens comentaram cada um de seus passos e cada um de seus gestos, comentaram tudo, fazendo piadas porcas, e dando primeiro apenas o suéter dela e só depois o sutiã e assim por diante. A toalha por último. Depois eles se mandaram. Estavam sentados sobre as minhas coisas, mas fora isso não fizeram nada com elas. As identidades estavam em cima das roupas."

As unhas de Fred estavam bem brancas. “Isso talvez não soe tão dramático, porque eles não tocaram em nós...”

Primeiro eu pensei que Fred estivesse lutando com as lágrimas. Mas em seguida ele levantou suas mãos como se quisesse sinalizar que não tinha mais nada a dizer. Por fim, continuou falando, até mesmo um pouco mais rápido do que antes. “Eu sempre tive o desejo de eliminar da minha vida aqueles minutos como se fossem um foco de incêndio, queimá-los ou trocar de língua, não sei muito bem o que mais. É claro que Ines e eu xingamos eles, quisemos ir à polícia, planejamos vingança. Mas quando escureceu Ines foi para casa. Talvez nos salvássemos se tivéssemos passado a noite juntos. Mas talvez isso nem sequer fosse mais possível. Depois disso, de todo modo, a coisa foi diminuindo dia a dia. Bastava que alguém dissesse nossos nomes. O pior de tudo era que não precisavam ser palavras específicas. Qualquer palavra podia nos transportar de volta ao lago da floresta. E pra mim bastava saber e ver que também Ines pensava nisso. Mais tarde, me culpei por não ter partido para cima dos homens. Teria sido melhor se eles tivessem me dado uma surra, ou se nós tivéssemos voltado nus para casa. Tudo teria sido melhor do que aquilo que aconteceu. Mas eu estava paralisado de medo. Nós não queríamos, no fundo, que a coisa piorasse ainda mais. Esse medo nojento!”

Boris se voltou para Elvira, talvez ele esperasse alguma reação da parte dela, talvez quisesse lhe perguntar algo. A cabeça de Elvira se apoiava no ombro de Susanne. Susanne mal podia se mexer, mas mesmo assim colocou com cuidado um dedo diante da boca. Quando Boris disse que queria carregar Elvira para a cama, Susanne fez uma careta. Ela parecia estar gostando da cabeça em seu ombro, eu acho até mesmo que ela estava um pouco orgulhosa de vê-la ali.

Ines e Pawel disseram que iriam embora. Boris assentiu, mas nem ele nem os dois se levantaram. Também os outros ficaram sentados ali e contemplavam Elvira. Eu pensei que nós não voltaríamos a ver Elvira se fôssemos embora naquele momento.

Eu gostaria de ter dito algo sobre a história de Fred. Queria perguntar a Boris se ele se recordava da água marrom dos lagos da floresta. Eu mesmo fui tomar banho por lá muitas vezes. Justamente aquele lugar era bem pedregoso.

Minha recordação da noite com Boris perde a nitidez depois do relato de Fred, pelo menos no que diz respeito ao conteúdo e à seqüência do que foi contado. O clima que ali imperava, porém, ficou muito mais claro para mim.

Fred, Lore e Charlotte estavam curvados à frente, como se ouvissem um programa de rádio. De vez em quando, alguém estendia a mão aos petiscos e aos pãezinhos torrados com queijo e tomates, que Boris em algum momento trouxera para a sala.

Uma tranqüilidade estranha tomara conta de nós. Eu evito conscientemente palavras como silêncio ou quietude, ainda que – conforme penso – por um momento ninguém tenha falado e se alguém falou foi em voz bem baixa. Eu fiquei aliviado com o fato de a tensão esquisita que havia tomado conta de tudo com a aparição de Elvira ter se dissipado. As histórias também haviam acalmado Boris. Eu achava incômodo, no entanto, constatar que o que era contado deixava em mim uma sensação agradável.

É claro que não sei o que realmente reteve Ines e Pawel. Mas eu tinha certeza que também Susanne, mesmo que a cabeça de

Elvira não estivesse recostada em seu ombro, não teria nem de longe pensado na idéia de ir embora naquele momento.

Talvez eu dê motivo a algum gozador, se confessar que não pude deixar de pensar nas minas desativadas nas quais de repente – ninguém sabe como – aparece todo tipo de planta possível, como há milhões de anos, como se não tivesse acontecido nada ali, para começar tudo de novo a partir do início. Era uma sensação parecida com a que eu tinha.

Eu mesmo não contei nada. Comigo não acontece nada que possa resultar em uma espécie de história. Eu também não sou um tipo falador, lamentavelmente, no passado até sofri por causa disso. Pensei se devia ou não contribuir com aquilo que ouvira algumas semanas antes no rádio, um incidente, no qual eu sempre era obrigado a pensar de novo. Provavelmente, eu voltaria a reconhecer a voz da mulher. Era um programa de entrevistas com música, no domingo, no Deutschlandfunk. A entrevistada era uma cantora de ópera que acabava de dar seu concerto de despedida. Do nome eu esqueci, assim como de toda a entrevista, na verdade. Só daquela pergunta eu me lembro muito bem. A apresentadora queria saber se a gente ainda podia fazer amizades quando tinha mais de cinqüenta anos, amizades de verdade, amizades para a vida toda. "Sim, como não!", exclamara a cantora. Ela estava, isso podia ser ouvido muito bem, irritada, quase indignada. A apresentadora tentou explicar sua pergunta, ao que a cantora respondeu apenas com um "Não, nisso eu não acredito de forma alguma!" bem brusco. No silêncio que se seguiu, ouviu-se o farfalhar de papel, até que ambas começaram uma frase ao mesmo tempo, emudeceram em seguida e a apresentadora disse: "Por favor, a *senhora* pode falar!".

Diante disso a cantora contou de um amigo que ela conhecera há apenas um ano e meio em Chicago, um americano de origem alemã, que chegara criança aos Estados Unidos no final dos anos 40 – eu acho que ele se chamava Rüdiger, de qualquer modo o nome dele era um desses nomes impronunciáveis para um americano. Esse Rüdiger havia puxado conversa num *coffeeshop*, por causa do sotaque alemão dela. Ele a convidara a visitar o *Board of Trade*, a bolsa de Chicago, no dia seguinte, ele trabalhava lá. Ela descreveu como, às nove em ponto, com o som do sino, o berreiro na bolsa começou e o que significava, até fisicamente, conseguir se impor durante horas ali embaixo, naquele anfiteatro.

"A senhora queria nos contar de uma amizade", e a apresentadora interrompeu as explicações dela. A cantora, no entanto, prosseguiu, imperturbável. "E justo esse homem me contou à tarde que o socialismo era a única coisa certa, que a gente precisava ajudar os pobres e tirar um pouco dos ricos, que a gente precisava estatizar as empresas vitais, pois empresas estatais eram sempre melhores, ao fim e ao cabo, do que monopólios privados. E então ele me perguntou", disse a cantora, "se nós, com nosso modo de viver e o comportamento corrupto necessário para tanto, não acabaríamos por levar o mundo ao abismo. Eu pensei primeiro", gritou a cantora, "que ele estivesse fazendo piada, mas ele falava sério, gravemente sério. Hoje em dia eu me odeio por pensar que ele estivesse fazendo piadas!"

"Quer dizer que a senhora", perguntou a apresentadora, "fez amizade com ele por causa de seus pontos de vista?"

"Ele não disse nada", replicou a cantora, "que nós todos não tivéssemos pensado e falado aqui há trinta ou quarenta anos, nada a não ser isso. A diferença é que ele não parou de pensar e falar sobre isso."

Mais uma vez ocorreu uma breve pausa, e então a apresentadora fez a próxima pergunta. Mas a cantora não se deixou levar. "A senhora não acredita", perguntou ela, em vez disso, "que continuará havendo guerras enquanto alguém lucrar com elas?"

A apresentadora tentou com outra pergunta, mas a cantora insistiu: "A senhora não acredita que há pessoas demais entre nós que faturam com a guerra?".

"Sobre isso não posso discutir com a senhora agora", disse a apresentadora, e deve ter dado um sinal à direção artística do programa para que colocasse música, de modo que só se ouviu a cantora dizendo "A senhora não acredita". À música se seguiram notícias. Na seqüência, a entrevista correu sem incidentes.

Eu poderia ter falado disso. Mas isso não tinha ligação nenhuma com o que havia sido contado até então. Além disso, também me pareceu meio pobre repetir uma história de rádio. Mas se a menciono agora é porque estou me perguntando pela centésima vez o que eu teria feito se fosse o apresentador. Provavelmente eu tivesse cometido o erro de perguntar à cantora sobre seu amigo americano. Pois o que aquele Rüdiger deveria, o que ele poderia fazer, se esses eram os seus pontos de vista? Abandonar seu emprego? Mandar a bolsa para os ares com uma bomba? Virar político?

Fazendo essas considerações, eu adormeci. Sonhei, mas não me lembro mais com o quê.

Ao acordar, estremeci, naturalmente achei embaraçoso ter pegado no sono. Mas ninguém, nem mesmo Susanne, pareceu ter percebido algo. Lore acabara de dizer: “Ali estava deitado ele, pois, molhado, liso e fedendo”.

Boris havia esticado as pernas completamente, a cabeça sobre o espaldar da poltrona, seus olhos estavam fechados. Ines jazia deitada de costas, a cabeça no colo de Pawel, suas pernas penduradas sobre o encosto lateral da poltrona. Charlotte havia ocupado um lugar no tapete, em posição de lótus, os cotovelos sobre os joelhos, e mantinha a cabeça apoiada nas mãos, diante dela o cinzeiro pela metade. Realmente acordados, apenas Lore e Susanne pareciam estar. Fiz com que Susanne me contasse mais tarde a história do peixe gigantesco, que Lore havia lido em algum lugar. Mas até Susanne já se confundia em alguns detalhes.

Então vi como Susanne, seguindo o exemplo de Ines e Pawel, ajeitou Elvira sobre seu colo, sem que Elvira tivesse acordado.

Peguei no sono de novo e acordei em seguida, quando Pawel começou a falar de um amigo seu. No início do ano anterior, ele conhecera uma mulher jovem, que não apenas fazia parte da nobreza, mas também era rica. Os pais haviam readquirido a antiga sede do clã, entre Berlim e a Suíça brandemburguesa, e feito com que ela prosperasse, um castelo da Bauhaus, conforme Pawel o caracterizou, com um parque gigantesco. “Nós conhecíamos o parque, fomos passear por lá certa vez, era permitido, um parque com pavilhões, lagos, prados e árvores imemoriais. E sempre que nos aproximávamos do castelo víamos placas que mal apareciam entre a relva e anunciavam 'propriedade privada!'. A gente não fazia outra coisa a não ser sonhar em morar naquele castelo. Passeávamos por lá, à toa, quando de repente vi uma mulher sentada à minha frente no pavilhão. Ela estava lendo, nem sequer percebeu minha presença. Eu poderia ter me aproximado, mas vi que estava parado entre duas placas de propriedade privada. Ela não devia estar lendo as *Afinidades eletivas*, mas nenhum outro livro teria se adequado tão bem à cena. A coisa mais incrível, no entanto, era que o grande prado subia de leve sem deixar livre o olhar para aquilo que ficava atrás dele, de modo que eu pensei que lá começava o mar ou pelo menos um grande lago, e só alguns metros antes da lavoura é que a ilusão se esboroou. Quando fiquei sabendo então quem meu amigo havia conhecido, acreditei no destino de repente, num destino malconduzido, como se ali alguma coisa tivesse sido confundida, um engano na ligação telefônica, digamos..."

Ines sorriu e disse, sem abrir os olhos: "Pois é, pois é".

"Só estou querendo dizer", alegou Pawel, "que nós é que fazíamos parte daquilo, e não Jürgen. Sua Elisabeth nem sequer era a mulher do pavilhão. Certa vez, Jürgen nos levou junto, mas aí a crise já se instalara entre os dois. Eu toquei lá, num Thürmer, mas estava distraído, contemplava a mim mesmo na condição de pianista. Do segundo andar, via-se o prado com o pavilhão e também o campo aberto atrás dele."

Pawel tirou seus sapatos pisando nos calcanhares. Eu observei os movimentos que seus dedos dos pés executavam nas meias cor de vinho. Ele não fazia a menor tentativa de esconder as manchas de suor nas solas. Os braços de Boris pendiam do encosto lateral da poltrona como bandeiras não tocadas pelo vento. Ele roncava de leve. Susanne dormia com uma das mãos na cintura de Elvira, o braço direito sobre o espaldar, sua cabeça caíra pra trás, sua boca estava levemente aberta. Já fazia tempo que eu não a contemplava dormindo.

Tentei imaginar como a coisa continuaria entre Elvira e Boris. Tive vontade de dizer alguma coisa dessa vez, eu diria que queria voltar a ver Elvira.

Acordei pontualmente às seis. Estava com frio, garganta e ombros doíam. Susanne sorriu para mim. Elvira e Boris não estavam mais ali, também não vi Charlotte. Fred estava deitado sobre o tapete, Lore a meu lado, sobre o sofá. Ines dormia no colo de Pawel. A janela para a qual olhei estava entreaberta, a persiana aberta, a luminária apagada. Sobre uma das lamelas da persiana havia uma mosca. Lá fora um caminhão, que ou estava vazio ou puxava um reboque, andava aos solavancos sobre o calçamento de paralelepípedos.

Pode até soar estranho, mas depois de acordar eu senti um orgulho, como se significasse um bom desempenho ter adormecido sentado e na companhia de outros. Estava satisfeito, satisfeito e feliz, como se tivesse recebido um presente que desejara receber a vida inteira.

Susanne voltara a fechar os olhos. Eu tenho quase certeza que não adormeci mais depois disso, que o que se seguiu não foi um sonho, portanto. Ouvi um helicóptero, e então o vi através das lâminas da persiana. Afundei no sofá até ter o helicóptero sobre a mesma lâmina em que estava a mosca, que por lá se mexia. A mosca andava sempre um pequeno trecho e em seguida parava como se tivesse de voltar a reunir forças. O helicóptero, ao contrário, se movimentava sem parar na direção dela. Eu não precisava fazer nem um movimento para corrigir minha posição. Eles colidiram, e então – eu juro – a mosca engoliu o helicóptero. Esperei que o helicóptero voltasse a aparecer atrás da mosca ou debaixo da lâmina, conforme teria sido adequado às leis da perspectiva – mas isso não aconteceu. O helicóptero havia desaparecido. E só então eu percebi que também o barulho havia cessado, silêncio total, só a nossa respiração, até mesmo a mosca ficou imóvel em seu lugar.

Até esta, quer dizer, até a frase anterior com a mosca, eu escrevera minha "pequena novela" – assim estava no subtítulo – e mostrara-a a Susanne para que ela a lesse. Caso isso fosse publicado um dia, disse ela, mesmo um leitor desinteressado, que não soubesse nada mais a não ser aquilo que eu dissera, saberia de tudo já desde o princípio. Do desfecho novelístico, eu poderia abrir mão. Segundo ela, na realidade as coisas aconteciam de um jeito diferente das minhas histórias. Eu perguntei se ela achava que eu nem deveria continuar escrevendo, se a história talvez já estivesse no fim? Se eu não sentisse isso, disse ela, eu não precisaria continuar me torturando com a escrita, pois isso não faria o menor sentido no final das contas.

Alguns dizem sim, que a gente tem a obrigação de inventar, pois do contrário a coisa não fica bem. Mas eu não gostaria de inventar absolutamente nada. Nesse caso o que me importa é apenas ser justo e imparcial com Boris e com aquela noite. O subtítulo estava simplesmente errado. No cotidiano, não existem novelas. E eu, portanto, risquei o subtítulo e continuo a escrever conforme pretendia fazer desde o início.

Ainda que fosse uma quinta-feira, estranhamente ninguém parecia ter pressa. Boris, que agora usava chinelos da Adidas branco e azul, pôs a mesa e disse que no fundo ele não nos havia convidado também para o café-da-manhã. Quando fui ter com ele na cozinha, ele me fez um sinal; queria que eu fechasse a porta. Apoiado à janela da cozinha, ele perguntou: "E, que tal, o que você acha dela?".

"Maravilhosa, totalmente maravilhosa", disse eu.

"Só que ela não é nada parecida comigo."

"E por que ela deveria ser parecida..."

"Não gostei nem um pouquinho disso", ele me interrompeu, "que uma dessas apareça assim de repente dizendo, simplesmente: oi, papai! Ela não é nada parecida comigo! Exigi o teste. Sua mãe está muito aborrecida, e ela naturalmente também está. Mas eu quero o teste mesmo assim. O que faremos depois disso é coisa nossa, mas a certeza é necessária, ou você acha que não?"

Boris ainda falou por algum tempo. Ele também disse que, se Elvira não quisesse morar com ele de jeito nenhum, ele lhe pagaria um alojamento num muquifo estudantil. Quanto mais ele pensava sobre isso, tanto mais lhe agradava o fato de ter uma filha.

Eu jamais contei a Boris sobre o meu, sobre o mal-entendido de nós todos. Talvez ele também quisesse brincar com isso. Pode muito bem ser. Eu simplesmente lhe dei parabéns por sua filha.

"Espera só, espera só", disse ele. "Um nome horrível. Eu jamais teria lhe dado o nome de Elvira. Mas era esse o jeito dela, da mãe dela, bem assim!"

Elvira tratou de todas as formalidades depois da morte dele. Ela também mandou imprimir um necrológio e o enviou a todos os que apareciam em seu caderno de endereços. Vieram cerca de cinqüenta pessoas. A mãe de Elvira nós reconhecemos imediatamente, Elvira é a cara dela, cuspida e escarrada.

Achei um pouco precário o fato de apenas tocarem música. Susanne disse que eu deveria fazer um discurso, pois eu era o único amigo dele. Mas na verdade nós nem nos conhecíamos. Eu poderia ter contado daquela noite. Mas uma coisa dessas a gente não consegue fazer assim de uma hora para outra, eu, pelo menos, não consigo.

Semana passada fomos visitar Elvira. Ela vai alugar o apartamento e pagar o empréstimo com o aluguel. Sobre a mesa, havia uma lata velha de cor vermelho-escura. Em cima dela, uma foto em preto-e-branco. Ela mostrava meu grupo na creche sentado num trepa-trepa. Fora duas meninas, todos os outros haviam ousado subir mais do que eu. No fundo, o grupo seguinte já estava à espera. Entre meus ombros e as sandálias de meu amigo Jutz Janke, havia uma flecha desenhada com caneta, que apontava para a cabeça de um rapaz já bem grande. Perguntei se eu podia ficar com a foto, um pedido que no mesmo instante me pareceu insolente. Mas Elvira pareceu estar à espera dele e se alegrou por eu tê-lo feito, pelo menos ela sorriu e me deu a foto de presente, sem titubear.

Mais uma história

"Ele nem faria aquela viagem de trem, se aos domingos também tivesse um vôo sem escalas de Budapeste a Berlim. Pelo menos foi isso o que ele disse a Katalin K., uma jornalista húngara, que depois de uma entrevista lhe oferecera ajuda para comprar um bilhete de trem Budapeste–Viena–Budapeste."

Uma espécie de estilo protocolar talvez fosse mais adequado à história, um tom objetivo, frases sem um narrador em primeira pessoa. O leitor atento saberia de cara que o verdadeiro motivo da viagem não necessariamente coincidiria com aquele alegado por nosso viajante (um nome poderia ser encontrado com facilidade). A formulação "Pelo menos foi isso o que ele disse" – a ênfase está no verbo – seria um indício certeiro para tanto.

É sempre sedutor deslocar o Eu à terceira pessoa. A gente acaba fazendo então com que essa terceira pessoa perca um pouco de sua importância, e o que foi vivido parece passar a se escrever por conta própria. Mas neste caso isso não irá funcionar, de qualquer modo não quando chegarmos ao momento crítico e decisivo, quer dizer, ao momento em que nosso viajante estiver sentado diante daquela mulher, que bem poderia ter o nome de Petra ou de Katja, aquela Petra ou aquela Katja que nos anos em que os dois estiveram juntos, ou melhor, nos anos de sua união, ele chamara de sua mulher. Ou será que me engano? Será que o efeito não seria mais contundente – justo nesse ponto nevrálgico – se fosse dispensado todo e qualquer comentário e o Eu fosse observado apenas de fora (como nosso viajante) e assim submetido à mesma observação à qual também os outros personagens estão sujeitos? Eu não sei dizer.

Mesmo assim vou tentar falar de mim e do fato de a vida mostrar a tendência de imitar a literatura.

Me parecera uma idéia preciosa (uso preciosa e perniciosa conforme meu estado de ânimo e vice-versa) viajar para Viena no domingo, dia 25 de abril de 2004, ou seja, no último dia da Feira do Livro de Budapeste, em que a Alemanha era o país homenageado, e entregar a Petra minha história "Incidente em São Petersburgo", na qual o narrador em primeira pessoa é assaltado. Isso acontecera de fato comigo. Conforme minha convicção, o assalto apenas acontecera porque eu estava distraído, porque nos meus pensamentos eu ainda estava em Viena, em Viena, junto com Petra. No dia seguinte à nossa separação, eu viajara de avião de Viena para São Petersburgo. Em minha história, o "incidente" se transformara numa espécie de enredo para contextualizar minhas lembranças de Petra.

É claro que eu poderia ter mandado a história a Petra sem fazer comentários e esperar para ver o que acontecia. Mas achei melhor – também porque Viena de repente estava tão próxima – dizer a Petra cara a cara que desta vez, fora os nomes dos personagens, que eram diferentes (Petra ou Katja), eu não havia inventado nada.

De Budapeste, eu telefonei para ela – o mesmo número, a mesma chamada de sempre – e deixei meu recado na secretária eletrônica. No hotel, por sua vez, encontrei um bilhete, no qual o quadradinho "Retornar ligação" estava marcado com um xis. Em cima dele estava o número conhecido, no qual mais uma vez apenas a secretária eletrônica atendeu. Eu disse a data, também a hora de minha chegada e o lugar, 12h20 na Estação Oeste, e também a hora em que partiria, às 15h45. Perguntei se nós, caso ela pudesse, poderíamos nos encontrar às 13h00, "por uma horinha", e prometi que ela seria minha convidada no almoço. Como ponto de encontro, sugeri o quarteirão dos museus e disse, ao final, que o número do meu celular continuava o mesmo. Caso Petra não aparecesse, eu pretendia passear no quarteirão dos museus, que só havia sido aberto depois de nossa separação.

Já ao comprar o bilhete, na sexta-feira, eu tive a sensação de estar me dando algo de presente, de me permitir um luxo, ainda que tenha escolhido a segunda classe, e por isso precisasse pagar apenas 34 euros para viajar a Viena, ida e volta. Eu não estava acostumado a planejar uma viagem e a pagar eu mesmo as passagens, sem nenhum convite, apenas por decisão própria.

A chuva no domingo pela manhã resume tudo aquilo que consigo ver de Budapeste à altura da janela de um carro. As imagens individuais se apagam e se tornam cinzentas como o asfalto, que parece lançar bolhas. Eu me assusto, o rádio berra – "e todos os sinos dobraram", o motorista se vira e me faz um sinal afirmativo com a cabeça. "No dia em que morreu Conny Cramer, e todos os sinos dobraram, no dia em que morreu Conny Cramer, e todos os amigos choraram por ele, como foi difícil esse dia...” Entendo, uma música alemã, especialmente para mim.

O carro é propriedade do hotel, o taxímetro permanece desligado. A sensação de que se preocupam comigo me deixa verdadeiramente eufórico quando chegamos à Keleti pu.[1] Eu jamais mencionaria a estação ferroviária leste de Keleti pu. Foi na Keleti pu. que eu estive parado pela última vez no verão de 1989, foi na Keleti pu. que começaram e terminaram as férias em Budapeste, a Keleti pu. era o ponto inicial e o ponto final das viagens de carona à Bulgária; uma estação que era tão familiar para mim quanto a de Neustadt, em Dresden.

O motorista e eu nos despedimos com um aperto de mão. Eu tenho tempo e nada comigo a não ser minha sacola com o meio litro de água, o volume de István Örkény, meu caderno de notas, que carrego sempre, sem nem por isso usá-lo, a pasta azul com o manuscrito de “Incidente em São Petersburgo”, a carteira e meu passaporte. “Vou para Viena”, sussurro enquanto subo os degraus da entrada principal e, chegando lá em cima, me viro como se tivesse de me despedir para sempre. “Vou para Viena.” Um homenzinho azul da Michelin me acena do telhado de uma casa, azul é também o Trabant na fileira de carros estacionados, mais da metade deles alemães. Por mais que eu olhe à minha volta – a mão sobre a sacola –, em lugar algum consigo

1 Abreviação do nome da estação *Budapest Keleti pályaudvar*, ou Estação Leste, a mais importante entre as grandes estações internacionais da capital húngara. [N.T.]

ver um mendigo, ninguém quer nada de mim, nem mesmo um bêbado passa cambaleando. Já em maio de 1979, quando viajei dali pela primeira vez, carregado de livros do Centro Cultural da Alemanha Oriental, saindo daquela loja de *pockets* da Fischer que fica na Váci-utca, eu sempre sonhei em me tornar escritor e viajar para Viena. Há 25 anos isso ainda significava outra coisa. Eu também poderia dizer que há 25 anos isso ainda significava alguma coisa.

Viena nem sequer aparece na tabela que anuncia os trens partindo. Em compensação, aparece Dortmund – que ontem perdeu feio, três a zero contra o Leverkusen, e hoje Bremen tem de ganhar do Bochum fora de casa, pois do contrário acabará nem se classificando para a Copa da UEFA. Não quero pensar nisso, e por isso também não compro jornal. Uma viagem de trem se decide no primeiro quarto de hora, na maior parte das vezes até mesmo nos primeiros minutos.

O trem para Dortmund, passando por Viena, está pronto a partir. Não tenho lugar reservado. Exigente, inspeciono os vagões, primeiro de fora, depois de dentro. Quando por fim encontro um vagão com passagem para diversos vagões, a maior parte dos lugares já está ocupada. Os bancos vazios ou não têm janela, ou apresentam uma mancha de ovo fresca brilhando no estofado, ou então ficam diretamente em frente ao compartimento de fumantes. Há sempre motivos para alguma coisa estar livre ou prestes a ser ocupada. Volto ao meu lugar, no qual o barulho do aquecimento é especialmente alto. O trem se enche. Eu não sou alguém de quem os outros gostem de se sentar perto. Isso não é uma descoberta repentina, mas algo que sempre acaba me magoando de novo, ainda que eu todas as vezes suspire aliviado quando alguém segue adiante depois de hesitar por um instante.

Eu me admiro com o fato de o trem partir fazendo tão pouco barulho. Mas não somos nós que partimos, e sim o trem de Budapeste a Moscou. Ou será que estão apenas manobrando? Não vejo ninguém atrás das janelas.

Pego a pasta azul com a história "Incidente em São Petersburgo", enfio o celular no bolso junto ao peito, onde já está a caneta, e em seguida tomo as *Novelas de um minuto* nas mãos, que já no avião segurei sobre meu colo, e que no hotel ficaram na mesinha de cabeceira. Puxo o marcador de página vermelho-escuro, abro o livro na página dezoito e começo, quando nosso trem, pontualmente às 9h35, dá um solavanco indicando a partida, a ler o texto que leva o título de "Laço".

Ainda que quando o trem parta eu seja tomado regularmente pelo pânico de ter esquecido minha mala na plataforma, gosto muito de viajar de trem. Assim como a gente consegue andar com o dobro da rapidez nessas esteiras planas dos aeroportos, eu tenho a sensação de produzir muito mais no trem do que em casa. Além disso, a tudo que se lê e escreve se junta o sucesso de ter se proposto uma mudança de lugar, motivo pelo qual o desempenho do dia pode muito bem ser considerado triplamente proveitoso. Começo, pois, a ler, mas sou imediatamente interrompido pelo peso na consciência, porque na verdade ainda preciso dar uma olhada em "Incidente em São Petersburgo", e pensar naquilo que direi a Petra daqui a três horas.

Pertinho de mim, do outro lado do corredor, uma família francesa. Os pais sorriem, nós nos cumprimentamos com acenos de cabeça, as crianças são instadas a dizer *bon jour*, coisa que, no entanto, nem o garoto (cachos) nem a menina (cabelo liso) acabam fazendo.

Lá fora, paisagem verdejante e contêineres amarelos da Gartner, muros de sete placas de cimento estreitas. Praktiker, Nissan, no domingo seguinte os húngaros já farão parte da União Européia, OBI, o Danúbio, margens rasas, novas construções gigantescas, HP, observatórios nos telhados, lonas de circo – naturalmente só parece ser assim. Depois blocos de prédios, que devem ser atribuídos à era Kruschov, mais uma vez o verde, pequenas casas. A simpatia, que é manifestada a uma família jovem. Eles distribuem animais de pelúcia, revistas em quadrinhos e um livro de James Ellroy nos quatro lugares, e se colocam a caminho do vagão-restaurante, justamente no momento em que paramos em Kelenföld. Depois Shell, Honda, Plus, Kaiser's, outdoors ao lado da rua. As casas do outro lado estão cobertas pelo verde. É o tempo ideal para viajar, IKEA, Stella Artois, Baumax.

Volto a colocar o marcador no livro, fecho as *Novelas de um minuto*, abro a pasta azul. Não sei o que devo dizer a Petra. Estou viajando há dezesseis minutos. "Dezesseis", quem foi que disse "dezesseis" de um modo tão penetrante, de repente tenho "dezesseis" no ouvido como se tivesse sido dito por um estrangeiro, "dezesseis" e "todos os sinos dobraram".

Leio minha história, isso é trabalho, não é mais domingo, não é tempo livre, nada mais de soberania. O tom é deliberadamente pouco literário, como se eu mesmo tivesse de encaminhar o protocolo, que jamais foi escrito.

"São Petersburgo, 1º de dezembro de 2000. Eu cheguei à cidade para apresentar a edição russa dos *33 momentos de felicidade* no Instituto Goethe e na Universidade, junto com a tradutora Ada Beresina. Para mim, um sonho estava se realizando, pois com isso, foi o que alardeei com gosto naquelas semanas, o livro voltava à sua cidade e à língua da maior parte de seus personagens. Eu morava na pensão Turguêniev, numa rua paralela da Niévski Superior, não muito longe da Moika. Numa casa de câmbio, que ficava, diagonalmente, do outro lado da rua, no andar subterrâneo de um prédio residencial, eu trocara dinheiro, e por isso também tinha meu passaporte comigo. Com a carteira e o passaporte no bolso de dentro do casaco, e uma pequena mochila sobre os ombros, eu passeei ao longo do Nieva, olhei para os torrões de gelo boiando na água e pensei em Viena...

No Palácio de Mármore, deixei o Nieva e atravessei o Campo de Marte em direção à Niévski. Junto à tocha em homenagem ao soldado desconhecido, havia várias pessoas em pé, que, a princípio, achei que fossem soldados. Quando me aproximei um pouco mais, um rapaz me dirigiu a palavra. Em sua postura havia algo submisso, seu olhar era irrequieto, seu rosto e suas mãos estavam sujos. Ele me perguntou pelo horário. Havia passado um pouco do meio-dia. Então ele perguntou se eu poderia lhe dar algum dinheiro, disse estar com fome. Eu tirei a carteira do bolso, lhe dei dez rublos de presente e me mandei. Ao ir embora, passei pela direita do monumento, percebi que ele gritou algo aos adolescentes que se esquentavam junto à tocha ao soldado desconhecido. Um instante depois, eu tinha o bando atrás de mim, a metade dele composto de crianças. Eles imploravam, as mãos unidas como em oração, e gritavam: '*Kuschat, kuschat*', comida, comida. Eu não saí correndo. Afinal de contas, estávamos em pleno dia no centro de São Petersburgo. Talvez eu nem sequer tivesse pensado nisso, talvez tivesse me parecido embaraçoso dar o fora, talvez eu imaginasse que de nada adiantaria. Enquanto as vozes altas continuavam a uivar gritando '*kuschat, kuschat*', os outros se entendiam com chamados à meia-voz. Foi só nesse instante que percebi de verdade em que situação eu havia me metido, e ao mesmo tempo não quis acreditar naquilo. Fiquei parado. Um momento mais tarde, eu já estava dominado. O mais forte deles havia saltado contra minhas costas e segurava meus braços...

Eu berrei como jamais havia berrado antes em minha vida. Berrei como um boi, me virei, me joguei para lá e para cá como um javali, como um urso atacado por uma matilha de cães. Eles estavam realmente em toda parte. Inclinado à frente, eu segurava minha mochila. Meus movimentos, contudo, fizeram apenas com que meus óculos caíssem e eu pensei: só me faltava isso! Quando levantei os olhos, meu olhar se encontrou com o de uma mulher que passava às pressas. A vergonha dela e a minha vergonha, não há mais do que isso a dizer sobre o assunto. Vinda de cima, uma mão se enfiou no bolso interno do meu casaco. Ela se aproximava pouco a pouco de minha carteira e do meu passaporte. O casaco estava abotoado, assim como o sobretudo, mas por mais que eu gritasse e me mexesse a mão avançava cada vez mais, cada vez mais fundo, não faltava muito..."

O cobrador usa um boné. Uniformes sem quepe não me parecem muito sérios. Ele sorri, lábios como os de Belmondo, eu sorrio e lhe estendo o bilhete, que ele rubrica. Nós passamos por Tatabánya, uma águia sobre uma rocha, uma espécie de torre de extração na montanha, depois uma ruína imensa, o Danúbio do outro lado, reconciliado com a vista.

"De repente eles começaram a me largar, um após o outro, eu ouvi como alguém praguejou, o bando deu no pé, eu me levantei e me ajeitei. Um homem com gorro de lã veio em minha direção, em cada uma das mãos uma sacola de rede cheia de compras. Eu tentei pegar minha carteira, como para ter certeza de que não estava sangrando, e recuperei meus óculos no chão. Não acontecera nada comigo."

Agora é que a história começa realmente, mas o fluxo narrativo serpenteia porque diversas explicações se fazem necessárias para tornar compreensível o caráter miraculoso que aquele incidente ainda haveria de assumir para mim.

Meu salvador, que – uma vez que eu berrara em voz rouca e no princípio conseguia apenas sussurrar – mal entendeu meu agradecimento, passou seu indicador enluvado sobre o corte vertical que uma faca havia deixado do lado direito de meu sobretudo. Eu perguntei por seu nome. "Gilles", ele disse, "eu sou francês."

"Gilles?", eu gaguejei desconcertado. "Gilles?" Ele anuiu.

O *Gilles de Watteau* era o quadro preferido de meu falecido amigo Helmar, a quem são dedicados os *33 momentos*. Mas apenas na edição russa aparece seu nome em vez de suas iniciais. Essa informação tinha de ser dada, para que todo mundo entenda por que eu fiquei comovido com a menção ao nome de Gilles como se tivesse sido tocado por um trovão. No dia do lançamento do meu livro eu sou salvo no centro de São Petersburgo por um francês chamado Gilles, como se Helmar tivesse... É claro que não levo isso a sério.

Gilles fez questão de procurar um miliciano. Achamos um diante da Station GAI ("Inspeção Veicular Estatal", conforme é chamada a polícia de trânsito na Rússia), ao lado do Palácio de Mármore. Nos apertamos dentro de um Lada da GAI e rodamos um pouco por aí, mas para meu grande alívio as crianças haviam desaparecido como se tivessem sido engolidas pela terra. E o que iríamos fazer com elas? Tudo que faltava era um pequeno dicionário e um isqueiro do bolso exterior de minha mochila. Eles não me espancaram nem me deram coices ou puxaram meus cabelos. Um Gilles valente bastara para fazê-los fugir. Enquanto eu olhava para o Museu Russo pelas janelas do Lada, compreendi que apenas me acontecera o que eu havia descrito. "Você já viu uma coisa dessas, no meio da rua, e criancinhas ainda por cima, duas, e uma, na mesma altura, bem ao longe, vigiando as entradas dos prédios, e mais uma, se adiantando ao longo da balaustrada... Müller-Fritsch estava deitado meio de costas, meio de lado, junto à balaustrada do canal."

Quando eu, poucas horas mais tarde, atravessei a passagem subterrânea de pedestres da Niévski, do restaurante Sadko rumo a Gotinyi Dwor, escoltado pela tradutora e pela intérprete, joguei dinheiro no boné de um mendigo perneta, exatamente a quantidade que eu tinha no bolso da calça. Eu sei muito bem que num cantinho do meu coração vi nesse gesto, com o qual eu mais superei minha indolência do que fiz um sacrifício, uma espécie de acalento própria de um culto, que deveria me proteger de ataques semelhantes no futuro.

O mendigo, contudo, gritou alguma coisa para mim, num tom que não soou como uma bênção. Quando eu me voltei, uma perna já oscilava entre as muletas. Eu ainda considerei aquilo um gesto casual. Mas quando ele se preparou para subir, degrau a degrau atrás de mim, a escadaria da passagem subterrânea, já não havia mais dúvidas. Mal me restou tempo de fechar a porta do táxi assim que entrei, e então a empunhadura de borracha de uma muleta já batia contra a vidraça. "Vamos a pé", exclamou Ada; o taxista havia exigido um preço desavergonhado. "Nós pagamos!", decidi eu, e não voltei um olhar sequer à empunhadura na vidraça embaçada. Por fim, o motorista se deslocou para o meio da rua. Nesse momento, eu já estava convencido de que tudo que eu descrevera nos *33 momentos de felicidade* – pois uma cena semelhante à última também pode ser encontrada no livro –, eu agora teria de vivenciar pessoalmente. São Petersburgo exigia tributo pelas minhas histórias. Como eu poderia ter acreditado escapar com tanta facilidade, e escrever o que eu bem entendia sem ser punido?

Mal paramos no final de um engarrafamento diante de um semáforo, Ada deu um grito. Do carro à nossa esquerda, saíam chamas, o motor estava pegando fogo. Nós encolhemos as cabeças, eu esperei por uma explosão. Durante aqueles segundos, repassei meu livro. Mas em lugar algum minha fantasia havia ousado fazer com que um carro pegasse fogo. Eu era inocente, aquelas chamas não tinham nada a ver comigo, e fiquei realmente aliviado. O táxi recomeçou a andar e, quando paramos de novo, já havia pelo menos uns trinta ou quarenta metros nos separando do carro em chamas.

A gente poderia pensar que eles eram das tropas pára-quedistas se sobre o peito não trouxessem a estampa *Border Guard*.

Sei o que tenho a fazer. Sem dizer nada, o *Border Guard* responsável por mim estende uma mão para ver meu passaporte, desloca seu peso à frente e me dá – um movimento imperceptível do pulso, como se ele estivesse se desvencilhando sutilmente de algemas – o passaporte de volta no mesmo instante, como se não fosse o correto, como se ele não precisasse nem olhar para o passaporte para constatá-lo. E então já é a vez dos franceses. "*Bon jour*", dizem as crianças, os pais sorriem, às costas dos *Border Guards* está escrito, amarelo sobre azul, *Border Guard*.

Mas e onde ficaram os funcionários da alfândega?

Em Györ, vagões de carga extensos com a inscrição "Nós transportamos para a Audi" ou "Nós transportamos para a Volkswagen", mais os logotipos das empresas, marrons e enferrujados como os vagões, aguardam nos trilhos paralelos; atrás, a torre de uma estação de água, como um pirulito de disco voador. Logo mais os funcionários da alfândega terão de vir.

Eu direi a Petra que na minha história "Incidente em São Petersburgo" o medo de precisar pagar por aquilo que havia escrito era inversamente proporcional ao desejo de viver com uma poeta, e que eu confundira o amor por suas poesias com o amor por ela, assim como ela confundira o amor...

Eu direi: quando te vi pela primeira vez, eu me... Isso eu já contei a ela centenas de vezes, que ela, quando apresentava suas poesias, fazia um rosto completamente diferente, que ela parecia uma menininha e que no intervalo entre as suas poesias, quando ela contava qual a situação que originara o poema a ser lido em seguida – os organizadores e o público a amavam por causa dessas histórias –, a gente acreditava que ela estava acordando, sim, entre as poesias, e tentava se desvencilhar de um sonho. E eu estava convencido de que todo mundo que a via e ouvia tinha que se apaixonar por ela. Mas também dessa vez não confessarei a ela que eu sonhava me tornar o VOCÊ das poesias. Eu não queria dedicatórias, dedicatórias são como mocinhas de treze anos que fumam. Você verá, eu haverei de replicar a cada uma de suas objeções, pois ali não há nada que possa machucá-la. Não, isso eu não direi. Eu escrevi que todo mundo gostaria de poder morar naquele apartamento de assoalho antigo, que seria digno de qualquer museu, e passear com você em Schönbrunn.

Às minhas reminiscências face ao carro em chamas de "Incidente em São Petersburgo" segue-se a descrição daquela cena que acontecera apenas vinte e quatro horas antes disso. Eu telefonara a meu pai e entrara, à procura de lápis e papel para anotar o número de seu telefone na clínica de reabilitação, no quarto de Petra com suas tábuas de assoalho largas e suas vidraças velhas ("a gente só encontra mais coisas desse tipo em Viena"). Petra levantara os olhos, cheia de censura, furiosa por eu tê-la arrancado de sua poesia ou porque eu ainda estava usando o roupão de banho dela, pequeno demais para mim. Eu retribuíra lançando um olhar exatamente tão cheio de censura quanto o dela, pois ela tinha de entender que eu precisava de um lápis com urgência, e porque ela tinha a cara-de-pau de correr por aí com essas calças de abrigo, calças de treino, calças de ginástica, calças de exercício, ou seja, em coisas que ocorrem apenas ao último autor de uma comédia televisiva quando quer denegrir um de seus personagens. Essas censuras mútuas podem ser compreendidas apenas por quem sabe que existiam intervalos cada vez maiores entre nossos encontros. Petra e eu não estávamos prontos para encarar, além das viagens de leituras públicas bem pagas, o ir-e-vir entre Berlim e Viena.

Será que não posso escrever sobre isso só porque um punhado de pessoas desconfia a quem me refiro quando menciono Petra ou Katja? Uma frase como aquela que diz que se pode comprar frangos em Viena melhor do que em Berlim, porque nos frangos de Viena as unhas não foram cortadas, e porque a gente pode saber pelas unhas se um frango de fato ciscou no pátio ou não – será que devo me permitir frases como essa, ainda que elas sejam suas? Não estou querendo afirmar que você seja culpada do assalto. É claro que de algum modo sempre é possível dar a sua contribuição.

Silêncio. Como se alguém tivesse puxado a tomada, o aquecedor emudeceu, todos os ruídos emudecem, o trem segue andando, quase sem fazer barulho, algumas centenas de metros, ele começa a frear, Hegyeschalom. Amores-perfeitos em cubos de concreto. Hegyeschalom, a estação da fronteira. Hegyeschalom! Eu fecho os olhos, me vejo no fim do mundo e enfim compreendo: em Hegyeschalom os funcionários da alfândega não virão mais!

"Isso faria bem a nós dois", dissera Petra, "se nós não nos víssemos mais por algum tempo." Era o fim, a separação, eu entendi imediatamente. E também entendi como era sem sentido lutar contra isso. Como ela tornava a despedida fácil para nós! Sem brigas, sem censuras, só esse "se nós não nos víssemos mais por algum tempo". Como eu estava embriagado dessa liberdade inesperada, e como estava abalado com o fato de tudo ter acabado entre nós.

Nossa passagem por Hegyeschalom – não há mais funcionários da alfândega – dura três minutos. O aquecedor volta ao rumor de antes, o trem se coloca em movimento, roda passando a fronteira, eu, o filho livre de um país livre, não sinto nada, minha alma não foi tomada por nenhum impulso de júbilo.

Uma hora mais tarde, conforme o planejado, o EC 24 chega à plataforma 7 da estação ferroviária Oeste, em Viena. Com a pasta azul e a garrafa vazia em minha sacola pendurada no ombro, eu espero até que todos tenham desembarcado, espero até que as pessoas tenham embarcado, espero até que a plataforma esteja quase vazia. Sei como é quando Petra – ou será que seria melhor se eu a chamasse de Katja? – vem caminhando ao meu encontro com seus passos largos, acaba se decidindo a correr nos últimos metros e ergue os ombros pouco antes de me abraçar.

Quando faltam dez para a uma, atravesso o prédio de entrada do quarteirão dos museus, uma passagem que lembra a de um hospital, a de uma caserna ou de coisa ainda pior. Deixai todas as esperanças para trás, vós que entrais. Sei ainda menos do que antes de minha partida o que devo dizer a Katja. Além disso, a música do táxi soa em meus ouvidos – "E todos os sinos choraram... Como foi bonito esse dia...". Sim, eu sei que não é nem *choraram* nem *bonito*, mas me sinto impotente diante da idéia.

E me sinto até ridículo com minha pasta azul na sacola. Sim, eu me sinto infantilizado, como se fosse superior a minhas forças escolher eu mesmo um lugar para viajar, como se eu conseguisse manter a postura só na medida em que sou convidado, na medida em que me pedem que eu me apresente e me fazem perguntas. Estou parado no meio do pátio do quarteirão dos museus. Não tenho a menor idéia do que há de interessante a visitar por ali. Meu celular anuncia uma mensagem. Por um momento, tenho a esperança de conseguir escapar do meu encontro com Petra ou Katja. T-Mobile Áustria me deseja as boas-vindas ao país.

Quando levanto os olhos, vejo Katja no meio da entrada. Nós sorrimos e olhamos para o lado ou para o chão, depois nos olhamos de novo. Ela está de cabelos curtos, as mãos nos bolsos do sobretudo, engordou um pouco. Nós nos beijamos no rosto como velhos amigos. "Oi, querido", diz ela. "Você parece cansado."

Katja sobe as escadarias à minha frente, eu a sigo e observo a barra do sobretudo acima de seus tornozelos, as batatas de suas pernas e as regiões vermelhas que seus sapatos antigos deixam sobre seus calcanhares. "Aqui?", ela pergunta, como se eu tivesse feito uma sugestão. Eu aceno com a cabeça, confirmando. El Museo, ele está quase vazio, uma espécie de restaurante da IKEA. Katja abre seu sobretudo, eu quero ajudá-la. Katja está grávida. Ela sorri. Eu lhe dou os parabéns. Estou cheio de ciúmes, não há nem sequer um resquício de amor em mim. Nós nos sentamos.

Eu gostaria de perguntar a ela quem é o pai. Fico de cócoras e pego a pasta azul de dentro da sacola. Me sinto como um oficial de justiça que não pode se deixar distrair por nenhuma amabilidade.

"Mas e o que você está fazendo em Budapeste?"

A garçonete e o garçom parecem irmão e irmã que substituem os pais aos domingos. Eles são gorduchos do mesmo jeito, ela loura, ele de cabelos pretos, a cabeça redonda dele lembra uma toupeira.

Ouço-me dizendo Esterházy.

"Ah, o Péter?", diz ela, sorri e coloca uma mão sobre sua barriga. Eles se conhecem, pois. Eu bem poderia tê-lo imaginado. É claro que eles se conhecem. Provavelmente ele pedira que ela fizesse uma massagem nele. Não há nem sequer um resquício de amor em mim.

Ouço-me dizendo Kertész, ouço-me dizendo Konrád e Nádas, na verdade eu deveria dizer nomes bem diferentes, mas eu resolvo me exibir, não paro de me exibir, e me mostro insuportável, falo até dar calo na língua.

Katja vai virando as folhas do cardápio, eu sigo os movimentos de seus olhos. Tento chamar a garçonete fazendo gestos, mas ela está tirando a louça de outra mesa. A toupeira aparece. Eu aponto para Katja. Ela quer um suco de maçã, um suco de maçã e uma água, não, nada de comer, realmente não. Eu peço uma salada com frutos do mar, um vinho branco e uma água. "Um branco espumante talvez?", pergunta a toupeira em seu inflado sotaque vienense.

"Esse é bom", diz Katja. Pode ser, então, branco espumante.

Depois do pedido, nós nos olhamos como se tudo tivesse sido dito e nós pudéssemos ir embora. Eu digo que Viena de repente estava tão próxima.

Sim, diz Katja, daqui a Budapeste é só um pulinho.

A toupeira vem. Preciso escolher de novo. Dessa vez peço um espeto de camarões gigantes por dezesseis euros, o prato mais caro do cardápio.

Katja se recostou na cadeira, uma mão sobre a mesa. Seus dedos se mexem, ela de fato está tamborilando sobre o tampo. Eu digo mais uma coisa e pareço a mim mesmo como se estivesse apertando o último restinho de um tubo de pasta de dente.

Katja estica seus dedos e observa as unhas. Por um instante, acho absurdo estar tão perto de Katja e não poder tocá-la.

"Vocês estão casados?", eu pergunto.

"Já há mais de um ano", ela diz. Eu gostaria de perguntar se ela já o conhecia quando nós ainda estávamos juntos.

"Com licença", diz ela, levanta-se da mesa e vai ao banheiro. Dois homens olham para a bunda dela. Um deles se vira para mim, nossos olhares se encontram.

Katja e eu conversamos. Ela toma golinhos do suco de maçã, eu bebo o vinho branco espumante e digo que ele é bom, uma boa dica. Em Budapeste, eu digo, a cotação agora era de um para duzentos e cinqüenta, um câmbio que bem poderia ficar assim. Digo que no Café Eckermann um expresso, um expresso realmente bom, com leite e água mineral, custa duzentos e vinte forintes.

Depois de meia hora, eu chamo a toupeira até nós. "Está chegando", diz ele, "já está chegando."

"Não sou impaciente", digo eu, "só não entendo por que um espeto desses..." Fora os dois homens, o restaurante está vazio. Eu termino de beber meu vinho branco espumante, pego o copo d'água.

"E então?", pergunta nosso viajante, e coloca sua mão esquerda sobre a pasta azul. "Em que você está trabalhando agora?"

"Só em traduções", diz ela.

"E seu novo livro, quando vai sair?"

Ela dá de ombros.

Ele bebe o resto da água.

"Não estou escrevendo", diz Katja. "Já não escrevo mais nada há três anos." E, depois de uma pausa. "Talvez eu tenha feito algo errado, e isso seja a punição." De repente, Katja mais uma vez parece estar lendo uma poesia em público.

"O que você pode ter feito de errado?", ele pergunta.

"E eu sei lá", diz ela. "Você deve estar com medo de que eu escreva sobre nós?"

"Pra dizer a verdade..." Nosso viajante sorri. Ou será que ele não está muito mais parecido com um menino chorão? E então a coisa acontece, talvez por embaraço, talvez por fraqueza, talvez porque ele simplesmente confie no poder da confissão. Ele revela que pegou o trem por causa daquela história, por causa da história *Protocolo*, de Imre Kertész, e da história *Vida e literatura*, de Peter Esterházy, que contam, nos dois casos, uma viagem de trem de Budapeste a Viena, quer dizer, no caso de Kertész, em direção a Viena. Ele confessa que a idéia preciosa de viajar por duas ou três horas para Viena surgiu da esperança de estimular a própria criatividade e de mostrar uma direção àquela atividade permanente de sua alma (*motus animi continuus*), de lhe dar oportunidade ao impulso de júbilo. Assim como Esterházy se referiu a uma história de Kertész, ele queria se referir às duas histórias e estabelecer uma espécie de drama comparativo de estações. Cada frase dos dois modelos lhe parecia tão importante como pergunta e resposta numa liturgia, de modo que ele, conforme acreditava, apenas precisava acionar suas próprias observações e lembranças frase a frase para descobrir algo acerca do hoje, acerca das mudanças nos últimos anos, sim, e até mesmo algo acerca de sua própria geração. Pois Kertész havia elevado aquela história do guarda alfandegário (quem quiser, pode ler por que motivo o guarda alfandegário lhe tirou o passe no dia 16 de abril de 1991, ordenando que descesse do trem na estação fronteiriça de Hegyeschalom) à categoria de interpretação da vida (ou melhor, elevado não, impulsionado, empurrado). Também ele queria enfrentar aquele guarda alfandegário, também nele deveria ser evocado, semelhante a uma visão – maldita literatura –, o protocolo de Imre Kertész. Eu fecho os olhos, quis escrever o nosso viajante, me vejo no fim do mundo, e enfim compreendo: é esta Hegyeschalom! A Hegyeschalom de Imre Kertész, esse ninho sujo e miserável, um símbolo de várias décadas: *in hoc signo vinces*[2] – era o que valia no caminho para fora dali, Hegyeschalom. Eu o vejo, ele que na noite anterior ainda me mostrava a Montanha dos Suábios[3] da sacada de seu apartamento, vejo-o, ele queria escrever, sua feição longa, curva, pesada, um anti-Michael Kohlhaas, que não procura sua verdade pois sua verdade o encontrou, eu vejo suas frases, cada uma delas individualmente, as frases longas, curvas, pesadas, como elas cambaleiam inexoráveis para a compreensão final, nua e crua...

Mas os funcionários da alfândega não apareceram. Nossa passagem por Hegyeschalom durou apenas três minutos. O trem se colocou em movimento, rodou passando a fronteira, e ele, o

2 Em latim, no original, significa algo como: "Com este signo vencerás", frase do imperador romano Constantino. [N.T.]

3 *Schwabenberg*, no original. Em húngaro, *Svábhegy*, um dos lugares preferidos pelos artistas de Budapeste para seus passeios. [N.T.]

filho livre de um país livre, não sentiu nada, sua alma não foi tomada por nenhum impulso de júbilo.

"Você queria descobrir", perguntou Katja a nosso viajante, "quanto medo ainda carrega dentro de si?"

"Mas sem funcionários da alfândega..."

"Você devia", diz Katja, "ter ido a Praga, de Dresden a Praga."

"Talvez", diz ele. "Mas agora estou aqui."

"Você nem queria me ver, portanto."

"Sim, claro que queria, sem você eu não teria feito a viagem".

"Não", diz Katja, "eu servi apenas de desculpa."

Ele olha para ela. Deita sua mão sobre a dela. "Eu não sei, Katja, pela minha honra eu juro que eu não sei."

"Você está decepcionado, nada de funcionários da alfândega, nada de história."

"Sim", diz ele.

"Nada de funcionários da alfândega que exijam de você a sua história."

Ele assente e se recosta pela primeira vez à cadeira. "Eu já tinha até o título", diz ele.

Katja sorri para ele.

"Mais uma história", ele sussurra, e mais uma vez parece um menino.

"Então escreve outra história, ora, uma história sem guarda alfandegário."

Com o gesto de um mágico, que se vê obrigado a se apresentar no pior dos momentos possíveis, eu pego a pasta azul da mesa e a faço desaparecer em minha sacola.

"Você precisa ir?"

“Não”, digo eu e penso: nela está o amor. Em seguida, me levanto e vou até o balcão. Não quero mais os camarões, mesmo que viessem agora. Aceitar os camarões depois de uma hora de espera seria um ato de auto-renúncia. “Eu gostaria de pagar o branco espumante”, digo eu, “as duas águas e o suco de maçã.” A toupeira logo começa a digitar. A garçonete grita: “É cortesia nossa, o total!”, e diz que o senhor, ou seja, eu, não preciso pagar as bebidas e que ela lamenta, lamenta muito. Pergunto por que ela não foi capaz de servir um espeto de camarões em uma hora.

Ela diz que eles simplesmente não conseguiram localizar os camarões gigantes.

“Talvez os camarões gigantes tenham sido todos vendidos”, digo eu, como se também fosse do meu interesse encontrar uma justificativa melhor. “Não apenas os frutos do mar foram todos vendidos, como também os camarões gigantes, pois camarões gigantes no fim das contas também são frutos do mar.”

“Sim”, disse a garçonete, “isso poderia bem ser, o senhor provavelmente tenha razão.”

Katja pergunta por que eu não fico por mais tempo, nós poderíamos fazer um passeio.

“Eu tenho”, digo, “um encontro hoje à noite.” Contra minha vontade, sou obrigado a sorrir.

“Ah”, exclamou Katja, “imagino muito bem.”

“Sim”, digo eu, “voltei a encontrar Katalin.”

“Como eu teria gostado de conhecer essa daí”, diz Katja.

Ela me acompanha até a entrada da estação do metrô. Eu empurro sua bicicleta. Quando já estamos parados junto à escada, eu pergunto para quando é.

Para agosto, diz Katja, um menino. Nós nos abraçamos inclinados à frente, mesmo assim nossas barrigas se tocam.

Eu esqueço de carimbar meu bilhete de metrô. Na Estação Oeste, quero dá-lo de presente ao vendedor do jornal dos sem-teto, ele recusa.

Compro bolo de carne embutido, 100 gramas assados no forno por 1,60 euro, fica um pouco mais caro porque peço um pãozinho e mostarda, ao todo tenho de pagar 2,90 euros.

Em frente, ao lado da entrada para o escritório de apostas, há dois televisores ligados, no da esquerda Michael Schumacher ganha o quarto grande prêmio consecutivo, exatamente dez anos depois da morte de Senna. Eu compro mais uma garrafa de água de meio litro. Minha sacola agora está exatamente tão pesada quanto estava na partida, em Budapeste.

Eu viajo de volta a Budapeste. Viajo para Budapeste. Não é um ato de soberania e liberdade, não sair de casa nem voltar para casa, e sim se movimentar adiante, simplesmente?

Eu estou sentado à direita do trem. Estou aliviado e estou acabado. O livro de Örkény se encontra deitado sobre meu colo. Tiro o marcador, o livro se abre na página dezoito. Começo a ler a novela de um minuto com o título de "Laço". Estou cansado. Os *Border Guards* húngaros atravessam o trem. Eles controlam com rapidez. Já que os passaportes dos viajantes antes de mim ficam encobertos pelos espaldares, surge a impressão de que os *Border Guards* estão dando as mãos aos viajantes.

"*Must go back Austria*", diz o *Border Guard*, barba e nariz pontudo, a um topete grisalho na fileira à minha frente. "*Go back!*"

O topete grisalho fala baixinho, o *Border Guard* alto. "*Buy Visa! No multi, Hungary fly, Budapest, go by train out, finish! Must go back. Really go back. Next train go back Austria.*"

O *Border Guard*, barba e nariz pontudo, faz movimentos expansivos com os braços, sua mão é um avião, que voou para Budapeste há alguns dias com o topete grisalho a bordo. Com o avião, é o que consigo entender, o topete grisalho também pretende voltar para casa no dia seguinte. Ele fizera um passeio a Viena, e agora eles não queriam mais deixá-lo voltar. "*No multi Visa. Must go back!*"

O topete grisalho se levanta. Um senhor magro de mais idade com uma camisa rosa-clara. Ele deve seguir o *Border Guard*. Ele quer segui-lo. O *Border Guard* o puxa pela manga, e faz de conta que está usando mais um casaco. O topete grisalho já deve levar sua bagagem e seu casaco com ele. Mas ele não tem bagagem nem casaco, e sim apenas um guia turístico de Viena em inglês na mão. O *Border Guard* e o topete grisalho desaparecem à minha frente, saindo do vagão.

O trem emudece, pára aos poucos, o trem pára, o trem volta a correr a toda a velocidade, nós partimos pontualmente, Hegyeschalom, às 16h45. Na outra plataforma, um trem de passeio, as janelas nos vagões vermelhos e brancos ainda podem ser abaixadas pelas pessoas, parece que o trem parou para um piquenique em meio ao verde, tão descontraído está o clima das crianças, mães e avós.

Nós andamos ao longo da longa plataforma, e em seguida, por um momento, vejo dois *Border Guards* e, logo depois, lá onde a plataforma desce formando uma espécie de gamela, na qual podem se cruzar os trilhos, encontro parado o topete grisalho com sua camisa rosa e o guia turístico de Viena na mão, e, atrás dele, na diagonal, mas ombro a ombro com ele, um *Border Guard*. O topete grisalho fixa os olhos no trem, no qual ele ainda há pouco estava sentado, como se quisesse ver o que o espera do outro lado. Se o *Border Guard* segura o topete grisalho pelo braço, não dá para ver.

Em Györ, cuja singela placa indicativa está coberta de ferrugem, desembarca aquele *Border Guard* que descobrira o topete grisalho, e caminha, barba e nariz pontudo, ao longo da plataforma. Atrás de si, ele puxa uma mala de viagem brilhando em seu azul-claro. Ele acena para alguém, grita algo, ri.

Nosso viajante, agora ele não precisará mais de um nome, recosta sua cabeça à vidraça mas apenas vê como o *Border Guard* desaparece de seu campo de visão. Ele se pergunta por que precisa ver quem é que o *Border Guard* cumprimentou. O *Border Guard* não lhe interessa, assim como também não lhe interessa o topete grisalho com sua camisa rosa. O de camisa rosa passará por transtornos, talvez tenha até mesmo de adiar seu vôo. Talvez, no entanto, os *Border Guards* em Hegyeschalom o ajudem. Pois eles não estão nem aí para viajantes com um guia turístico de Viena em inglês nas mãos, não, isso até é uma falta de cuidado, quase uma burrice. Eles têm de se preocupar com outros, com esses que nós não vemos, que não estão sentados no trem, que apenas sonham em estar sentados num trem como aquele, sós com um guia turístico de Viena em inglês, esses que talvez sonhem mais em estar sentados num trem como aquele do que nosso viajante jamais sonhou algum dia, ainda que ele sempre tivesse sonhado em estar sentado num trem como aquele.

O trem deixa Györ. "Nós transportamos para a Audi", "Nós transportamos para a Volkswagen". O pirulito de disco voador. Agora, mais uma vez o cobrador com o boné, que já conheço da viagem de vinda. Ele ri quando puxo o invólucro sem o bilhete da passagem, VONATTAL EURÓPÁBA, ao que parece, quer dizer BY TRAIN TO EUROPE, ao lado da torre Eiffel e de duas cabines telefônicas vermelhas de Londres estão reproduzidos também o prédio do parlamento húngaro e o castelo Schönbrunn. Ele rubrica mais uma vez meu bilhete, no qual todas as indicações estão escritas em húngaro e em alemão.

Do lugar livre a seu lado, nosso viajante pega o folheto que se chama "Seu itinerário", e em cuja parte frontal uma propaganda em vermelho anuncia: "23 de abril/ Dia universal do livro/ Dia da grande aposta". As páginas de um livro aberto, as intermediárias viradas para dentro, o que é digno de ser criticado, para que um coração de cor rosada surja das páginas do livro. Naquele folheto sanfonado, ele encontra por fim a estação final do EC 25 vindo de Dortmund. Ele lê Budapeste Keleti pu., chegada 18h28. Depois de 128 quilômetros ou uma hora e vinte minutos, nosso viajante estará em Budapeste. De Keleti pu., às 19h10 parte um trem para Kraków Główny, que chegará pouco antes das seis da manhã, e às 19h15, um que, passando por Szolnok, Bucareste e Thessaloniki, vai a Istambul. Este chega um dia e meio mais tarde, às 8h45, Istambul Sirkeci. Nosso viajante se admira com o fato de o itinerário sugerir que de Budapeste–Kelenföld a Budapeste–Keleti pu. sejam apenas treze minutos, ainda que o trecho aponte para o km. Mas ele não chega a se incomodar com isso. Pelo contrário, essa contradição até lhe agrada. E todos os sinos choram. Como foi bonito esse dia.

Nosso viajante, até há pouco nem alegre nem triste, por assim dizer a meio caminho entre uma história perdida e um encontro secreto, sente algo que lhe parece tão ilógico quanto o itinerário. Mas se abandona ao júbilo indomável que se levanta em sua alma, como se ele tivesse de fato superado uma fronteira, como se tivesse escapado a um destino ultrajante, como se tivesse tomado uma decisão grandiosa. Nosso viajante está cheio de amor, tanto que não consegue ler, abandona o livro de Örkény, fecha os olhos e se aninha com a têmpora direita no apoio de cabeça como um animal mimado e satisfeito.

EPIFANIA NUMA CASCA DE LARANJA

Ingo Schulze arranca lirismo do cotidiano e extrai seu humor melancólico daquilo que aparentemente é mais banal. E o faz de forma tão brilhante, que hoje se diz na Alemanha que tudo vale a pena ser contado, desde que seja contado por Schulze. De fato, o autor é a prova de que qualquer tema, por mais trivial que seja, é um tema, quando o sujeito que o contempla possui um olhar diferenciado e consegue perceber a faísca repentina do presente, tantas vezes fosco. Schulze introduz suas pitadas subjetivas e contemporâneas no banquete antigo das histórias de amor e morte. Não é sem motivos que a *New Yorker* o relacionou entre os "seis melhores jovens narradores da Europa" e o *Observer* o chamou de um dos "21 autores que devem ser observados no século XXI".

Em *Celular – treze histórias à maneira antiga* a estratégia do autor é dar relevo até ao detalhe mais insignificante. Na maior parte dos contos, a memória é instada a voltar ao pretérito, a recordar e reviver o que passou, incluindo neste passado a figura do próprio autor. Uma das marcas de Ingo Schulze é emprestar a seus narradores algumas de suas características pessoais. Ele parece dizer ao leitor que aquilo que está sendo lido não é inventado. Na maioria das vezes, os narradores falam em primeira pessoa, têm os cabelos longos de Schulze, escrevem livros que levam o título de seus livros, e têm filhas com o nome das duas filhas do escritor. Usando um recurso semelhante ao de Woody Allen no cinema, ele parece emprestar seus trejeitos e neuroses aos narradores-personagens, tanto como "diretor" quanto "ator" de seus contos, ou às vezes mais como um Hitchcock, aliás referido indiretamente em uma das histórias.

Mas, afinal de contas, quem está falando, quando o narrador de Ingo Schulze diz "eu" em seus contos? Em que medida podemos acreditar que o autor viu mesmo um urso andando de bicicleta em meio ao campo, acossado por um bando de caçadores atrapalhados? Parece óbvio que ele não perdeu sua amada para um dândi egípcio numa viagem ao Cairo.

A sutileza com que Schulze encara as possibilidades da escrita é absolutamente rara. O narrador alcança todo seu vigor na condição de figura literária, intensificando o jogo ficcional a ponto de fazer com que toda a ficção volte a parecer realidade nua e crua. A técnica narrativa vira uma espécie de luva perfeita, tão magistralmente talhada que já não esconde mais a mão dos fatos no tecido da ficção. O estilo é leve e refinado ao mesmo tempo. A sensação de estarmos sentados com o narrador, ou com o autor, à mesa de um bar nunca foi tão forte.

Diálogos e percursos

Filho de um professor de física e de uma médica, Ingo Schulze nasceu em Dresden, em 1962. Prestou o serviço militar na Alemanha Oriental e estudou Filologia Clássica e Literatura Alemã em Iena. Trabalhou como dramaturgo em Altenburg e mais tarde como redator jornalístico, chegando a fundar um semanário e um jornal de anúncios. Desde setembro de 1993, após uma breve passagem por São Petersburgo, vive em Berlim, dedicando-se exclusivamente a escrever.

Quando estreou com o volume de contos *33 Augenblicke des Glücks* (33 momentos de felicidade, 1995), Schulze assumiu a função ficcional de editor do livro, alguém que de repente encontra um manuscrito a ser publicado. Não seria ele, Schulze, portanto, o autor das histórias, e sim um certo Hofmann, que entregara seu manuscrito a uma pessoa conhecida ao acaso numa viagem, que por sua vez o mandara a "I. S.", que publicara as histórias por enxergar nelas a possibilidade de reavivar a eterna discussão acerca do papel da felicidade no mundo contemporâneo.

A mesma troca de papéis acontece no romance *Neue Leben* (Novas vidas, 2005). Nesse livro, considerado sua obra-prima, ele volta a assumir o papel de editor, recuperando uma tradição que remonta aos séculos XVII e XVIII, nos quais a ficção do editor buscava escapar à acusação de que na literatura seria tudo invenção e mentira. Assim, o verdadeiro autor passava à condição de editor e criava um autor fictício justamente para dissimular o caráter ficcional de seu texto. Mais tarde, esse tipo de artimanha passou a ter valor irônico, num jogo literário destinado a acentuar ainda mais o caráter ficcional da obra.

E não é apenas nesse aspecto que *Novas vidas* bebe da fonte de E. T. A. Hoffmann e seu romance *Opiniões do gato Murr sobre a vida, mais a biografia fragmentária do maestro Johannes Kreisler* (1819-21), outra grande obra da tradição literária alemã. Hoffmann também teria sido o editor do livro em que o gato Murr utiliza a biografia de Kreisler como papel de rascunho para esboçar sua própria história; a biografia do maestro, aliás, acaba sendo impressa pelo tipógrafo por engano em meio ao romance do gato.

O romance de Schulze, que traz o subtítulo *A juventude de Enrico Türmer em cartas e prosa, editada, comentada e prefaciada por Ingo Schulze*, também parte da experiência de usar o verso em branco de manuscritos para o esboço das cartas compiladas, aspecto que dá fundamento material ao fato de tudo no romance ter dois lados, duas possibilidades de leitura. O procedimento tem papel decisivo e ajuda a fazer de *Novas vidas* a obra em que o autor discute sua própria poética de maneira mais profunda. Se em todas as suas narrativas a fronteira entre realidade e ficção sempre foi fluida, nesse romance isso fica ainda mais visível.

O devir de Enrico Türmer parece ser o do escritor infeliz que se torna homem de negócios feliz. E faz questão de dizer isso, de alegar que enfim conseguiu abrir mão da busca da fama e da eternidade artística e se sente livre para gozar o instante em meio às atividades da vida. Paradoxalmente, contudo, ele escreve um sem-número de cartas no decorrer de meio ano, negando já no ato ter abandonado a escrita. As cartas são dirigidas a sua irmã Vera Türmer, ao amigo de infância Johann Ziehlke e a sua amada inalcançável, Nicoletta. A figura do editor também tem seus interesses e intenções em *Novas vidas*, mas o narrador não se preocupa em escondê-los, mostrando claramente que vê em Türmer um concorrente literário, sentindo ciúmes de sua relação com a irmã e tornando-se, pois, imensamente suspeito aos olhos do leitor, apesar de ter o nome do autor – ou tanto mais por causa disso. Não há, assim, um ponto fixo no qual o leitor possa se segurar ou confiar.

Na mudança pela qual passa Türmer está inscrita a história da Alemanha – e de certa forma a da Europa – nos últimos quarenta anos, conforme Schulze a vê. Se no passado o escritor era o pastor das palavras, quem decidia o que era verdade e o que era mentira na Alemanha Oriental, sua mutação em homem de negócios não deixa de representar a mudança de paradigma ocorrida no país. Pois o homem de negócios é a figura central do mundo contemporâneo, inclusive na ex-Alemanha Oriental. E é nesse sentido, aliás, que Schulze faz aparecer a figura mefistofélica de Clemens von Barrista, o consultor onipotente que passa a ditar o rumo bem-sucedido da nova vida de Enrico Türmer, esta espécie de Fausto contemporâneo.

Em um texto teórico sobre sua poética, intitulado "Mil histórias não bastam" (2007), Ingo Schulze confessa ter virado escritor em São Petersburgo, cidade na qual gestou os *33 momentos de felicidade*. Quando fala dos autores fundamentais em seu devir, ressalta a importância do narrador russo contemporâneo Vladimir Sorokin e das reflexões teóricas de Boris Groys, chegando a dizer que ambos funcionaram como uma espécie de parteiros, que ajudaram a lhe arrancar as histórias do ventre criativo.

Ingo Schulze confessa também que o romancista Alfred Döblin, de *Berlin Alexanderplatz* (1929), é seu patrono, que foi ele quem lhe ensinou a importância do estilo na obra de qualquer autor. Os diálogos de Ernest Hemingway igualmente merecem destaque, sobretudo no romance *Simple Storys* (1998), segundo livro de Schulze.

Nesta obra, publicada no Brasil em 2002 com o título *Histórias simples da Alemanha Oriental* (Lacerda Editores), o escritor retrata um país que passou de repente a viver no sistema capitalista, um punhado de personagens que vieram de um mundo no qual as palavras encobriam os números e, da noite para o dia, se reencontraram num mundo no qual os números encobriam as palavras, antecipando tangencialmente um tema central em *Novas vidas*. O lugar em que os personagens de *Simple Storys* vivem agora é outro, as palavras deixaram de ser importantes e a obra não deixa de ser um comentário sobre o desaparecimento do mundo europeu oriental, que, por sua vez, antecipa os novos rumos pelos quais a Europa ocidental acabou enveredando.

Após a longa pausa para o romance *Novas vidas*, Ingo Schulze voltou ao gênero que o tornou famoso em *Celular – treze histórias à maneira antiga* (2007), sua obra mais recente. Um dos contos do volume, "As confusões da noite de ano-novo", não deixa de ser, aliás, uma espécie de versão resumida de *Novas vidas*.

Poética da simplicidade

Celular está repleto de indivíduos pachorrentos que encaram uma realidade cada vez mais rápida, na qual apenas a dádiva das epifanias propiciadas pelo cotidiano garante a sobrevivência em meio ao desespero. Em todos os contos, há vidas em que a possibilidade de uma outra vida parece onipresente, existências que pendem de um fio e têm seu rumo determinado por uma simples circunstância. Além disso, há situações tragicômicas que espelham a essência mais remota do amor, a luta por dignidade na hora do adeus, a vida que continua, sempre continua, apesar dos pesares.

Ao longo das narrativas, casais se encontram e se perdem, personagens cambaleiam entre o momento das boas-vindas e o da despedida – conforme o célebre poema de Goethe, referido de passagem no livro –, entre a inércia e a fuga, entre a indolência extrema e a velocidade repentina. A oportunidade perdida que se realiza de um jeito inesperado aparece aqui e ali, mostrando um mundo que se abre diante de um sinal fechado, como na famosa música de Paulinho da Viola. A idéia de deslocamento permeia todas as narrativas, e esse deslocamento é tanto geográfico, quanto temporal ou sentimental. Este é, aliás, mais um dado biográfico, já que o próprio escritor é presença constante em festivais literários mundo afora.

Vários dos contos de Schulze se detêm na descoberta repentina de armadilhas que os personagens instalaram a si mesmos e nas quais acabam caindo inexoravelmente apenas pelo fato de descobri-las. É o que acontece em "Calcutá", com o engenheiro que constrói uma usina, mas é obrigado a virar homem "do lar" ao perder seu emprego, passando a viver em casa e se ocupando do jardim, das compras e da cozinha. De repente ele percebe que não é mais do que um rato dentro de sua própria casa, semelhante ao outro rato, que é obrigado a capturar com a ratoeira emprestada pelos vizinhos. O homem é como o rato, e vice-versa, a perspectiva é a mesma. E é por isso que o homem sonha tanto em capturar o rato para depois soltá-lo no jardim...

Preso está também o complexo narrador do último conto, "Mais uma história", cheio de táticas privadas ao entrar no espaço público de um trem, sem saber como lidar com a presença de outras pessoas durante uma viagem de Budapeste a Viena. Por fim, ao ver que ninguém senta ao seu lado, o lamento se confunde com o alívio em poder prosseguir sozinho, enquanto a viagem é pontilhada de digressões acerca da experiência universal.

De modo geral, nas histórias de Schulze as mulheres são mais vivazes e arrebatadoras do que os homens. Algumas delas reaparecem ao longo dos contos, e a Tanja de quem o narrador está separado em "Incidente no Cairo" ainda é sua mulher em "Nos confins da Estônia", embora em alguns momentos se perceba que o casamento já está dando seus primeiros tropeços.

A profundidade do banal nos contos de *Celular* evidencia toda a metafísica existente no ato de um sujeito que contempla a atividade de uma escavadeira; aliás o mesmo que de repente passa a admirar o estilo esbanjador da vida dos amigos e, entusiasmado, vai à geladeira e devora o estoque de mortadela em "As confusões da noite de ano-novo". E o que dizer da relação íntima entre um cabeleireiro e o destino, entre o acaso e nossos cabelos caindo ao sabor da tesoura em "Mr. Neitherkorn e o destino"? Ou do garoto egípcio que se joga sobre o porta-malas de um carro em "Incidente no Cairo". Ou da situação derradeira de "Bolero em Berlim", em que a última alternativa que resta a um marido é beijar a boca aberta de sua mulher bêbada em uma dança quase macabra?

Em *Celular*, o escritor que mais parece inspirar Schulze talvez tenha sido o polonês Gustaw Herling, aliás mencionado de passagem em um dos contos. Mas esquemas ancestrais como os de *Mil e uma noites* e do *Decameron*, de Boccaccio, também são fundamentais na estruturação do livro. Pontualmente, outros escritores dão as caras, como por exemplo Witold Gombrowicz em "Escritor e transcendência", Goethe com sua teoria da novela em "Uma noite com Boris", ou Francisco Ayala em "Nada de literatura ou epifania no domingo ao entardecer". Aliás, não é por acaso que o narrador do conto carrega consigo o livro do escritor espanhol, *A cabeça do cordeiro*, que traz uma história intitulada "Nada de literatura". O volume de contos de Ayala – que o narrador diz não ter lido até então – é uma boa chave interpretativa para o conto de Schulze, e a visão de ambos os autores acerca do que seja a essência da literatura revela algum parentesco. Se o conto, aliás, diz que aquilo que será lido em seguida não é literatura já no título, isso é relativizado logo no subtítulo, que traz uma palavra assaz literária, carregada de significação artística e de força joyceana: "Epifania". E que dizer da experiência de compreender o sentido da vida ao contemplar uma casca de laranja junto com a filha, mote central do conto?

Em todas as histórias, há uma tentativa evidente – já referida no princípio – de diluir as fronteiras entre realidade e ficção. "Incidente no Cairo", por exemplo, é a descrição quase documental de uma viagem de Schulze ao Egito, com o acréscimo de uma história de amor inventada. O último conto, "Mais uma história", é o ápice desse processo. A confusão entre verdade e invenção aumenta, até porque a história trata de um escritor que trabalha numa narrativa intitulada "Incidente em São Petersburgo", quando no presente volume há outro conto que leva o título de "Incidente no Cairo". O narrador menciona ainda um livro de Ingo Schulze sobre São Petersburgo (*33 momentos de felicidade*) como se fosse seu. Assim, o escritor baila entre a transparência absoluta – a intimidade quase descarada – na lida com determinados nomes e a cifra misteriosa de várias iniciais, que parecem indiciar um contexto em que as coisas ainda eram cheias de codinomes e segredos, um país vigiado, a Alemanha Oriental, onde o autor nasceu, cresceu e deu seus primeiros passos criativos.

Essa Alemanha Oriental, a antiga DDR, deixou suas marcas em *Celular*. Ela continua visível em automóveis como o Trabant e o Barkas, na bicicleta Wanderer, nos cigarros sem filtro Club, na célebre fábrica de pianos Thürmer (fundada em 1834 e desapropriada pelo governo soviético em 1946) e na aguardente Goldene Aue (que significa "campina dourada"), por exemplo. As questões relativas à reunificação se adensam em expressões como "tempo de transição", que era o tempo estipulado para a devolução de propriedades ocupadas por pessoas da DDR a seus antigos proprietários "ocidentais".

A reunificação também é marcada por instituições ocidentais que passaram a inundar o lado oriental e dão testemunho da tratorização cultural pela qual passou o país, que desapareceu quase sem deixar rastros em bem pouco tempo: dos supermercados baratos como o Aldi e o Lidl, passando pela rede de materiais de construção Praktiker, pelo café Prodomo, pelas bebidas como o Kleiner Feigling (traduzindo literalmente, "pequeno covarde", embora a palavra brinque com *Feige*, figo, e seu diminutivo inventado, *Feigling*, que significa covarde) até chegar à loja de departamentos Kadewe (KAufhof DEs WEstens, no estilo da Galeria Lafayette em Paris), um templo do consumo, a maior loja do continente europeu. As mudanças históricas são marcadas sutilmente, mas estão por toda parte. Se nos primeiros contos a moeda usada era o marco, ao longo do livro os personagens já desembolsam notas de euros.

Arremate

Finda a leitura, resta a grande pergunta. Qual é o significado de contar histórias nos tempos do celular, de narrar na era pós-reprodutibilidade técnica? No título do volume já está registrada a certeza de que o celular – elemento que permeia vários desses contos – é uma espécie de cifra da contemporaneidade, o aparelho que melhor a define. Pois o celular está sempre a mão (daí, também, ser chamado de *handy* em alemão), pode ser levado para qualquer parte, é o objeto do deslocamento. No mundo de Ingo Schulze as pessoas têm sede de se comunicar e ao mesmo tempo são martirizadas pelo medo diante de novos contatos, porque toda proximidade alheia tem potencial para virar um pesadelo. É esta a situação central em "Celular", o conto que dá título à antologia, no qual se diz, num misto de descoberta e aborrecimento: "Ninguém mais precisa ficar sozinho".

Porém, com sua "maneira antiga", Schulze mostra a cada nova história – seja ela volumosa como a do romance *Novas vidas* ou reduzida como a do conto "Nada de literatura ou epifania no domingo ao entardecer" – que narrar tem algum objetivo, que o narrador é sempre um filho, espúrio ou não, de Sherazade, a mulher que narrou para salvar sua própria vida em *As mil e uma noites*, e que mostrou que contar histórias pode alcançar resultados mais eficazes do que argumentar advocaticiamente.

Eu, na condição de leitor, peço a Ingo Schulze que conte mais, que siga contando, porque, conforme ele próprio diz, "mil histórias não bastam". Muito menos treze.

MARCELO BACKES

INDICAÇÃO DAS FONTES

As seguintes histórias já haviam sido publicadas em separado, parte delas em versões um pouco diferentes:

"Celular" – *Frankfurter Allgemeine Zeitung* de 13.1.1999; e como "Telefone celular" no livro organizado por Nadine Gordimer, *Contando histórias*, São Paulo: Companhia das Letras, 2007, pp. 72-83.

"Bolero em Berlim" – *Spiegel Reporter* 12/1999.

"Milva, quando ela ainda era bem jovem" – Catálogo de Frieder Heinze "Eintritt außen vor", Lindenau-Museum Altenburg, 2000.

"Calcutá" – *Frankfurter Allgemeine Zeitung* de 27.5.2000.

"Mr. Neitherkorn e o destino" – escrita para o Forum Stadtpark Graz, "Postlatsch der Wörter", 1996; publicada primeiro na Edition Mariannepresse com litografias de Eric Buchholz e Kai Voigtmann, Berlim, 2001.

"Escritor e transcendência" – *Times Literary Supplement* de 8.10.1999; em alemão: Catálogo Osmar Osten, livro que acompanhou as exposições em Altenburg, Gera, Zwickau, 2000.

Coordenação editorial JULIA BUSSIUS
Projeto gráfico ELAINE RAMOS
Composição JUSSARA FINO
Revisão RAUL DREWNICK, REGINA PEREIRA

Dados Internacionais de Catalogação na Publicação (CIP)
(Câmara Brasileira do Livro, SP, Brasil)

Schulze, Ingo [1962-]
Celular: treze histórias à maneira antiga: Ingo Schulze
Título original: *Handy: dreizehn Geschichten in alter Manier*
Tradução e posfácio: Marcelo Backes
São Paulo: Cosac Naify, 2008
352 pp.

ISBN 978-85-7503-713-3

1. Contos alemães I. Título.

08-04207 CDD-833

Índices para catálogo sistemático:
1. Contos: Literatura alemã 833

COSAC NAIFY
Rua General Jardim, 770, 2º andar
01223-010 São Paulo SP
Tel [55 11] 3218 1444
Fax [55 11] 3257 8164
www.cosacnaify.com.br

Atendimento ao professor [55 11] 3218 1473

A edição desta obra foi financiada com recursos do Litrix.de, um projeto de iniciativa da Fundação Federal de Cultura da Alemanha em conjunto com o Goethe-Institut e a Feira do Livro de Frankfurt.

FONTE Linotype Centennial
PAPEL Chamois fine dunas 80 g/m²
IMPRESSÃO RR Donnelley
TIRAGEM 3.000